警視庁アウトサイダー

The second act 1

加藤実秋

角川文庫
23418

目次

主な登場人物

水木《みずき》直央《なお》　二十三歳。警察学校を卒業後、警視庁桜町中央署の刑事課に配属され、架川・蓮見班に入った新人刑事。本当は事務職希望。明るく素直で行動力はあるが、あまり深く考えずに動いてしまうため、行き当たりばったりなところも。

蓮見《はすみ》光輔《こうすけ》　二十七歳。桜町中央署刑事課のエース。観察眼と鋭い推理力を武器に、数々の事件を解決に導いている。爽やかな容姿と柔らかい物腰で老若男女を問わず人気だが、実は過去の出来事が原因で、ある大きな秘密を抱えている。

架川《かがわ》英児《えいじ》　五十二歳。本庁組織犯罪対策部組織犯罪対策第四課、通称・マル暴から桜町中央署刑事課に左遷され、光輔とコンビを組むことに。型破りな捜査で事件を解決に導く一方、光輔の秘密を知り、マル暴に返り咲くための点数稼ぎに協力させている。

矢上《やがみ》慶太《けいた》　光輔たちが所属する刑事課の課長。真面目で心配性。定年までのあと五年を平穏に過ごしたいと願っている。捜査のモットーは「基本に忠実に」。

桜町《さくらまち》 三姉妹《さんしまい》　交通課の若手巡査の米光麻紀、警務課のベテラン事務職員の須藤さつき&倉間彩子の三人組。桜町中央署の名物署員。噂話が好きで架川に興味津々。

羽村《はむら》琢己《たくみ》　三十五歳。本庁警務部人事第一課人事情報管理係所属。光輔とは学生時代からの付き合いで、秘密を知る協力者。

第一話　ニューフェイス・ラプソディ

1

「これより、配置辞令《はいちじれい》を交付致します」

スタンドマイクに向かい、司会の教官は告げた。壇上の来賓席から警視総監が立ち上がり、演台に向かう。濃紺のスーツに金色の肩章とモールが付いた礼服姿で、両手に白手袋をはめている。講堂内の空気がぴんと張り詰め、卒業生たちは緊張の面持ちになった。

気象庁が桜の開花を発表した三月後半。その日、東京都府中《ふちゅう》市の警視庁警察学校では、卒業式が行われていた。敷地の一角にある講堂内の椅子は階段式で、その前方に約三百名の卒業生、後方には教官や卒業生の家族などが座っている。

警視総監は、演台の上に置かれた白く厚い名簿を取り上げて開いた。メタルフレームのメガネ越しに名簿を見て、一呼吸おいてから言う。

「八木沼岳《やぎぬまがく》。麴町《こうじまち》警察署地域課」

「はい！」

力《りき》み気味だがよく通る声で応《こた》え、最前列右端の椅子から髪を短く刈り込んだ学生が立ち上がった。

さすがは総代《そうだい》。エリートコースの麹町署か。ぴんと伸びた八木沼の背中を眺め、水木《みずき》直央《なお》は心の中で呟《つぶや》いた。最前列の席に着いているのは成績優秀者で、直央の席は二十列以上後ろだ。

「西方祐仁《にしかたゆうじん》。警視庁本部第五機動隊」

警視総監は続けて名簿を読み上げ、「はい!」と太い声がして八木沼の隣の学生が席を立った。一際背が高く、体格もいい。

警察学校の卒業配置《そつはい》って普通は所轄署の地域課か交通課だけど、いきなり本庁、しかも機動隊ってあるんだ。まあ西方くんは、柔道の大学チャンピオンだもんね。また心の中で呟き、直央は視線を西方の広い背中に動かした。

その後も警視総監は名簿の名前と配属先を読み上げ、学生は「はい!」と応えて立ち上がった。学生たちも礼服姿だが肩章とモールは銀色、女子学生のボトムスはパンツではなくスカートだ。白手袋をはめた手は右に制帽、左にはさっき授与された卒業証書を持ち、両腕は体の脇にぴたりと付けている。

警視庁では警察官を大学卒業程度のⅠ類、高等学校卒業程度のⅢ類に分けて募集し、採用試験を行う。試験の合格者は全寮制の警視庁警察学校に入校し、Ⅰ類採用で六カ月間、Ⅲ類採用は十カ月間、初任科生として一般教養の他、法律、捜査、武術、体術、拳銃《けんじゅう》操法などの研修を受ける。今日は去年の十月に入校したⅠ類の学生の卒業式だ。

　二十分後。名簿の読み上げが直央の座る列の番になった。周りにはそわそわしている者もいたが、直央は平然としていた。配置先は事前に学生に報《しら》されているからで、直央は桜町中央《さくらまちちゅうおう》署の地域課だ。

　やがて、その時がやってきた。国旗と旭日章《きょくじつしょう》の旗が掲げられた深紅の幕を背に、警視総監は「水木直央」と呼んだ。背筋を伸ばして気持ち前のめりになり、返事と起立の準備をしていた直央の耳に、続けて警視総監の、

「桜町中央署刑事課」

　という声が届いた。

「えっ？」

　思わず声に出してしまい、隣に座った友だちの女子学生に肘《ひじ》で腕を突《つつ》かれた。はっとして席を立ち「はい！」と応えた直央だったが、動揺で声が裏返ってしまった。周りの学生たちも、驚いているのがわかる。しかし警視総監はその後も平然と名簿の名前と配置先を読み上げ続け、学生たちも返事をして起立した。

　三時間後の午後一時過ぎに、卒業式は終わった。卒業生たちは講堂前の広場で仲間や家族と記念撮影をしたり、教官に挨拶《あいさつ》をしたりしている。みんな晴れがましい表情で、感極まって泣いたり胴上げをしたりする者もいる中、直央は呆然《ぼうぜん》と立ち尽くしていた。

　刑事課？　なんで？　卒業配置辞令の交付の後も警視総監の訓示を聞いたり校歌斉唱

をしたり、校庭に出て行進をしたりしたが頭の中で疑問が渦巻き、上《うわ》の空だった。

と、直央の目に前方に立つ礼服姿の中年男が映った。在学中に所属していた班の担当教官だ。足下に置いていたドラムバッグを持ち上げ、直央は教官に駆け寄った。

「水木か。卒業おめでとう」

「ありがとうございます。あの、私の配置先なんですけど」

一礼し、直央は話しだした。しかし教官はそれを遮るように、満面の笑みで告げた。

「よくがんばったな。いろいろ大変だと思うが、これからもがんばれ」

「はい。でも私、地域課配置と言われていたのに刑事課って。何かの間違いじゃ」

そう直央が続けようとした時、卒業生のグループがこちらに駆け寄って来た。

「向こうで写真を撮りましょう」

グループの一人が言うと教官は「おう……水木、元気でな」と片手を上げ、グループと立ち去ってしまった。

ますます疑問が増し、直央は事情を聞けそうな人を探した。しかし見つからず、そうこうしているうちに他の卒業生たちは、それぞれの配置先へと出発して行った。卒業式には配置先の警察署の警察官がバスやセダンで迎えに来ていて、卒業生はそこに寮で使っていた荷物とともに乗り込むことになっている。

そうか。私にも桜町中央署から迎えが来てるはずだから、その人に確認すればいいんだ。そう閃《ひらめ》くと安堵《あんど》と希望が胸に湧き、直央は広場を見回した。しかし、それらしき車も人も見当たらない。晴天で日射しも強く、ワイシャツの背中が軽く汗ばむのを感じた。

安堵と希望が不安と焦りに変わり、直央が校門の外に目を向けると男が一人立っていた。歳は五十過ぎぐらいで背が高く、引き締まった体をしている。しかしその体を包むのは、黒地に白いストライプのダブルスーツと黒いワイシャツ、金色のネクタイ。加えて、顔にはレンズが薄紫色のサングラスをかけている。

なんでやくざがこんなところに？　それとも、映画かドラマの撮影？　怪訝《けげん》に思いダブルスーツの男を見ていると、男もサングラスのレンズ越しに直央を見た。

「お前、水木なんとかか？」

両手をスラックスのポケットに入れ、ダブルスーツの男は訊《たず》ねた。口調がぶっきら棒な上に眼差《まなざ》しは鋭く、全身から威圧感を放っている。一瞬うろたえた直央だったが、気を取り直して答えた。

「何ですか？　なぜ私の名前を」

「ごちゃごちゃうるせえ。行くぞ」

さらにぶっきら棒に告げ、ダブルスーツの男は顎《あご》で通りの先を指した。

「行くって、どこへ？」

「時間がねえんだ。さっさと来い」

顔をしかめて告げるやいなや、ダブルスーツの男はずかずかと校門の中に入り直央に歩み寄った。さらにポケットから出した片手で、直央の背中を押そうとする。慌てて避《よ》けて身構え、直央はダブルスーツの男を見上げた。

「関係者以外立入禁止。あなた、名前は？」

「ケツの青い三下《さんした》が生意気《ナマ》言ってんじゃねえよ。俺は立派な関係者だ」

「はあ？　ここは警察の施設ですよ。そんな格好で関係者って」

「なんだと？」

声を尖《とが》らせ、ダブルスーツの男はサングラスを外した。尋常ではない迫力と威圧感が漂い、直央はとっさに及び腰になる。すると、

「架川《かがわ》さん。何してるんですか」

という声とともに、別の男がダブルスーツの男と直央の間に駆け込んで来た。

「何って、決まってんだろ。この三下を」

「三下って。さっそくパワハラですか。勘弁して下さい」

呆《あき》れたように、別の男は息をついた。こちらはごく普通のシングルのダークスーツ姿で、まだ若い。するとダブルスーツの男は別の男を睨《にら》み、言い返した。

「三下を三下と言って、どこが悪い。そもそも、お前がチンタラしてるから」

「ストップ」

片手を上げ、別の男はダブルスーツの男を黙らせた。それからくるりと振り向き、啞《あ》然《ぜん》としている直央に微笑みかけた。

「水木巡査ですね？　桜町中央署刑事課の蓮見《はすみ》光輔《こうすけ》です。よろしく」

うわ、イケメン。光輔の彫りが深く整った顔立ちに思わず胸をときめかせつつ、直央は素早く制帽をかぶり、敬礼をした。

「はい、水木です。こちらこそ、よろしくお願い致します」

「で、こちらも刑事課の架川英児《えいじ》警部補」

そう続け、光輔はダブルスーツの男を指した。驚き、直央はとっさに、

「えっ⁉」

と声を上げてしまう。とたんに「文句あるか？」と架川に睨まれたので、慌てて「いえ。大変失礼致しました！」と架川にも敬礼をした。

「荷物はそれだけ？」

ドラムバッグを指して光輔が訊《き》き、直央は敬礼を止めて頷《うなず》いた。

「はい。管轄《かんかつ》区域外住居の許可が下りたので、他のものは自宅に送りました」

男の場合、独身の新人警察官はほぼ全員寮に入らなくてはならないが、女は通勤圏内であれば自宅住まいが認められている。

「了解。じゃあ、行こうか」

頷いて告げ、光輔はドラムバッグのショルダーを摑《つか》んだ。しかし予想外に重たかったようで、脚をふらつかせている。と、脇からがっしりした大きな手が伸びてきて光輔の手からショルダーを奪った。

「情けねえにも程があるな」

呆れたように言い、架川はドラムバッグを軽々と持ち上げて自分の肩にかけた。そして直央が口を開く間もなく、来た道を戻って校門から外の通りに出た。

「すみません……水木さん、行くよ」

振り返った光輔に笑顔で促され、直央は「はい」と応《こた》えて脱帽し、二人の後に続いた。

2

通りを少し歩くと、車道の端に白いセダンが停められていた。光輔がセダンのトランクを開け、架川が直央のドラムバッグを入れる。運転席に光輔、後部座席に架川が乗り込んだので直央は助手席に座り、光輔はセダンを出した。

「私は本当に刑事課に配置されたんでしょうか？　卒業式の前には、地域課だと伝えられていました」

セダンが国道に入るのを待ち、直央は隣に問うた。前を向いてハンドルを握ったまま、光輔は答えた。

「本当だよ。卒配で刑事課なんて普通はあり得ないから、僕も驚いたけどね。本庁が特別選抜研修っていうのを始めて、水木さんはそのメンバーに選ばれたそうだよ」

「でもそういう話は聞いていませんし、特別選抜ならもっとふさわしい人が……私は事務職志望なんです」

疑問と戸惑いを覚え、直央は訴えた。ちょうど前方の信号が赤になり、光輔はセダンを停めて振り向いた。

「事情はわからないけど、ふさわしいと判断されたから選ばれたんじゃないかな」

「そんな。とにかく私は、警務課や会計課で職務に付きたいと考えていて」

「お前、公務員ならなんでもよかったってクチだろ？」

ずっと黙っていた架川が、会話に割り込んできた。振り向いた直央の目に、後部座席の端にスラックスの脚を組んで座り、窓枠に肘《ひじ》を乗せて頬杖《ほおづえ》をついたその姿が映る。サングラス越しに窓の外を眺めながら、架川は続けた。

「本当は、区役所か公立学校の職員になりたかったんじゃねえか？　だが採用試験に落ち、仕方なく警視庁の二回目の試験を受けたんだろ」

「いえ。私は初めから警察官志望で、一回目の試験に合格しました」

「だが今日卒業したなら、警察学校には秋入校だ。試験の順位は真ん中以下だったたってことだな」

そう言われカチンときた直央だったが、「はい」と答えた。平《ひら》の巡査、しかもなりたての自分に対し、架川は大先輩の警部補だ。加えて、彼の指摘通り直央の採用試験の順位は真ん中より下だった。

警視庁の警察官採用試験は各年度四月と九月、翌年の一月の三回行われる。試験は一次と二次があり、二次試験の結果がわかるまでには七十日ほどかかる。そして晴れて合格通知が届くと、そこには最終合格者数と順位が記されている。噂では、この順位が上の者ほど早く警察学校に入校できると言われていて、事実直央は通常一回目の試験の合格者が入校する四月ではなく、二回目、三回目の試験の合格者と一緒の十月だった。

「図星か」

鼻を鳴らして笑い、架川は自慢げに顎を上げた。ぶっきら棒で偉そうな物言いは変わらないが、仕草は妙に子どもっぽい。その態度に戸惑いつつ直央が、「おっしゃる通りです」と作り笑いを浮かべると、光輔も後部座席を振り返った。

「いいじゃないですか。成績がよかったからといって、必ずしも優れた警察官になれるとは限りませんよ。それに、警察職員の配属先として一番人気があるのは警務課です」

「そりゃ、警務課が出世コースだからだろ。俺が気に入らねぇのは、安定してるから公務員、楽ができそうだから事務職って了見《りょうけん》で」

「お言葉ですが、それは違います。私は捜査現場という前線だけでなく、後方からでも守れる平和や命があると考え、事務職員を志望しました」

黙っていられず、つい言い返してしまった。すると車内には沈黙が流れ、架川は窓枠から肘を下ろしてサングラスを外した。まずいと思い、直央は「失礼しました！」と頭を下げた。しかし架川は無言のままじっと直央を見ている。

「確かにその通りだね」

頷き、光輔は視線を前に戻した。つられて直央も前に向き直り、光輔はこう続けた。

「事務職員が資料を作成してくれたり、予算を組んでくれたりするからこそ、僕たちは事件の解決や犯人の逮捕、犯罪組織の壊滅に集中できる。そこまで明確なビジョンを持った新人は珍しいよ。だから研修のメンバーに選ばれたのかもしれない」

「いえ、そんなことは」

直央が首を横に振った時、前方の信号が青に変わり光輔はセダンを出した。

「桜町中央署に行くのなら、この交差点を右折するのでは？」

怪訝《けげん》に思い直央が問うと、光輔は「うん」と頷き、こう答えた。

「事件が発生して、現場に向かってる。それで、水木さんを迎えに行くのが遅れてしまったんだ」

「どんな事件ですか？」

直央の問いに光輔は「コロシ。つまり殺人だよ」と答え、ハンドルを握り直した。

3

桜町中央署があるのは東京の南西部に位置する区で、署員数約三百三十名の中規模署だ。管内には有名な高級住宅街もあれば農家や雑木林もあり、人口は約二十二万。

と、直央が頭の中で事前にリサーチした情報を再確認しているうちに、セダンは現場に着いた。浜梨《はまなす》町四丁目。狭く入り組んだ通りが縦横に走る住宅街だ。現場はその通りの一つで、光輔は並んだパトカーと警察車両の後ろにセダンを停めた。光輔と架川がドアを開けて降車し、直央は礼服のジャケットを脱いだ。その姿を眺め、からかうように架川が言う。

「初日から臨場《りんじょう》とは、ついてるな」

「はい」とだけ応え、直央はセダンを降りた。ついてるどころか、混乱と困惑の極みだ。しかし上官の命令は絶対と、警察学校で叩《たた》き込まれているので仕方がない。と、思い出したように光輔が言った。

「架川さんも、配属初日から臨場でしたね」

歩きだしながら、ジャケットのポケットから出した白手袋を両手にはめる。「ああ」と返し、架川も歩きながら白手袋をはめた。光輔は、

「あの時はどうなるかと思いましたよ。何しろ」

と続けようとしたが、架川は「うるせえ。つまらねえことを覚えてるんじゃねえよ」と仏頂面で遮り、白いエナメルの靴を履いた足で光輔のふくらはぎを軽く蹴《け》った。直央は驚き、光輔も「暴力反対」と返したが顔は笑っている。

「あ、来た来た。二人とも、お疲れ」

そう声がしたので、直央は光輔たちの脇から前方を窺《うかが》った。通りに渡された「立入禁止」の黄色いテープの向こうに、スーツ姿の痩《や》せた中年男が立っている。

「遅くなりました。道が混んでいて」

申し訳がなさそうに会釈し、光輔は中年男に歩み寄って直央を手招きした。「はい」と応え、直央は小走りで光輔と架川の隣に行った。直央を指し、光輔は中年男に告げた。

「水木直央巡査です……こちらは桜町中央署刑事課長の矢上慶太《やがみけいた》警部」

はっとして、直央は背筋《せすじ》を伸ばして矢上に敬礼した。

「本日付で桜町中央警察署勤務を命ぜられました、水木直央です。よろしくお願いします」

「はいはい。例の水木さんね。取りあえず、蓮見くんたちの後に付いて行って」

黄色いテープ越しに直央を眺め、矢上は言った。長い顔と細い目。白髪交じりの髪を七三分けにしている。

「例の」って？　疑問を覚えながらも直央が「はい」と応えると矢上は光輔と架川に、「鑑識はさっき終わったから」と告げて身を翻し、通りの奥に向かった。「わかりました」と返し、光輔はポケットから出したシューズカバーを黒い革靴の上に装着した。架川も同じように白いエナメルの靴の上にシューズカバーを着けている。

「はい、これ。手袋は持ってるよね？」

光輔はポケットからもうワンセットシューズカバーを出し、直央に渡してくれた。礼を言い、直央は卒業式で使った白手袋をスカートのポケットから出して両手にはめ、ローヒールのパンプスの上にシューズカバーを装着した。その間に光輔たちは、警備の警察官が持ち上げた立入禁止のテープをくぐって通りの奥に進み、直央も後を追った。

少し歩くと細い路地があり、奥に刑事と思《おぼ》しき四、五人のスーツ姿の男がいた。刑事たちは何かを取り囲むようにして立ち、前方に身を乗り出したり話をしたりしている。

「お疲れ様です」

路地に入りながら光輔が声をかけ、架川も会釈をする。刑事たちは振り向いて「お疲れ」と返した。

「卒配の水木巡査です。遺体《ホトケ》はそこですか？」

手短に紹介されたので直央が頭を下げると、刑事たちは目礼して横にずれ、スペースを空けた。光輔、架川、そして直央もそのスペースに立って合掌し、視線を前に向けた。

アスファルトの上に、男がうつ伏せで倒れている。小柄の痩せ型で、オーバーサイズのナイロンジャンパーとジーンズ、白いスニーカーという格好だ。右腕は体の脇に伸ばし、左腕は肘を軽く曲げて、横向きになった顔の脇に置かれている。目は閉じているが口は軽く開かれていて、口と鼻から流れ出た血がアスファルトの上に溜《た》まっていた。遺体を囲むかたちで描かれたチョークの線や、その周囲の書き込みは鑑識係の作業の跡だろう。

警察学校在学中にも、実務実習で一週間ほど他の警察署に派遣されたことがある。しかし交番勤務や書類作成を手伝った程度で、事件現場も遺体を見るのも初めてだ。覚悟はしていたが、直央は胃がきゅっと縮まるのを感じた。

「特別選抜研修だって？　手始めに、死体観察の報告をしてもらおうかな」

その声に顔を上げると、光輔の隣の刑事と目が合った。歳は三十代半ばぐらいだろうか。天然パーマと思しきクセの強い髪が特徴的で、口調にはこちらを試し、からかうようなニュアンスがあった。他の刑事たちの視線も感じ、直央は遺体を改めて眺め、頭を働かせた。

「死斑《しはん》の濃さからして、死後十五時間ほどでしょうか」

死斑は人間の死後変化の一つだ。心臓の拍動が止まることで血液循環も止まり、血液はそれ自体の重さで遺体の下になっている部位の血管に溜まる。色は薄い紫または青みがかった赤でアザに似ているが、時間が経つにつれ濃くなっていく。目の前にある男の遺体にも、顔と両手の地面に触れている部分にぽつぽつと死斑が現れていて、色は濃い紫だった。

「うんうん。警察学校の教科書通りだね。他には?」

こくこくと頷《うなず》き返しながら胸の前で腕を組み、天然パーマの刑事はさらに訊《たず》ねた。直央は焦りを感じたが、何も浮かばない。さらに焦り、助けを求めるつもりで隣の架川を見ると、ぷいと顔を背けられた。

「申し訳ありません。他には何も」

仕方なく、そう言って直央が頭を下げようとした時、光輔が口を開いた。

「死斑の色と濃さからは、死後の経過時間だけじゃなく、死因も推定できる。このホトケの場合、濃いというより暗い紫色なので窒息死の可能性があるね。しかし頸部《けいぶ》には、索条痕《さくじょうこん》や扼痕《やくこん》が確認できない……ひょっとして」

そう呟《つぶや》き、光輔は遺体の脇に進み出て身をかがめた。索条痕は紐《ひも》などで、扼痕は手か腕で首を絞められた時に付く痕《あと》を指す。直央たちが見守る中、光輔は遺体の右腕に手を伸ばし、ナイロンジャンパーの袖《そで》をめくった。遺体の右手首が露《あら》わになり、そこには死斑とは明らかに違う、赤黒い横向きの筋が複数走っていた。筋を見て、光輔は告げた。

「これは人に強い力で摑《つか》まれてできたアザだ。体位と顔面の出血からしても、このホトケは何者かに腕を押さえ込まれ、後ろから体を圧迫され死に至った可能性が高い」

「その通り！　さすがは刑事課のエース。いつもながら冴《さ》えてるね」

白手袋をはめた手をぱんぱんと叩き、天然パーマの刑事が声を上げる。続いて直央に、「そういうことだから」と言い、架川にも「相棒が優秀でよかったですね」と作り笑顔で語りかけた。

ひょっとして、私と同じように死因に気づけなかったから顔を背けた？　疑惑が湧き、直央は再度隣を見ようとした。が、架川は仏頂面で、

「ほっとけ。お前だってホトケの死因には気づかず、鑑識から話を聞いたんだろ」

と言い返して天然パーマの刑事を睨《にら》んだ。図星だったらしく、天然パーマの刑事はわざとらしく咳払《せきばら》いをして真顔に戻り、話を変えた。

「ジーンズのポケットにあった財布の中の運転免許証から、ホトケの身元が割れました。安西海斗《あんざいかいと》、二十七歳。ここから徒歩三分ほどのアパートで独り暮らしをしていました。財布には二万円ちょっとの現金も入っていましたが、手つかずです」

「物盗《と》りの線は薄いということですね」

体を起こして光輔が言い、架川も「目撃者《マルモク》は？」と問うた。

「いま、矢上さんたちが地取《じど》りをしています。さっきアパートの大家から聞いた話では安西はフリーターで、近所の別のアパートに住む友人らしき男が毎日のように訪ねて来ていたそうです。そのアパートを管理している不動産業者に問い合わせたところ、男は黒津航大《くろつこうだい》、二十八歳と判明しました」

天然パーマの刑事が答える。地取りとは事件現場の周辺を聞き込みすることを指す警察用語で、事件の被害者や被疑者の関係者を聞き込みすることは鑑取《かんど》りという。

「黒津の職業は？　誰か話を聞いたか？」

架川はさらに問い、天然パーマの刑事は答えた。

「安西と同じフリーターです。アパートは留守だったので、スマホに電話しましたが通じません」

「僕らが話を聞きます」

片手を上げて光輔が言い、架川と直央に「行きましょう」と告げた。

4

天然パーマの刑事からアパートの場所を聞き、三人で通りを五十メートルほど進んだ。

「ここか。本当に近所だな」

眼前の二階建てのアパートを見て架川が言い、光輔は「ええ。黒津の部屋は一〇二号室です」と返した。と、通りの先から若い男が歩いて来てアパートの敷地に入ろうとした。

「黒津航大さんですか？」

光輔が声をかけて警察手帳を見せると、若い男は足を止めて「はい」と頷いた。

「ご友人の安西海斗さんのお話を伺わせて下さい。署の者がお電話したんですが、お仕事中でしたか？」

「ええ。ビジネスホテルのフロント係なので、スマホの電源を切ってて——海斗に何かあったんですか？」

怪訝《けげん》そうに訊ね、黒津は小さな目を動かして光輔とその横に立つ架川と直央を見た。でっぷりと太り、体重は八十キロ以上ありそうだが髪は整えられて、身につけているのも黒いテーラードジャケットと白いカットソー、黒いパンツにショートブーツだ。その丸く肉付きのいい顔を見返し、光輔は丁寧かつきっぱりと答えた。

「残念ですが、亡くなりました。今朝、この通りの先に倒れているのを発見されました」

「えっ⁉」

「安西さんと親しくされていて、よく自宅を訪ねていたそうですね。ちなみに昨日は？」

黒津に取り乱す隙を与えず、光輔は訊ねた。目を見開いたまま、黒津が「はい。訪ねました」と答える。

「何時に訪ねて、何時に出ましたか？」

「ええと……訪ねたのは昼過ぎですね。僕がバイトに行く夜の八時頃まで一緒でした」

「わかりました。後の話は、署で伺わせて下さい。車でお連れしますので」

丁寧に告げ、光輔は通りの奥を指した。呆然《ぼうぜん》と「はい」と返し、黒津は光輔に付き添われて歩きだした。架川と直央も元来た道を戻り始めようとした時、スマホのバイブ音がした。スーツのジャケットからスマホを出して耳に当て、光輔は応《こた》えた。

「はい、蓮見……そうですか。わかりました」

会話を終えた光輔はまず「ちょっとすみません」と言って黒津を立ち止まらせ、架川と直央を道の端に手招きした。

「現場近くの住民の女性が昨夜何か聞いたらしいんですが、『関わり合いになりたくない』と証言を拒否しているそうです。課長は僕が相手なら話すかもと言っているので、戻りましょう」

と、通りの奥からパトカーが一台近づいて来て、光輔は片手を上げてそれを停めた。パトカーの助手席のドアが開き、制服姿の中年の警察官が降りて来た。

「マルガイの友人の黒津航大さんです。僕らは地取りに行くので、誰かに聴取してもらうように手配します。署にお連れ下さい」

落ち着かない様子でこちらを見ている黒津を指し、早口で光輔が告げる。「了解しました」と返し、中年の警察官は声と表情を和らげて黒津に「こちらにどうぞ」と言い、パトカーに戻り後部座席のドアを開けた。呆然としたままパトカーに歩み寄り、黒津は後部座席に乗り込んだ。それを確認し、光輔と架川、直央は通りを歩きだした。その直後、「うっ！」という男の声とどすんという音が聞こえ、直央たちは後ろを振り返った。

パトカーの後部座席のドアが開け放たれ、その脇の道の上に中年の警察官が尻餅《しりもち》をついて顔をしかめている。黒津さんは？　とっさに、直央は通りの先を見た。そこには転がるように駆けて行く、黒いジャケットの大きな背中があった。

「おい！」

鋭く叫び、架川が駆けだした。光輔も、慌ててパトカーの運転席から降りて来た若い警察官に「公務執行妨害《コウムシッコウボウガイ》で手配！」と告げて黒津の後を追った。それを呆然と眺めていた直央だったが、振り返った光輔の「水木さん！」の声で我に返り、「はい！」と返して走りだした。

5

先頭を歩いていた光輔は足を止め、廊下の奥のドアを開けた。壁のスイッチを押して明かりを点《つ》け、部屋の中に進む。架川も部屋に入り、直央も続いた。

「ここが刑事課の会議室。他の場所は、明日《あした》にでも案内するよ」

部屋の隅の通路を進みながら振り向き、光輔は言った。スーツの腕には捜査資料の書類の束を抱えている。「はい」と返し、直央は広い室内を見回した。長机がずらりと並び、等間隔で椅子がセットされている。突き当たりのブラインドが下ろされた窓の前には、移動式のホワイトボードが二台置かれていた。

「そうやって甘やかすから、黒津を取り逃がしたんだ。一番の若手が一番もたついてどうするんだよ」

後方の長机の椅子を引いてどっかりと座り、架川が言い放った。あのあと直央たちは追跡したが、タイミング悪く遮断機が下りた踏切に行く手を阻まれ、黒津を捕らえられなかった。今は桜町中央署の地域課や近隣の署にも協力を要請し、行方を追っている。

直央は架川の脇の通路で立ち止まり、頭を下げた。

「申し訳ありません。警察学校の訓練では警備靴を着用していたので、パンプスで走るのに慣れていなくて」

「そうですよ。ましてや、礼服のスカートを穿《は》いているんですから」

そう助け船を出してくれたのは、光輔だ。最前列の長机の前まで行き、机上に捜査資料を下ろしている。捜査資料の上にはプリントアウトされた複数の写真が載っていて、光輔はそれを一枚ずつマグネットでホワイトボードに貼り始めた。するとドアが開き、矢上ほか数名の刑事が会議室に入って来た。

「蓮見くん、何やってんの」

　こちらに歩み寄って来ながら言い、矢上が苦笑する。きょとんとして振り返った光輔に、矢上はさらに言った。

「そういう仕事は、新人に任せないと。きみはもう先輩なんだから」

「そうでしたね。つい習慣で」

　光輔は笑い、直央は慌てて「すみません！」とホワイトボードの前に駆け寄った。光輔から写真を受け取っていると、後ろから鼻を鳴らす音と、

「とんだダボサクのヘイスケだな」

　という架川の声が聞こえた。言葉は意味不明だったが失敗したという焦りから、直央は椅子にふんぞり返って座る架川にも「すみません」と頭を下げた。だが光輔は、「架川さん、言い過ぎですよ。指示しなかった僕が悪いんだから、気にしないで」と直央を気遣い、矢上も最前列の長机に着きながら、「まあまあ、架川くん。お手柔らかに頼むよ」とフォローしてくれた。その間に、他の刑事たちもそれぞれ席に着いた。

　直央がホワイトボードに写真を貼り、長机の上に捜査資料を並べていると刑事たちが続々と会議室に入って来た。ここは桜町中央署の三階で、時刻は午後五時過ぎだ。

　間もなく直央は書類を並べ終え、席を立った矢上がホワイトボードの前に進み出た。

「まず、新人を紹介する。特別選抜研修のメンバーとして、本日付でうちに配属された水木直央巡査だ……水木さん、挨拶《あいさつ》」

手招きされ、直央は「はい！」と矢上の隣に向かった。

「水木直央です。よろしくお願いします」

礼服のワイシャツの背中を伸ばして室内の敬礼をしつつ、素早く向かいに視線を走らせる。長机に着いた刑事は、二十名ほど。直央以外は全員男で、歳は三十代前半から四十代半ばが多い。女の新人は珍しいのか「お〜っ！」という声があちこちで漏れ、拍手も起きた。その反応に取りあえずほっとし、直央はホワイトボードの脇に下がった。

「では、捜査会議を始める」と宣言し、矢上は改めて刑事たちに向き直った。

「今日の正午過ぎ、浜梨町四丁目を通りかかった宅配業者のドライバーより『路地に男の人が倒れている』と通報があった。駆けつけた警察官が男の死亡を確認、事件性があるとして機動捜査隊《きそう》と我々が臨場した。所持品により、マルガイは安西海斗・二十七歳、現場近くのアパート・はまなすハウス在住と判明。宮崎《みやざき》県出身で、家族によると職業はフリーターだが現在の勤務先は不明だ。しかしアパートの大家の話では家賃の滞納はなく、荒れた暮らしをしている様子もなかったらしい。安西の死因は検死の結果待ちだが、鑑識係は『胸を強く圧迫されたことによる窒息の可能性が高く、死亡推定時刻は昨日の午後八時から十一時』と話している。また、遺体と現場からは犯人《ホシ》のものと思《おぼ》しき指紋や毛髪、足跡《ゲソコン》などは検出されていない」

矢上は話を続けながらホワイトボードを振り向き、現場の遺体と駆けつけた家族から借りたらしい安西の顔写真を指した。目鼻立ちは平凡だが笑顔は明るく、綺麗《きれい》に並んだ白い歯が印象的だった。

「黒津航大とはバイト先の品川《しながわ》のビジネスホテルで知り合ったとありますが、これは現在の黒津の勤務先ですか？」

直央が配った捜査資料に目を通しながら、刑事の一人が問うた。頷《うなず》き、矢上が答える。

「ああ。二人が知り合ったのは二年前で、安西は三カ月ほどでバイトを辞めたが黒津は今も働いている。本人とはまなすハウスの大家の話から、黒津は昨日も午前六時に勤務を終えて帰宅、正午過ぎに安西の部屋を訪ねたようだ。その後、黒津は午後十時前にビジネスホテルに出勤、安西も何らかの理由で外出し、現場の路地で殺害された。なお、現場近くの住民の女性が午後九時前に、『男が言い争うような声を聞いた』と証言したので、相手が黒津だった可能性があるな」

「だが、今日の鑑取りでは安西と黒津の間にトラブルがあった様子はない。二人はかなり親しい仲で、黒津は半年前に現在の自宅アパートに転居し、よく安西の部屋を訪ねていたらしい」

捜査資料のページを捲《めく》りながら、別の刑事が独り言のように言った。昼間直央に死体観察の報告を求めた天然パーマの刑事で、梅林昌治《うめばやししょうじ》という刑事課主任の巡査部長だと、さっき光輔が教えてくれた。するとその光輔が、「はい」と挙手した。

「はい。蓮見くん」

振り返って矢上が指名し、光輔は席を立った。

「黒津の逃走時の状況は？　あのパトカーに乗務していた警察官はどう話していますか？」

「地域課の山尾学《やまおまなぶ》巡査部長と、堀米幸希《ほりごめこうき》巡査長だな。黒津をパトカーに乗せたのは山尾だが、ドアを閉めようとしたとたん、黒津はドアを開けてパトカーを降り、逃走した。驚いて降車した堀米は蓮見くんの指示を受け、無線で黒津を公務執行妨害《コウボウ》で手配した。山尾の腕は軽い打撲で済んだらしいが、始末書ものだな」

そう答え、矢上は息をついて眉《まゆ》をひそめた。

でもまさか、逃げると思わなかったよね。直央は思い、恐らくいま上官に叱責《しっせき》されているか、自宅待機を命じられているはずの二人に同情を覚えた。山尾はいかにもベテランといった雰囲気で、堀米は小柄だががっしりとした体格をしていた。

「わかりました」

そう応《こた》えて一礼し、光輔は着席した。今のやり取りをメモしているのか、手帳を開いてペンで何か書き込んでいる。一方隣の架川は、椅子にふんぞり返って座ったまま無言。早く会議が終わらないかと考えているのが丸わかりだ。目が合うと睨《にら》まれたので、直央は慌てて矢上の方に向き直った。

その後一時間ほどで、捜査会議は終わった。刑事たちは会議室を出て行き、矢上も直央に、「後片付けをよろしく」と告げて歩きだした。そこに駆け寄り、直央は言った。

「あの、課長。少しよろしいでしょうか」

「いいよ。なに？」

足を止め、矢上はテンポよく訊《き》き返した。ほっとして、直央は昼間からずっと抱いていた疑問をぶつけた。

「私の卒配なんですが、何かの間違いではありませんか？　私は成績も平凡でしたし、事務職志望です。どう考えても、特別選抜研修のメンバーに選ばれる資格はありません」

「そう言われても、本庁の上層部《うえ》が決めたことだからねえ。でも、あくまでも研修だし、あの二人からは学ぶことも多いと思うよ」

「あの二人とおっしゃいますと？」

「もちろん、蓮見くんと架川くん。水木さんの指導員だから、明日から彼らと動いてね」

あっさりと返され、直央は「えっ⁉」と声を上げた。と、同時に他の誰かも「なに⁉」と声を上げたので、直央と矢上は振り返った。会議室のドアの方から、架川が大《おお》股《また》で戻って来る。

「俺らに、この女の面倒を見ろって言うんですか？」

立ち止まった架川にすごむように顔を覗《のぞ》き込まれ、矢上はわかりやすく怯《ひる》んで身を引いた。

「だから、僕に言われても。うえには『特別選抜研修のメンバーは、刑事課内で最も優秀な捜査員と組ませるように』と言われてるんだよ。うちで一番検挙率が高いのは、きみたちでしょ」

「そりゃまあ」

顔を険しくしたまま架川が口ごもり、直央は心の中で「そうなの？」と驚く。と、後を追って来た光輔が「まあまあ」と架川の肩を叩《たた》いた。それから矢上に向き直り、

「ありがとうございます。ご期待に添えるよう、全力を尽くします」

と告げて頭を下げた。続けて光輔は体を起こし直央に、「そういう訳だから、改めてよろしく」と告げてにっこりと笑った。

だから、そういう訳がどういう訳かを知りたいんだってば。そう訴えたかった直央だったが、「はい。よろしくお願いします」と笑い返すしかない。

「決まりだね。明日からがんばって……でも、トラブルは困るよ。規則とコンプライアンス遵守で頼むからね」

ほっとした様子で告げた後、急にすがるような目で光輔を見て言い、矢上は会議室を出て行った。呆然《ぼうぜん》とその背中を見送る直央の耳に、光輔の「了解しました」という声と、架川の舌打ちの音が聞こえた。

6

ドアを開けて玄関に入り、直央は上がり框《かまち》にドラムバッグを下ろした。どさりという音とともに体の力が抜け、パンプスを脱いでふらふらと廊下を進んで奥のドアを開けた。

「お帰り。早かったね」

　傍らのキッチンから、母親の真由《まゆ》が声をかけてきた。「ただいま」とだけ返し、直央は部屋の奥に進んだ。十二畳《じょう》のリビングダイニングキッチンで手前にダイニングテーブルと椅子、奥の掃き出し窓の前にソファが置かれている。ダイニングテーブルの椅子を引き、直央は手前の自分の席に着いた。

「帰ったらまず、手洗いとうがいっていつも」と注意しかけた真由だったが、ふと思いついたようにコンロの前で炒《いた》め物をする手を止め、「あれ？　歓迎会は？」と訊《たず》ねた。

　真由も帰宅間もない様子で、部屋着に着替えているが、メイクは落としていない。

「歓迎会どころか、初日から大変だったんだから……あ、お陰様で無事に卒業しました。後で卒業証書を見せるわ」

　テーブルに突っ伏して答え、直央は立てた親指でドラムバッグが置かれた玄関を指した。

「おめでとう。卒業式に出られなくてごめんね」

　おっとりとした真由の声が、炒め物の音と重なる。漂う香りから今夜のおかずは豚肉のしょうが焼きだと察しつつ、直央は「ううん」と首を横に振った。

「仕事だし、仕方がないよ。それにお母さんが来てたら、さらに大騒ぎになってたと思う」

「大騒ぎ？」

きょとんとこちらを見返す真由に直央は、「炒め物。焦げちゃうから」と振り向いて促す。はっとして、真由は菜箸《さいばし》を握った手をフライパンの上で動かし始めた。

　直央が玄関脇の洗面所で手洗いとうがいをしてリビングダイニングキッチンに戻ると、真由は炒め終わった豚肉のしょうが焼きをフライパンから大皿に移していた。案の定豚肉が少し焦げていたが直央は大皿を盆に載せ、ご飯を茶碗《ちゃわん》に盛る手伝いなどもして、真由とダイニングテーブルに運んだ。

　夕食をダイニングテーブルに並べると、直央と真由はそれぞれの席に着いて「いただきます」の挨拶《あいさつ》をした。素早く箸を取り豚肉を頬張る直央を向かいから眺め、真由は改めて問うた。

「大騒ぎって、どうして？　卒業式で何かあったの？　それとも卒配先？　桜町中央署の地域課よね」

「そのはずだったのに、刑事課になってて。しかも迎えに来た刑事二人に連れられて、いきなり殺人現場に臨場。その後の展開も、まあ大変で」

「卒配で刑事課？　変ねえ」

　自らも箸を手に首を傾げた真由に、直央は口の中のものを飲み込みながら返した。

「なんか、本庁の上層部が考えた特別選抜研修とかいうののメンバーに選ばれちゃったらしいの。なんで私？　って誰に訊いても要領を得ない答えばっかりだし」

「本庁の上層部《うえ》の人って、女性を起用して新しいことをすればいいと思ってるから。その特別なんとかも、『現場にフレッシュな風を』みたいなのを狙ったのかも」

「フレッシュな風って表現自体、微妙に古臭いけどね」

「えっ、そうなの？」

と丸い目をさらに丸くしてから、真由はこう続けた。

「でも、研修なら二、三カ月もすれば終わるでしょ。やりたいことがはっきりしてるんだし、直央ならきっと上手《うま》くやり通せるわよ」

にっこりと笑う真由に「そんな呑気《のんき》な」と突っ込みたくなった直央だが、その気力もなく、「まあ、そのつもりだけど」と返し食事を続けた。

直央は、東京都世田谷《せたがや》区の西端の街にあるこのマンションで生まれ育った。今年四十八歳になる母親の真由は元警察官で、本庁の警務部や総務部などで働いていた。おっとりとして、いわゆる天然の気がある真由だが職務に熱意とプライドを持ち、事務のスペシャリストとして評価も高かったようだ。昼間直央が光輔たちに言った「捜査現場という前線だけでなく、後方からでも守れる平和や命がある」というのは真由の受け売りで、警視庁の採用試験に受かったのも、面接で同じ主張をしたからだと直央は考えている。

結婚し直央が生まれてからも仕事を続けていた真由だったが、十五年前に司法書士をしていた夫の輝幸《てるゆき》が病死。一念発起して警視庁を辞め、直央を育てつつ猛勉強して司法書士の国家試験に合格した。その後は輝幸の事務所を引き継ぎ、二人の部下とともに働いている。

「ねえねえ。刑事課ってどんな感じ？　私が警視庁にいた頃の印象だと、『警察の主役は俺らだ』みたいな偉そうな人と、すごく気さくで感じのいい人のどっちかだったけど」

ようやく食事を始めながら、真由は問うた。丸顔に、大きな目と小さいが程よく量感のある口。物心ついた時から「お母さんそっくりだね」と言われてきた直央としては、目と口はいいとして、輪郭は面長だった輝幸に似たかったと思う。

箸を口に運ぶ手を止めず、直央は答えた。

「そのまんま。私を迎えに来た二人のうちの一人は五十過ぎのおじさんで、信じられないぐらい無愛想で偉そう。しかも、黒地に白いストライプのダブルスーツを着て、薄紫色のサングラスをかけてるんだよ」

「またまたあ。そんな人が所轄の刑事課にいるはずないでしょ」

「と、思うでしょ？　でも本当なの。しかも本人は平然としてるし、周りも気にしてない感じ」

顔をしかめ直央が返すと真由は「何それ」と笑い、「で、もう一人は？」と訊ねた。

「イケメンですごく優しい。その二人が私の指導員で、桜町中央署の刑事課の中で一番のやり手なんだって。でも、ほとんどイケメンの人の力だと思う」

「よかったじゃない。職種に関係なく、一流の人からは学ぶことが多いわよ。うえの人も、ポーズじゃなく本気で人材を育てようとしてるのかも」

「ふうん」

そう相づちを打ちつつ、直央はいまいち腑《ふ》に落ちない。

蓮見さんみたいにできる人が、なんで架川さんとコンビを組んでるの？　しかも、妙に仲がいいっていうか、蓮見さんが率先して架川さんをフォローしてる感じだし。そう思い、頭に昼間の架川と光輔のやり取りが蘇《よみがえ》る。二人と他の刑事たちは今も捜査中のはずだが、直央は矢上に「初日だし、帰っていいよ」と言われた。

「それより、そのイケメン。歳はいくつ？　独身？」

勢い込んで問われ、直央は顔を上げた。真由は箸をテーブルに置き、身を乗り出している。

「知らない。歳は二十七で、階級は巡査長だとは聞いたけど」

うんざりして返し、直央は食事を続けた。「ふうん」と言い、真由も身を引いて食事を再開した。

「とにかく、研修はちゃんとやった方がいいわよ。理由があるからメンバーに選ばれたんだろうし、うえの命令は絶対だもの」

「うん。でも、その理由なんだけど」

そう言いかけてやめた直央の頭には、光輔、架川とは別の人間の顔が浮かんでいる。手を止め、真由が怪訝《けげん》そうに「なあに？」と訊ねた。

「ううん。なんでもない」

首を横に振って返すと、頭から別の人間の顔は消えた。直央は箸を伸ばして大皿の豚肉をつまみ、頬張った。

7

翌朝。直央は始業時間の八時半の三十分前に、桜町中央署に登庁《とうちょう》した。真由に「新人は一番に席に着いてなきゃ」と言われたからだ。

警察車両が停められた駐車場を抜け、通用口に向かいながら署屋を見上げた。鉄筋六階建てで、やや古びている。通用口の脇に立つ警備の警察官に警察手帳を見せて挨拶し、直央は署内に入った。ナイロン製の黒いトートバッグを肩にかけ直しつつ、左右にドアの並んだ広い廊下を進む。と、階段の手前のトイレに気づき、ドアを開けて中に入った。

手前に洗面台、奥に個室が並び、洗面台の壁の鏡には、ダークグレーのパンツスーツと白いワイシャツ姿の自分が映っている。刑事課はスーツ着用が基本だが、卒配先は制服着用の地域課だと思っていた直央は、就活用のスカートスーツしか持っていなかった。取りあえず真由のパンツスーツを借りたのだが、サイズが少し大きい。ずり落ちてしまったスラックスを引っ張り上げ、ついでに鏡を覗《のぞ》いてショートカットの髪も整えた。

「気合いが入ってるわね」

声をかけられ、直央はぎょっとして振り向いた。トイレのドアが半分ほど開き、そこから女の顔が三つ、縦に並んでこちらを見ている。直央が言葉を返そうとすると女たちは顔を引っ込め、ドアは大きく開かれた。トイレに入って来た女たちが三人とも合服《あいふく》と呼ばれる警察の春秋用の制服姿なのに気づき、直央は姿勢を正して一礼した。

「おはようございます。昨日《さくじつ》刑事課に配属されました、水木――」

「水木直央ちゃん、二十三歳。警察学校を卒業したての新人さんよね。おはよう」

女の一人が言い、直央の脇に立った。マッシュルームカットでメタルフレームのメガネをかけ、小柄小太り。歳は真由と同じぐらいだろうか。

「はい。よろしくお願い――」

「はいはい、よろしく。特別選抜研修で、いきなり刑事課ですって？　すごいわあ。よっぽど優秀なのねえ」

もう一人も言い、メタルフレームのメガネの女とは反対側の直央の隣に立った。こちらも真由と同い年ぐらいで、マッシュルームカットでメガネをかけている。しかしフレームは赤いプラスチック製で、痩《や》せていて背が高い。

「いえ、そんな。私は」

首を横に振って直央が話しだそうとした時、頭の後ろで、

「しかも、架川・蓮見班に入るんでしょう？　いろんな意味で注目の的《まと》ですよ」

と声がした。思わず「ひっ」と短い悲鳴を上げて振り向いた直央の眼前に、三人目の女の顔があった。こちらはかなり若く、愛らしい目鼻立ちで前髪を額に斜めに下ろし、

長い髪を後ろで一つに束ねている。

「い、いろんな意味って？」

身を引きながら、ついタメ口になって直央は訊《たず》ねた。しかし若い女はにこにこ笑っているだけで、代わりにメタルフレームのメガネの女が答えた。

「でも、他の刑事は全員男性。何かと心細いんじゃない？　困ったことがあったら、何でも言ってね。ちなみに私は警務課の須藤《すどう》さつき。そっちも同じ警務課の倉間彩子《くらまあやこ》」

「そっち」と言いながら須藤は赤いプラスチック製のフレームのメガネをかけた女を指し、女は「仲良くしましょうね」と口の端を上げて笑った。すると、直央の後ろに立った若い女も言った。

「私は交通課の米光麻紀《よねみつまき》です。Ⅲ類で入庁したので、歳は水木さんより三つ下。お友だちになって下さい！」

最後に身を乗り出し、米光は直央の手を取って握った。三人の勢いと距離の詰め方に圧倒され、直央は「はあ」と返すのがやっとだ。

「ところで、聞いたわよ。昨日は臨場して早々、梅林さんにパワハラまがいの質問をされたんですって？」

表情を腹立たしげなものに変え、須藤が訊ねた。「ええ、まあ」と答えてから、直央は続けた。

「でも研修なら当然ですし、ああいう質問は警察学校にいる時に山ほどされましたから……それより、架川警部補って」

「あ、やっぱりそこが気になる？　そりゃそうよねえ」

「気になるというか、びっくりしました。あのスーツとか、話し方とか。もちろん、経験豊富な尊敬できる上官だろうとは思いますが」

直央が遠慮がちに切り出すと、須藤、倉間、米光はうんうんと頷き、応《こた》えた。

「わかるわ。当然よ。私たちだって、初めはびっくりしたもの。どう見てもやくざ映画のコスプレだもんね」

「しかもあの殺気。捜査中以外もダダ漏れだから、職員食堂でうどんをすってる姿とか、引くのを通り越して笑っちゃうわよ」

「架川さんは去年の五月にうちの署に来たんですけど、その前はずっと本庁の組対《そたい》四課にいたんですよ」

三人の話をふんふんと聞いていた直央だったが、最後の米光の発言に驚いて訊《き》き返した。

「組対四課!?　それって本庁組織犯罪対策部組織犯罪対策第四課、俗に言うマル暴《ぼう》ってことですか？」

「そう。組対四課は組対三課と統合されて、暴力団対策課になっちゃったけどね」

「でしたね。でも、なんでそんな人が所轄の刑事課に？」

疑問をぶつけつつ、それであの格好かと納得もする。組織犯罪対策部は暴力団犯罪を取り締まる部署で、中でも指定暴力団を担当する四課は、部署の顔とも言える存在だった。直央の疑問を待ち構えていたように、須藤は言った。

「そりゃ当然訳ありよ。捜査でミスをしたとか、上官と揉《も》めたとか噂は山ほどあるけど、本当のところは謎」

「水木さんは、これから一緒に行動するんでしょ？　何かわかったら教えてよ」

好奇心で目を爛々《らんらん》と輝かせた倉間に迫られ、直央が怯《ひる》んでいると、また米光が言った。

「でも、刑事課の捜査員としても優秀みたいですよ。前に矢上さんが『あの二人は持ちつ持たれつ。架川くんが相棒だからこそ、蓮見くんの切れ者ぶりが発揮されるんだ』って話してました」

「へえ、そうなんですか。ちなみに、蓮見さんはどんな方ですか？」

「顔よし、性格よし、仕事もできてパーフェクト。兵庫《ひょうご》出身で、一度は兵庫県警に入ったんだけど、家庭の事情で退職して、何年か前に再採用の試験を受けて警視庁に入庁したそうよ。署長のお気に入りで、巡査部長の昇任試験を受けて本庁の捜査第一《ソウイチ》課に行けって言われたんだけど、『修行中の身ですから』って断ったって」

須藤が答え、倉間が「謙虚よねえ。真面目よねえ」とうっとりと空《くう》を見る。

再採用とは、育児や介護などの理由で退職した職員を再雇用する制度だ。警察官として五年以上勤務経験のある六十歳未満の者なら、日本中の警察の再採用試験を受けられる。唯一、警視庁には受験資格があるのは元警視庁の職員だけという縛りがあったのだが、最近はそれもなくなったと聞いている。

じゃあ蓮見さんも米光さんと同じⅢ類、高卒入庁なんだ。直央がそう思っていると、

「でも」と米光が言い、こう続けた。

「謎も多いんですよね。そつがないぶん隙もないって言うか、プライベートの話とかほとんどしないし、こっちが振っても上手《うま》くごまかされちゃう感じで」

「つまり、蓮見・架川コンビは仕事はできるけど謎も多いってことですか。大丈夫かなあ」

急に不安になり、直央は視線を泳がせた。その肩を「大丈夫大丈夫」と須藤が叩《たた》き、倉間も「そうそう」と頷く。その軽いノリにますます不安になり、直央は向かいに立つ米光を見た。米光も直央を見て、真顔でこう告げた。

「水木さん。今年の一月に本庁の警務部長が十年前の長野県での談合《だんごう》と収賄《しゅうわい》、ホステス殺害事件への関与で逮捕された事件を覚えていますか？　あの事件を解決したのは、蓮見さんと架川さんですよ」

「本当に？　もちろん覚えてます……へえ、そうだったんだ。すごいな」

事件が報道された時、警察学校の同級生たちと驚いたのを思い出し、直央は呟《つぶや》いた。その耳に須藤の、

「まあ、あの時は報道されてること以外にもいろいろあって、大変だったんだけどね」

というため息交じりの声と、それを「しっ！」と咎《とが》める倉間の声が届く。怪訝《けげん》に思い、

直央は二人を振り向こうとした。すると米光が自分の腕時計を覗《のぞ》いた。

「水木さん。八時半から捜査会議でしょう？　そろそろ行って、準備した方がいいですよ」

「そうでした。ありがとうございます」

はっとして、直央は洗面台からトートバッグを取ってドアに向かった。「がんばってね」「今度ランチしましょう」「蓮見さんたちによろしく」と手を振る米光たちに、「はい」と笑顔で返してトイレを出た直央だったが、胸には微妙にもやもやとしたものが残った。

8

その後、一時間ほどで捜査会議は終わり、直央は光輔、架川と署の駐車場に向かった。駐車スペースに停められた昨日と同じセダンのドアを光輔が解錠し、直央は助手席に乗り込んだ。本来なら新人の直央が運転すべきなのだが、まだ四輪検定という資格を取得していないので、警察車両のハンドルを握れない。

「ぺーぺーの三下の分際で捜査会議が始まる直前に出勤するとは、大した度胸だな」

当てつけがましく言い、架川は後部座席に乗り込んだ。今日もダブルスーツ姿で、色は直央と同じダークグレーだが、ワイシャツは臙脂《えんじ》色で豹《ひょう》柄のネクタイを締めている。

確かに今朝はトイレで思わぬ出会いがあり、会議室に行くのが遅くなってしまった。なんのために早起きして家を出たのかと悔やみつつ、直央は「すみません」と頭を下げた。すると光輔は運転席でシートベルトを締めながら、

「架川さん。今後は水木さんをペーペーや三下、女呼ばわりするのは禁止です。昨日課長にコンプライアンス遵守と言われたでしょう」

と振り返って架川に告げた。後部座席の端にどっかりと座って脚を組み、架川は不機嫌そうに返した。

「ペーペーも三下も女も、事実だろう。本当のことを言って何が悪い」

「問題は事実かどうかではなく――そもそもペーペーとか三下、あと昨日のダボサクとヘイスケも、水木さんには意味不明だと思いますけど。でしょ？」

苦笑して直央に問いかけ、光輔はセダンのエンジンをかけた。周りに停められたセダンにも他の刑事たちが乗り込み、次々と捜査に出発する。「不勉強ですみません」と、直央が頭を下げると、光輔は言った。

「ペーペーは未熟者、三下は下っ端みたいな意味だよ。三下の方は博打打《ばくち》ちの隠語で、暴力団関係者が使うこともある。ダボサクは使いものにならないやつ、ヘイスケは平《ひら》の構成員って意味で、これも暴力団関係者の隠語だね」

「へえ」

と相づちを打ったあと須藤たちとの会話を思い出し、直央は訊《たず》ねた。

「さっき聞いたんですけど、本庁の警務部長の談合と収賄、ホステスの殺人事件を解決したのは、蓮見さんと架川さんだそうですね」

「うん。僕らだけじゃなく、大勢の人の力を借りて解決したんだけどね」

「だとしても、すごいです。それと、架川さんは桜町中央署に来る前は組対四課にいらしたとも聞きました」

びくつきながらも首を後ろに回して切り出したが、架川は無言。レンズが薄い黄色のサングラスをかけ、片肘《かたひじ》を窓枠に突いて外を眺めている。代わりにセダンを署の敷地から通りに出しながら光輔が、「そうだよ」と答えた。

「じゃあ、神戸《こうべ》の鷲見《わしみ》組とか、赤坂《あかさか》の神群《しんぐん》会の事務所をガサ入れしたりしていたんですか？　ニュースで要塞《ようさい》みたいな玄関のドアを壊したり、すごんでくる構成員に一歩も引かなかったりするのを見て、カッコいいなと思っていました」

光輔と架川を交互に見て、直央は続けた。指定暴力団は全国に二十弱あるが、最大勢力を誇るのが神戸に本部を構え、構成員約四千百人の鷲見組、次いで東京の赤坂に本部を構える、構成員約三千人の神群会だ。

「まあな」

架川が答えた。視線は窓の外に向けたままだが、口調と表情は和らいでいる。ほっとして、直央は今度は光輔に語りかけた。

「蓮見さんは兵庫県警にいらして、再採用で警視庁に入庁されたそうですね。出身も兵庫と聞いたんですけど、どちらですか？」

「加古川《かこがわ》だけど」

ハンドルを握り前を向いたまま、光輔は答えた。

「へえ。でも、言葉に全然関西訛《なま》りが――」

「わかったぞ」

架川に言葉を遮られ、直央は「えっ？」と振り返った。サングラス越しの眼差《まなざ》しを直央に向け、架川は告げた。

「お前、会議の前に桜町三姉妹に捕まったな？　で、あれこれ吹き込まれた」

「桜町三姉妹？」

「警務課の須藤さんと倉間さん、交通課の米光さんのことだよ。名付けたのは架川さんなんだけど、今じゃ署内のみんながそう呼んでる」

そう説明してくれたのは光輔だ。「へえ」と返した直央に、光輔はさらにこう続けた。

「須藤さんと倉間さんはベテランの事務職員だし、米光さんは署のアイドル。三人ともいい人だけど、何か話すとあっという間に噂になる。気をつけた方がいいよ」

笑いながらだが、本気の忠告だとわかる。さっきの三人の様子を思い出して納得し、直央は「わかりました」と応《こた》えた。一方で微妙に光輔に何かを牽制《けんせい》された気がして、また胸にもやもやとしたものを感じた。

9

十五分ほどで、浜梨町四丁目に着いた。光輔が狭い通りの端にセダンを停め、三人で降車する。捜査会議で逃走した黒津航大を追う班と、被害者の安西海斗の周辺を捜査する班に刑事たちを振り分けることになった。直央たちは後者で、安西の自宅を調べる。

まず裏に住む大家を訪ねてカギを借り、二階建てアパートの二階の中ほどにある安西の部屋に向かった。光輔が解錠してドアを開け、三人で室内に入る。

手前が四畳半のキッチンで、傍らの壁にはトイレ兼バスルームと思《おぼ》しき部屋のドアがある。キッチンの奥は居室で、奥にベランダに通じる掃き出し窓が見えた。六畳のフローリングの居室には、シングルサイズのベッドとローテーブル、棚、机が詰め込まれている。ベッドの上にはスウェットパンツとトレーナーが脱ぎ捨てられ、ローテーブルの脇にはスナック菓子が入ったコンビニのレジ袋が置かれていた。昨夜安西が部屋を出た時のままに見えるが、事件発覚後、桜町中央署の鑑識係と刑事が捜査済みのはずだ。

「勤務先不明のフリーターの割には、金廻《まわ》りがよかったようですね」

そう言って、前を行く光輔が足を止めた。発言の意図がわからず、後ろの直央は居室に一歩入ったところで戸惑う。すると光輔は振り向き、「よく見て」と促すようにベッドを指した。光輔の隣に進み出た直央の目に、いま見たばかりのスウェットパンツとトレーナーが映る。しかし改めてよく見ると、どちらも若者に人気のストリート系ブランドのロゴ入りで、二万円はするはずだ。加えて、枕元に置かれた椅子に載った目覚まし時計も、人気と値段の高さで知られる別のストリート系ブランドのものだった。

寝室に入って十秒も経ってないのに、すごい観察力だな。直央が驚き、感心しているとその脇を抜け、架川も居室に入った。

「そうらしいな。こっちも見てみろ」

ぼそりとした声に、直央と光輔が振り向く。

架川はベッドの向かいの壁際に置かれた棚の前に立っている。直央たちも倣うと、棚には映画とテレビドラマのDVDやブルーレイのパッケージがずらりと並んでいた。どれも綺麗《きれい》で、「スペシャル限定版」と書かれたボックス入りのものもあった。

「黒津の部屋にも、大量の映像ソフトがありましたね。バイト先のホテルの支配人によると、黒津と安西は映画やドラマ好きという共通の趣味で親しくなったそうです」

光輔が言い、直央は心の中で「そうなんだ」と呟《つぶや》いて部屋の奥を見た。DVDやブルーレイのパッケージは、床や机の上にも積み上げられている。手前の床の上にはアダルトDVDばかりを積んだものもあり、普段目にする機会がないので、ついじっと見てしまう。と、脇から金無垢《きんむく》のロレックスの腕時計をはめた手が伸びて来て、積まれたアダルトDVDのパッケージを三、四枚摑《つか》み上げた。

「熟女、乱交、スクール水着にSM……節操《せっそう》のねえやつだな」

ご丁寧にサングラスを外して一枚ずつパッケージを眺め、架川はコメントした。その姿に直央がうんざりした時、光輔が言った。

「節操がないのには、理由があったのかもしれませんよ」

その声にまた直央は振り向き、架川も倣った。

光輔は棚の横に置かれた液晶テレビの前に移動し、膝《ひざ》を折って座っている。液晶テレビは三十二インチほどのありふれたもので、その脇の床の上には二回りほど小型の液晶ディスプレイが二台置かれていた。

「なんで独り暮らしなのに、テレビが三台もあるんだよ」

架川が疑問を呈し、直央は答えた。

「床の上の二台は、テレビじゃなく液晶ディスプレイです。安西はゲームも好きだったのかもしれませんね。この二台でダブルモニターにして、プレーしていたのかも」

意見を求め、直央は光輔を見た。しかし光輔の目は、テレビが載った黒い合板製の台に向いている。脇から覗《のぞ》くと、台の黒いガラスの扉は開かれ、中に並んだ棚板の上にはブルーレイレコーダーが一台と、外付けのハードディスクドライブが二台置かれていた。電気製品には詳しくない直央にも、三台ともまだ新しく、ハイスペックな機種だとわかった。

なんでこんなものを。怪訝《けげん》に思い首を捻《ひね》りかけた時、直央の頭にある閃《ひらめ》きがあった。慌てて棚板の上に並んだブルーレイレコーダーと外付けのハードディスクドライブを見直し、視線を窓の脇に置かれた机に移した。机上も左右にＤＶＤとブルーレイのパッケージが積まれているが、真ん中は四角くぽっかりとスペースが空いている。そしてその奥にも液晶ディスプレイとキーボードが置かれ、液晶ディスプレイに接続されたケーブルがテーブルの下に垂れ下がっていた。

蓮見さんが言った理由って、これ？　胸に高鳴りを覚え、直央は光輔を振り向いた。目が合うと光輔は、

「机の上にはノートパソコン、下にはデスクトップパソコンがあった。どちらも鑑識係が押収して解析中だよ」

と静かに告げ、直央の閃きを察知したように頷《うなず》いて見せた。

10

「――以上のように各所に協力を要請し、黒津の関係先ほかネットカフェやビジネスホテルなども捜索していますが、足取りは摑めていません。ただし交通機関の防犯カメラの映像に姿が確認できなかったので、この周辺に潜伏中と考えられます」

報告を終え、梅林は前方の矢上を見た。「よし」と頷いた後、矢上は問うた。

「安西と黒津の自宅、現場付近の防犯カメラは？」

「残念ながら、未設置です」

矢上は「そうか」と再び頷き、細い目を刑事たちが着いた長机の後方に向けた。

「では、次。架川・蓮見班」

「はい」

そう答えて席を立ってから、光輔はホワイトボードの脇に立つ直央を指した。

「報告は、水木巡査が行います」

「えっ……ああ、うん、そうだね。では水木さん、よろしく」

一瞬戸惑いながらも自分に言い聞かせるように呟き、矢上は直央を振り返った。一緒に他の刑事たちの視線も動く。

「はい」

と応えてホワイトボードの前に進み出た直央だが、足取りは重い。胸いっぱいに不安と憂鬱《ゆううつ》を感じて光輔を見たが、「がんばれ」と言うように微笑みかけられてしまった。一方その隣の架川は、仏頂面でそっぽを向いている。

やるしかないか。不安と憂鬱の上に緊張までしてきたが、直央は覚悟を決めた。

「我々はマルガイの自宅アパートを捜索しました。昨日の捜索でも確認済みですが、安西は大量の映画やドラマの映像ソフトを所持しています」

そう言いながら、ホワイトボードに貼られた安西の居室を撮影した写真を指す。つられて、矢上や刑事たちが写真を見たのがわかった。

よし。出だしは上手《うま》くいった。安堵《あんど》し、直央は先を続けた。

「しかしその他に液晶ディスプレイ二台とブルーレイレコーダー一台、外付けのハードディスクドライブ二台、さらにノートパソコンとデスクトップパソコン、液晶テレビを一台所持しています。全て最新型のハイスペックな機種で、安西の収入を考えると不自然です。また、安西の衣類や雑貨を確認したところ、高価なストリート系ブランドのものが複数含まれていました。これらの状況から、安西は所持している映像ソフトと録画したりダウンロードしたりした映画やテレビドラマでファスト映画を作り、ネットの動画サイトに投稿して広告収入を得ていたと考えられます」

そこで言葉を切り、直央は刑事たちを見た。緊張のあまり早口になってしまったせいか、怪訝そうな顔をしている者がちらほらといる。矢上も怪訝そうに訊《たず》ねてきた。

「ファスト映画って、映画やドラマを十分ぐらいに編集してネットに上げるやつ？　確かに最近増えてるけど、著作権法違反の犯罪だよ」

「はい。ですから」

「裏は取ったの？　映画やドラマのマニアなら、それぐらいの機材を揃えていても不思議じゃないし、親から仕送りをもらっていたのかもよ」

そう疑問を呈したのは、梅林だ。前列の長机に着き、天然パーマの髪が少しかかった目で胡散臭《うさんくさ》げに直央を見ている。「おっしゃる通りです」とかしこまって頷き、直央は話を再開した。

「安西の両親に確認したところ、仕送りはしていないと言われました。加えて、友人知人にも話を聞きましたが、安西が借金をしたり何かのトラブルに巻き込まれたりしている様子はなかったそうです。さらに先ほど、鑑識係に押収したパソコンの解析状況を問い合わせました。安西はノートとデスクトップ双方のパソコンにキャプチャーソフト、つまりパソコンの画面を動画として撮影するソフトをインストールしていて、これを使って保存、編集した映画やドラマを動画サイトに投稿していた形跡があるそうです」

とたんに、梅村も含めた刑事たちは驚いた顔になり、会議室は小さくざわめいた。

本当は、安西の両親と友人知人に「裏を取りましょう」と提案したのも、鑑識係にパソコンの解析状況を確認したのも光輔だ。しかしその光輔に「ファスト映画の件に気づいたのは水木さんだから、夕方の捜査会議で報告して」と言われた。当然直央は「無理です。それに、ファスト映画の件は蓮見さんの方が先に気づいてましたよね？」と訴えたのだが、光輔は笑顔で「いいから」と繰り返すだけだった。では架川はと窺《うかが》うと、「俺に恥をかかせたら承知しねえからな」と殺気溢《あふ》れる顔で睨《にら》まれはしたが、反対されなかった。仕方なく、直央は帰署後、頭の中やトイレで何をどう話すか練習し、三十分ほど前に始まった捜査会議に臨んだ。

予想外に大きな反応に戸惑いながらも満足を覚え、直央は刑事たちの顔を見回した。と、光輔と目が合い、仕草で「先を続けて」と促された。我に返り、直央は再び口を開いた。

「それと、安西のパソコンやブルーレイレコーダーなどからは、黒津の指紋も複数検出されています。あと黒津の自宅から押収したノートパソコンからも、動画投稿サイトにアクセスしていた形跡があったそうです。結論として、安西と黒津は違法動画の作成と投稿で協力関係にあった。ところが何らかの理由で仲違《なかたが》いし、路上で口論になって黒津が安西を殺害したんです」

「しかし、黒津は昨日も安西の部屋に行っていたんだろう。本人とアパートの大家がそう証言してる」

今度は矢上が疑問を呈した。振り向き、直央は、

「はい。なので黒津が安西の部屋に行ったのも、仲違いと関係しているとか」

と推測したが、待ってましたとばかりに梅林に突っ込まれた。

「その仲違いに至った、『何らかの理由』ってなに？」

そこまで推測していなかったので、直央は返事に窮《きゅう》した。取りあえず「すみません。わかりません」と答えて頭を下げようとした時、「その件ですが」と別の刑事が挙手した。先を続けるように矢上が促し、別の刑事は立ち上がった。

「安西は近々《ちかぢか》帰郷するつもりでいたようです。常連だったという居酒屋の店主に話を聞いたところ、『十日ぐらい前に来た時、安西くんは事務用品の問屋をやってる親戚《しんせき》に働かないかと誘われたので、宮崎に戻るつもりだと話していた』そうです。親戚から、事実だという裏も取りました」

その報告に刑事たちは再び驚き、さっきより大きくざわめく。直央も驚いたが自分の

推測が裏付けられ、真実味を増していくのが嬉《うれ》しく、興奮も覚えた。しかし矢上は、

「だからって、殺したりするかなあ」

と、素の話し方に戻って首を傾げ、ホワイトボードの黒津と安西の顔写真を見た。確かにそうだなと、直央も二人の顔写真を見た。

どちらも髪を整えヒゲも剃《そ》っているが、黒津は襟付きのシャツにジャケットのコンサバ系ファッション。一方安西は、オーバーサイズのトレーナーにシルバーのネックレスのストリート系ファッション。そして黒津は安西より十センチほど背が高く、体重は三十キロ近く重い。直央は写真に見入り、昨日自宅アパート前で光輔が声をかけた時の黒津と、安西の部屋の様子が頭に浮かんだ。

「これは多分なんですけど」

気がつくと、そう言っていた。「なに？」と矢上が振り向く。その顔を見返し、直央は答えた。

「一昨日《おととい》の夜の黒津と安西の様子です。いいですか？」

「えっ？　うん」

面食らいながらも矢上が頷《うなず》いたので、直央は片手を胸に当てて俯《うつむ》いた。意識を集中し、自分に小さく「はいっ！」とかけ声をかけて顔を上げ、話しだす。

「相棒がいなくなって一番困るのは黒津です。なので一昨日の夜、黒津は安西を説得するために自宅アパートに行ったんじゃないでしょうか。たとえば、『宮崎に戻るなんて

言うなよ。ファスト映画作りはどうするんだよ』みたいな」

「まあねえ。でも」

「でも、安西は『一生こんなことやってられないし、いずれ警察に捕まるよ』と拒否。黒津はめげずに説得を続け、話は堂々巡りになったんでしょう」

　自分の言葉を奪うかたちで話を続ける直央に圧《お》され、矢上は黙る。直央はさらに話した。

「そうこうしているうちに、時刻は午後八時。黒津は『俺はバイトに行くから、その前に何か食おう』と安西を誘い、二人はアパートを出ます。もちろん黒津は歩きながらも説得を試み、やがて現場の脇道近くまで行った時、本心を吐露します。たとえば……『頼むから、考え直してくれよ。俺はファスト映画の稼ぎがなくなると困るんだよ』」

　黒津の言葉を言う時には前に向き直り、眉根《まゆね》を寄せて困り顔を作る。その声も、昨日聞いた、太くてやや籠《こ》もった本人の声を真似た。間を置かず、真央は一旦《いったん》真顔に戻り、

「ところが、安西はこれを突っぱねます」

　と告げてから、今度はそっぽを向いて片手を腰に当て、冷めた表情で言った。

「じゃあ、お前も就職すればいいだろ。俺らもじきに三十だ。バカやって遊ぶのもお終《しま》いだよ」

　声も話し方も想像だが、顔写真と自宅の様子から安西はチャラいヤンチャ系に見えて、実はリアリストというイメージが湧いた。一方黒津は素直だが流されやすく、思い込み

が激しいという印象だ。その印象に基づき、直央は黒津のつもりで答えた。

「なんだよ、それ。俺は真剣にやってたし、お前を信じてたんだぞ」

そして隣を歩行中と想定している安西に向き直り、伸ばした両手でその肩を摑《つか》んだ。続けて今度は安西の立ち位置に移動し、鬱陶《うっとう》しげに「関係ないし。放せよ」と言って黒津の手を振り払うジェスチャーをした。その直後、直央は黒津の立ち位置に戻り、ショックと怒りの入り交じった表情で隣を見て、「なんだよ、それ」と繰り返した後、「ふざけんな！」と声を上げて再び隣に両手を伸ばした。

その後は、「おい、やめろよ！」「うるさい！」と声色と表情を交互に変え、揉《も》み合うジェスチャーもしながら会議室の奥に進んだ。通りから脇道に入っていく黒津と安西を再現しているつもりだ。

そのまま数メートル進み、直央は事件現場と想定した場所で立ち止まった。苦痛に満ちた表情を作り安西の声で「痛いって！　わかったから落ち着けよ」と、自分の右手首を摑んでいるという体《てい》の黒津に訴えた。その直後、直央は右手を下ろして真顔に戻り、向かいの刑事たちに告げた。

「二人の体格差を考えれば、当然こういう状況になったはずです。安西は痛みと焦りから、黒津をなだめようとしたでしょう。でもそれが黒津を逆上させ、安西殺害に至った――いま『どうやって？』と思った方、いますよね？　矢上課長。申し訳ありませんが、ご協力いただけますか？」

会議室の奥からホワイトボードの前に戻って問いかけると、矢上は「僕？　構わないけど」と答えた。続けて何か言おうとしたが直央は先に「ありがとうございます」と言い、右腕を伸ばして矢上の右手首を掴み、捻《ひね》り上げた。

「痛っ！」

矢上は声を上げたが、直央は構わず右手首を捻り上げたまま彼の背後に回った。そして左手で矢上の左肩を摑み、膝《ひざ》を曲げて右脚を上げて矢上の右膝の裏を打った。その衝撃で前のめりに床に倒れながら矢上が、

「えっ、ちょっと！」

と今度は戸惑いの声を上げる。しかし直央はその左肩と右手首を摑んだまま、矢上の背中に馬乗りになった。警察学校で習った技に、アクション映画などで見た動きをプラスしている。「おい！」と今度は刑事の誰かが言い、直央は前に向き直った。

「恐らく二人は、こんな体勢になったんでしょう。体重八十キロの黒津にのしかかられれば、安西はひとたまりもありません……課長。さっき、安西は背後から胸を強く圧迫されたことによる窒息死という検死結果が出たとおっしゃいましたよね？」

脇から顔を覗《のぞ》き込んで問うと、矢上は必死の形相で、

「言ったし、わかったから。とにかく手を離して！」

と訴えた。「はい」と返し、直央は矢上の肩と手首から手を離し、立ち上がった。そして脇に避《よ》け、「大変失礼しました」と頭を下げた。それに「いいよいいよ」と力のな

い声で応《こた》え、矢上はよろよろと立ち上がった。そして直央に摑まれて赤くなった右手首を左手でさすりながら、向かいを見た。

「再検証は必要だが、いま水木さんが再現した状況で安西が黒津に殺害された可能性は高い。その線で捜査を進め、黒津の逮捕状《ふだ》も取る」

が、返事はない。改めて直央が向かいに目を向けると、長机に着いた刑事たちが啞然《あぜん》と自分を見ていた。

まずい。我に返るのと同時に、直央の胸に焦りと後悔が押し寄せた。とっさに再度矢上に、「申し訳ございません！」と謝罪し、向かいの刑事たちにも頭を下げた。その肩を矢上が「いいよいいよ」と繰り返し、ぽんと叩《たた》く。頭を上げ、直央は訴えた。

「本当にすみません。私、中学から大学まで演劇部に入っていて、人前で何かする時には舞台に立ったつもりになるクセがあるんです」

「ああ、そういうこと。やり方はともかく報告したいことは伝わったし、何より安西たちのファスト映画の件に気づいたのはお手柄だよ。よくやった……ちなみに、この事件《ヤマ》の裏に暴力団や半グレが絡んでる可能性は？」

最後のワンフレーズは奥の長机に向かい、矢上は問うた。

「ありません」

きっぱりそう答えたのは、架川だ。矢上を見返し、さらに言う。

「過去の摘発例を確認しましたが、ファスト映画を動画サイトに百本以上投稿しても得られる広告収入は四百五十万円ほどです。やくざ者は、金にならない稼業《しのぎ》には手を出しません」

「わかった」

矢上が頷き、梅林ほかの刑事たちも異議は唱えない。矢上は続けてやや弱々しい声で「以上」と会議終了を告げ、右手首をさすりながら通路をドアの方に歩きだした。今度は「はい！」と応え、刑事たちも席を立ってドアに向かった。

「お疲れ様。よくがんばったね」

そう言って、光輔が通路を歩み寄って来た。後ろには架川もいる。またもや「すみません」と頭を下げ、直央は返した。

「演劇部では知らない人の写真を渡されて、人物像をイメージして即興で演じるっていう練習を何度もやらされたんです。なので、安西たちの写真を見ていたら、つい」

「そうだったんだ。驚いたけど、確かにわかりやすかったし説得力もあったよ。課長も誉めてたし、初めての捜査報告で『よくやった』と言ってもらえるなんて、滅多にないから」

「そうですか」

ほっとして、直央は顔を上げた。すると光輔は笑顔で「でも」と続け、

「課長に被害者役をやらせるのはまずいね。あとは『それと』とか『みたいな』とか口調が砕けすぎだし、『結論として』もダメ。捜査会議の結論を出すのは課長だから」

と滑舌よくきっぱりと言い渡した。

「わかりました。申し訳ありませんでした」

恐縮して一礼し、直央は恐る恐る架川の方に視線を滑らせた。と、殺気に溢《あふ》れた目に見下ろされ、思わず直央が身を硬くすると架川は言った。

「喉《のど》が渇いた。コーヒー」

「えっ？」

「休憩コーナーの右から二番目の自販機の缶コーヒーだ。ホットのブラック。間違えたら、ただじゃおかねえからな」

両手をスラックスのポケットに入れながらそう言い放ち、「さっさと行け」と命じるように顎《あご》をドアの方に動かす。

「はい！」

勢いよく返事をし、ドアに向かって走りながら「これって『俺に恥をかかせたら承知しねえからな』に対する罰？　それとも単なるパシリ？」と疑問が湧き、直央は首を傾げた。

11

翌日も、直央たちは黒津と安西の関係者や現場周辺の住民から話を聞いた。しかしこれといった手がかりは得られず、黒津を追っている刑事たちも足取りを摑めずにいるようだ。

　正午になり、直央たちは一旦《いったん》桜町中央署に戻った。光輔が駐車場にセダンを停め、直央と架川は降車した。

「カツ丼《どん》……いや、天ぷらそばだな」

　昼食のメニューを思案しているのか、そう呟《つぶや》いて架川は通路を歩きだした。両手をスラックスのポケットに入れ、レンズが薄紫色のサングラスをかけたまま。漂う殺気も変わらずで、直央は昨日の桜町三姉妹との会話を思い出し、「確かにこれで職員食堂に入ったら、引くのを通り越して笑っちゃうな」と噴き出しそうになった。とたんに「何か言ったか？」と振り返って架川が睨《にら》んできたので、直央は慌てて顔を引き締め「いえ、何も」と答えた。と、そこに光輔が追い付いて来た。

「さっきから考えてたんだけど、気になることがあって」

「何ですか？」

　隣を歩きながら直央は問うた。直央と前を行く架川の背中を見ながら、光輔は言った。

「今朝の捜査会議で矢上さんは『鑑識係の解析で黒津は三日前の夜、バイト中に何度か安西のスマホに電話をしていたと判明した』と言った。それはつまり、黒津は安西が死んだとは思っていなかったってことだよね？」

「ええ。ですから矢上課長は、『黒津は自分がのしかかって意識を失った安西に驚き、現場から逃走。しかし不安になり、バイト中に電話をかけ安西の安否を確認しようとしたんだろう』とも話されていました」

「うん。でも安西の遺体には、指紋を拭《ふ》き取ったような痕跡《こんせき》があったこともわかっているんだ。おかしいというか、辻褄《つじつま》が合わないよね？」

考え込むような顔で、光輔は問いかけてきた。言われてみれば確かにそうだ。頭を巡らせようとした直央だがお腹が空《す》いて鳴りそうになり、手のひらでパンツスーツのジャケットの前を押さえ早口で答えた。

「黒津は、安西は助からないとわかっていたんじゃないですか。だから現場から自分の痕跡を消したけど、一縷《いちる》の望みを託してバイト中に電話をかけたとか」

「いや。黒津は安西が助からないとはわかっていなかった。俺らが安西の死を告げた時、黒津は本気で驚いて呆然《ぼうぜん》としていた」

顔をわずかにこちらに向け、架川が断言した。

そうかなあ。あれぐらいの芝居、誰にでもできるんじゃない？　後ろめたいことがあれば、なおさら必死になるだろうし。直央は違和感を覚えたが口に出すのははばかられ、

「そうですか」とだけ返した。と、光輔に見られているのを感じ、振り向こうとした矢先、

「お疲れ様です」

と声をかけられた。立ち止まって振り向いた直央たちの目に、傍らの駐車スペースに停められたパトカーの後ろに立つ制服姿の警察官の姿が映る。

「お疲れ様です」

私より二、三年先輩かな。そう判断し、直央は姿勢を正して敬礼した。警察官も右手を制帽のつばの脇に当て、敬礼を返す。

「お疲れ様です。地域課の浦田《うらた》巡査長ですよね。黒津捜索の首尾はどうですか？」

顔見知りらしく、光輔は気さくに問いかけた。これからパトロールに行くのか、パトカーの脇には、浦田の相棒らしき警察官が立っている。右手を下ろし、浦田は答えた。

「はい。懸命に捜していますが、まだ黒津の行方の手がかりは摑《つか》めていません。僕らの担当は露草町《つゆくさちょう》なんですが、先ほどもパトロール中に『飼い犬のチワワを盗まれた』という住民に呼び止められてしまって。昨日の午後、庭で遊ばせていたわずかな間にいなくなったらしく、保健所とうちの生活安全課《セイアン》には届けたそうですが『早く見つけて』と訴えられ、応対に時間を取られてしまいました」

「大変でしたね。でも、庭で遊ばせていたなら、チワワは逃げた可能性も高いですよね。飼い主が『盗まれた』と思うような理由があったんですか？」

「チワワと一緒に、リードと糞《ふん》を入れる袋や水筒などが入ったバッグもなくなっていたそうです」

「なるほど。それは心配ですね」

光輔は呟き、本当に心配そうに眉根《まゆね》を寄せた。それを見ながら直央が「そう言えば露草町って、事件が起きた浜梨町の隣だな」と思っていると、浦田は話を変えた。

「僕は堀米巡査長と同期で、山尾巡査部長は直属の上官です。二人の処遇はどうなるのでしょうか」

躊躇《ちゅうちょ》と緊張の感じられる様子で問う。その心中を察したのか、光輔は表情を和らげて答えた。

「二人とも、黒津航大逃亡の件で自宅謹慎を命じられたのはご存じですね？　近くヒトイチの調査を受けるはずですが、逃亡時黒津は参考人の一人に過ぎませんでしたし、山尾さんたちの対応にも問題はありませんでした。それは刑事課長に報告済で、ヒトイチの監察官にも伝えるつもりです」

「そうですか。ありがとうございます」

ほっとした様子で、浦田は再び敬礼をした。

ヒトイチとは、警視庁警務部人事第一課監察係を指す警察の隠語だ。警視庁職員の非違事案、つまり不祥事を取り締まる部署で、調査の結果によっては逮捕や懲戒処分などが執行される。

「山尾さんは尊敬できる上官です。堀米も不器用ではありますが、職務に忠実な真面目な男です」

「そのようですね」

光輔は微笑んで相づちを打ち、直央の頭には今回の事件の捜査資料が浮かんだ。

警視庁には身上調査票というものがあり、全職員の氏名や生年月日、現住所のほか警察学校での成績、どの署の何課にいつ配属されたかなどが記載されている。それだけなら一般企業の人事記録と大差はないのだが、身上調査票には交際相手の有無や、飲酒・喫煙・借金の有無と程度、ＳＮＳの利用状況なども記載されていて、問題ありと判断されれば監察係の調査対象になる。捜査資料には山尾と堀米の身上調査票も添付されていて、どちらもこれといった功績は挙げていないが、浦田の言うように至って模範的な警察官だ。

「お前も職務に励め。黒津を逮捕《アゲ》られれば、ヒトイチの心証《しんしょう》も変わる」

そう告げたのは架川だ。口調はぶっきら棒ながらも、浦田を励ますようなニュアンスが感じられた。それが伝わったらしく、浦田は「はい！」と返してパトカーに駆け寄った。

「山尾たちに話を聞きましょうか」

パトカーの運転席に乗り込む浦田を眺めながら、ふと思いついたように光輔が言った。直央は「はい」と答え、隣の架川を見た。

「午後の動きが決まったな。だが、まずは飯《めし》だ……やはりカツ丼にするか」

最後のワンフレーズは独り言のように言い、架川は前に向き直って歩きだした。

12

素早く昼食を済ませ山尾に連絡を取ったが、腕のケガの治療で通院中だと言われた。そこで直央たちは先に堀米の自宅を訪ねた。小さな二階屋で、安西の事件の現場と同じ浜梨町だが四丁目ではなく、駅の反対側の一丁目だ。

通りに停めたセダンを降り、三人で二階屋に向かった。光輔が玄関のチャイムを押すとドアが開き、小柄な女が顔を出した。

「先ほどお電話した、桜町中央署の蓮見です。こちらは架川と水木。突然申し訳ありません」

爽《さわ》やかな笑顔で告げる光輔に女は、「いいえ。夫がご迷惑をおかけして申し訳ありません」と恐縮した様子で応《こた》え、ドアを大きく開いた。堀米の妻の亜美《あみ》、二十四歳。直央の頭に再び身上調査票が浮かぶ。身上調査票には堀米には子どもが一人いるとあったが、名前や性別、歳は忘れてしまった。

「夫はいま着替えていて。すぐに来ますので、どうぞ」

二階を指して告げ、亜美は光輔たちを家の中に招き入れた。廊下を戻る亜美に付いて行くと、奥のリビングダイニングキッチンに案内された。広さは十畳ほどで、亜美にキッチン脇のダイニングセットの椅子を勧められた。奥にはベージュの布張りのソファが置かれ、その向こうには狭い庭に通じる掃き出し窓があった。キッチンに入った亜美に光輔は、「おかまいなく」と声をかけた。しかし亜美はまだ恐縮した様子で「はい」と返しつつ、飲み物を用意している。

「こちらには、最近引っ越されたそうですね。マイホームか。いいなあ」

気を遣ったのか、ダイニングテーブルに着くと光輔は言った。手を止めず、亜美は応えた。

「中古の建て売りですから。あちこちガタが来ているので、格安だったんですよ」

「いえいえ、そんな」

笑って返しながら、光輔は室内に視線を巡らせた。直央も倣うと、確かにダイニングテーブルとソファの向かいの壁や床に凹《へこ》みや傷があった。部屋の隅には、粘着テープで封をしたままの引っ越し会社の段ボール箱がいくつか置かれていた。

「前は警視庁の家族寮にいたんです。でも、ご近所付き合いが難しくて」

亜美がさらに言い、直央は思わず「わかります」と頷《うなず》いた。

「私も母が警察官だったので子どものころ少しだけ家族寮に住みましたけど、なんか息苦しかったです」

当時の記憶が蘇《よみがえ》り、言葉に実感が籠《こ》もる。それが伝わったのか亜美は顔を上げ、「そうですか」と少し表情を緩めた。と、廊下でばたばたと足音がしてドアが開き、コットンシャツにチノパン姿の堀米がリビングダイニングキッチンに入って来た。ダイニングテーブルに歩み寄り、深々と頭を下げる。

「お待たせしました。先日は大変な失態をしでかし、申し訳ございませんでした」

「いえ。不測の事態でしたし、あの場で黒津を拘束できなかった我々にも責任はあります。謹慎中と聞きましたが、あまり自分を責めないで下さい」

「ありがとうございます。後悔や不安はありますが、できるだけ体を動かして気を紛らわせています。今も風呂《ふろ》掃除をしていたんですが、汗まみれになってしまって」

片手で自分のシャツを指しながら頭を上げ、堀米はようやく笑顔を見せた。よほど熱心に掃除をしたのか、手のひらがうっすら赤くなっている。「そうですか」と光輔も笑い、

「実は黒津の捜索が難航していて、話を伺いたくてお邪魔しました」

と真顔に戻って本題を切り出した。たちまち堀米も真顔に戻り、「はい」と返して空いた椅子に座った。光輔が質問を始める。

「一昨日《おととい》の黒津逃亡時の状況を確認させて下さい。あの時、僕が堀米さんたちが乗ったパトカーを停め、降りて来た山尾さんに黒津を署に連れて行ってくれるように頼んだ。それは間違いないですね？」

「はい」

「そして山尾さんは黒津に『こちらにどうぞ』と声をかけ、パトカーに案内した。堀米さんはそれをパトカーの運転席から見ていたんですよね。その時の黒津の様子は？　何

か言ったり、どこかを見たりしていませんでしたか？」

「いえ。呆然《ぼうぜん》としていましたが無言でパトカーに近づいて来て、山尾さんがドアを開けると後部座席に乗り込みました。で、山尾さんがドアを閉めようとしたんですが、黒津はすごい勢いでドアを押し開けてパトカーを飛び出したんです」

「パトカーを飛び出した時の黒津の様子は？」

手がかりがあるとすればここと考えたのか、光輔の目の光が強まり、架川も身を乗り出した。つられて、直央も向かいに身を乗り出した。しかし堀米は、

「一瞬の出来事でしたし、すごい勢いだったとしか。慌てていた様子はありましたが、あの時も黒津は無言でした」

と答え、「すみません」と引き締まった体を縮めるようにして頭を下げた。それを見て架川は身を引き、直央も「捜査資料にあった証言と同じだな」と心の中で呟《つぶや》いた。

堀米は再度「すみません」と頭を下げ、光輔が「いえいえ。十分参考になりました」とフォローを入れる。するとそこに、アイスコーヒーと思《おぼ》しき液体の入ったグラスの載った盆を持った亜美がやって来た。「どうぞ」と声をかけ、グラスを直央たちの前に置く。「ありがとうございます」と直央と光輔は言い、架川も会釈したが「いえ」と返す亜美はさっき以上に恐縮した声と顔つきになっている。堀米も頭を下げたままで、直央は二人が気の毒に思えてきた。

なんとかしようと頭を巡らせたが、上手《うま》い言葉が見つからない。その間に光輔はアイ

スコーヒーを一口飲み、堀米に問うた。

「お話を参考に捜査を進めます。それと、三日前の夜はどうされていましたか？　こちらは比較的現場に近いので、もし外出されていて何か見聞きしていたら教えて下さい」

「三日前は休日で、ずっと家にいて子どもと遊んだりテレビを見たりしていました。お役に立てず、すみません」

「お気になさらず。そうそう、浦田巡査長が堀米さんと山尾さんを心配されていましたよ」

「そうですか。地域課のみんなにも迷惑をかけてしまって……山尾さんはどうされていますか？」

「このあと伺う予定ですが、腕のケガの治療に専念されているようです。浦田さんをはじめ地域課の課員は、堀米さんたちのためにも黒津を逮捕しようとがんばってくれています。どうか気持ちを強く持って、今を乗り切って下さい」

グラスをダイニングテーブルに置き、光輔は励ますように言った。それを見返し、堀米は感極まったように「わかりました。ありがとうございます」と一礼した。

13

堀米家を辞し、午後二時前に桜町中央署にほど近い警視庁の家族寮に向かった。家族寮の門の表札には「桜町住宅」とだけ記され、敷地内に数棟の団地風の建物が並んでいる。山尾の自宅は一番奥の建物の五階で、訪ねると本人がドアを開けた。

「おかまいなく」

奥のリビングダイニングに通されると、光輔はさっき亜美に言ったのと同じ台詞《せりふ》を口にした。家族寮は古く、間取りは３ＤＫのようだ。山尾が座卓の向かいに座るのを待ち、光輔は訊《たず》ねた。

「ケガの具合はどうですか？」

「少し痛みますが、骨や関節には異常はないそうです。ご迷惑をおかけして、誠に申し訳ございません」

そう答え、山尾は両手を脚の上に置いて深々と頭を下げた。しかし光輔が「いえ」と首を横に振ろうとすると山尾は顔を上げ、まっすぐにこちらを見て告げた。

「捜査への協力が、今の私にできる唯一のことです。何でも訊《き》いて下さい」

さすがはベテランだな。感心し、直央は改めて山尾を見た。年相応のシワやたるみはあるが眼差《まなざ》しは力強く、背筋もぴんと伸びている。その人柄を表すように、八畳ほどのこの部屋も整理整頓《せいとん》が行き届いていた。身上調査票によると、山尾は四十八歳。子どもはなく、四歳年下の妻と二人暮らしだ。その妻はパートに行っていて留守だという。

「わかりました」と返し、光輔は質問を始めた。

「既に聴取を受けていると思いますが、黒津が逃亡した時の様子を聞かせて下さい」

「蓮見さんに署に連れて行くように言われた時、黒津はショックを受けた様子で通りに立っていました。なのでできるだけ穏やかに『こちらにどうぞ』と声をかけ、パトカーを指しました。黒津は無反応でしたが歩きだしたので、私は先回りしてパトカーの後部座席のドアを開けたんです。黒津が座席に着くのを確認して外からドアを閉めようとしたとたん、車内からすごい力で押し戻されました。とっさに身を引きましたが右腕にドアがぶつかり、私はその場に尻餅《しりもち》をついた。その隙に黒津はパトカーを降りて私の脇を抜け、表通りの方に駆けだしました」

山尾は肘《ひじ》の下から手首までサポーターをはめた右腕を動かし、三日前の様子を説明してくれた。しかしその内容は、捜査資料で読んだ通りだ。

「わかりました。水木さんから何かない？……この春卒配の新人です」

後半は直央を指しながら山尾を見て、光輔は言った。突然話を振られ、直央は焦って頭を巡らせた。しかし口を衝《つ》いて出たのは、

「パトカーに案内した時と逃亡する時、黒津は何か言いませんでしたか？」

という、さっき光輔が堀米にしたのと同じ質問だった。呆《あき》れたのか苛《いら》立《だ》ったのか、架川が息をつく音が耳に届く。が、山尾は、「それは私も何度も思い出そうとしました。しかし、黒津は終始無言でした」とこれまた捜査資料通りだが真剣に答えてくれた。

「そうですか。ありがとうございます」

気まずさを覚えつつ会釈をした直後、山尾が「ただ」と続け、直央は「えっ？」と顔

を上げた。

「さっき蓮見さんに『話を聞きたい』と連絡をいただいて、何か手がかりになることはないかと病院の待合室で考えたんです。これは完全な私見ですが」

不安げに言い淀《よど》んだ山尾を光輔が、「構いません」と促す。頷いて、山尾は言った。

「なぜ黒津はあのタイミングで逃亡したのか、と。パトカーに乗り込む前に、逃げるチャンスはあったはずです。私は黒津の前を歩いていて、距離も少し空いていましたから」

「それなら、俺らと一緒にいた時も同じだ。山尾さんたちのパトカーを停める前、俺らは他の刑事と話をしていた。その間黒津は一人で、逃げようと思えばいつでも逃げられた」

そう勢いよく返したのは、架川だ。「確かに」と光輔は頷き、「他に気になることは？」と山尾を促した。「う〜ん」と考え込んだ山尾だったが、何も浮かばないようだった。

「もし後で浮かんだら、連絡を下さい。さっき署で浦田巡査長に会いましたが、山尾さんを心配していましたよ。堀米巡査長にも、『山尾さんはどうされていますか？』と訊かれました。上官として、慕われているんですね」

「そう言っていただけると、ありがたいです。私が一人前にしてやらないとという気持ちが強くて、若手にはつい厳しい態度を取ってしまうので。とくに相勤《あいきん》の堀米にはきつく当たることもあって、あいつがこの寮を出て行ったのもそのせいかと思っていました」

ああ。「ご近所付き合いが難しい」って、そういう意味か。直央は納得し、亜美の顔とリビングダイニングキッチンの隅に置かれた段ボール箱を思い出した。相勤とはパトカーに乗務する際の同乗者、相棒を指す警察用語だ。

すると光輔はまた笑顔を浮かべ、「だとしても、堀米巡査長と浦田巡査長は本気で山尾さんを心配していますよ」と返した。「その通り」と言うように架川も頷《うなず》き、山尾は「ありがとうございます」とさっきの堀米と同じように一礼した。

礼を言い、山尾の部屋を出た。寮の階段を下り始めるとすぐ、架川が言った。

「収穫あり。だが、さらに疑問が深まったな」

「黒津の逃亡のタイミングですか？　蓮見さんに安西の死を報《しら》されて呆然となっていたけど、パトカーに乗せられて我に返り、逃げ出したんじゃないでしょうか」

コンクリートの階段を下りながら、後ろの架川と前の光輔を交互に見て、直央は返した。晴天で、階段の下の踊り場から差し込む日射しがまぶしい。

「まあな」と架川は応《こた》え、では光輔はと、直央はその形のいい小さな頭に目を向けたが、ノーリアクション。また何か考え込んでいるようだ。五階と四階の間の踊り場を歩きながら、直央はさらに言った。

「とにかくホシは黒津で間違いないんですから、追跡班の方々にがんばっていただいて……でも、どこに隠れてるんでしょうか。ビルの屋上や民家の物置まで捜索しても見つからないって話ですよね。実はもう、遠くに逃げてるんじゃないですか？」

「それはねえ。黒津は思ってたより頭が回る。俺らの裏を掻《か》いているのかもしれねえ」

直央に続いて踊り場を抜け、架川が返す。四階の階段を下りながら、直央は問うた。

「たとえば？」

「木を隠すなら森と言うだろう。人の流れや暮らしに紛れ込んじまえば、こっちの目には風景の一つと映って見逃しちまうもんなんだ。俺がマル暴にいた頃、暴力団の構成員が郵便局でバイトしてたって事件があった。動機は潜伏じゃなく生活苦だったが、雇い主は相手がやくざ者だとは気づかなかったそうだ」

架川も階段を下りながら、答えた。直央の頭には「暴力団の構成員を引き合いに出されても。黒津はフリーターだし」と浮かぶ。前に向き直って光輔の反応を窺《うかが》おうとしたその時、光輔が立ち止まった。場所は四階と三階の間の踊り場だ。

慌てて直央も足を止めたが間に合わず、顔を光輔のスーツの背中にぶつけてしまった。額と鼻に痛みが走り、直央は顔に手をやって俯《うつむ》いた。「どうした？」と後ろから架川が訊いてくる。自分に問うたのだと思い、直央は「いえ」と鼻を押さえたまま振り向こうとした。が、架川はその脇を抜けて光輔の前に回り込む。

「おい」

声をかけ、架川は光輔の肩に手を置いた。しかし、光輔は無言で身動きもしない。どうしたのかと、直央は鼻から手を下ろして架川の隣に行った。光輔は両腕を体の脇に垂らしたまま、踊り場の中ほどに立ち尽くしている。無表情で、前に向けられたくっきりした二重の大きな目はいまいち焦点が合っていないが、力に溢《あふ》れ、発光するように輝いている。その様子に直央が驚くと、架川は身をかがめて光輔の顔を覗《のぞ》き込んだ。

「いつものあれか？」

とたんに、光輔は我に返ったように架川を見て「はい」と答えた。直央を振り向き、架川は告げた。

「先に行ってろ」

「はい」

訳はわからなかったが、架川の言葉には有無を言わせぬものがあった。直央は架川と光輔の脇を抜け、階段を下りた。

一階まで下りて、寮の建物を出た。前を通る通路を歩きながら、直央は後ろを振り返って建物の四階と三階の間の踊り場を見た。コンクリートの柵《さく》の向こうに、向かい合って立つ架川と光輔の姿が見えた。どちらも深刻な顔で、何か話している。

蓮見さんはどうしたの？「いつものあれ」ってなに？疑問が湧き、胸も騒いだ。しかし何をどうしたらいいのかわからず、直央は通路の先に停めたセダンに向かった。

14

「えっ、犬⁉」

刑事課の部屋を出たところで、直央は声を上げた。廊下を歩きながら、架川が答える。

「そうだ」

「じゃあ黒津は、犬連れで隠れてるんですか？」

トートバッグの持ち手を肩にかけ直し、直央も廊下を歩きだした。両手をスラックスのポケットに入れ、架川は答えた。

「隠れてねえ。やつはリードで繋《つな》いだ犬を連れて、その辺を歩き回ってる。飼い犬を散歩させている近隣住民になりすまして、捜査の網の目を潜《くぐ》ってたんだ」

「ああ、そういうことですか。確かに犬連れならいつどこにいても、『散歩中なんだ』で見過ごしちゃいますもんね。長時間公園にいても怪しまれないし、ドッグランに行くって手もありそうです。でも、黒津は犬は飼っていませんでしたよね？　どこで調達したんでしょうか」

「盗んだんだよ。さっきの浦田の話を覚えてるだろ？　課長に伝えて生活安全課《セイアン》と保健所に問い合わせたら確かに昨日、露草町の住民からチワワを盗まれたという届けが出ていた。さらにその近所の家からも、『庭に干していたジャージの上下とキャップを盗まれた』という届けが出ていた。ジャージは男物で、サイズはXXLだ」

「すごい。本当に黒津は頭が回るんですね」

直央が目を見開くと、振り返った架川に「感心してどうする」と睨《にら》まれた。

今から一時間半ほど前。直央が警察の家族寮の通路に停めたセダンの前で待っていると、間もなく架川と光輔がやって来た。光輔は何ごともなかったように、「待たせてごめんね。一旦《いったん》署に戻って、鑑取りの結果を課長に報告するから」と言ってセダンの運転席に乗り込んだ。その後署に戻り、光輔は架川と刑事課の矢上の席に向かった。直央が小声で話し込む三人を自分の席から見ていると、間もなく光輔は部屋を出て行った。残った二人はしばらく話を続けていたが、やがて矢上も部屋を出て行き、架川は直央に歩み寄って「行くぞ」と促した。

「いえ、私は架川さんに感服したんです。木を隠すなら森、人の流れや暮らしに紛れ込んでしまえば、こちらの目には風景の一つとして映って見逃してしまう。さっき家族寮の階段でおっしゃっていた通りでしたね」

慌てて返し、直央は脚を速めて架川に並んだ。二人で廊下の先まで行き、階段を下り始める。夕方近くなり、他にも多くの署員が階段を上り下りしていた。

「まあな。犬の散歩を装ってると思いついたのは、蓮見だけどな」

自慢するように顎《あご》を上げて返し、架川は視線を前に戻した。その答えに、直央の記憶が蘇《よみがえ》る。

「それで蓮見さんは、階段の踊り場で立ち止まったんですか？」

「ああ。何か閃《ひらめ》くと、蓮見はああなる。頭の中で何が起きてるのかはわからねえが、あいつの閃きで事件をいくつも解決した」

「へえ。本当に敏腕なんですね。あの一瞬で犬の散歩ってピンポイントで閃いて、しかも本当にその通りって、まずあり得ませんよ」

「だろうな。まあ、蓮見は犬には特に詳しいっていうか、思い入れがあるってのも関係してるけどな」

後半はちょっと意味深に、さらに顎を上げて架川が言う。「本当に敏腕」って言ったのは、蓮見さんのことなんだけど。直央の頭に突っ込みが浮かび、同時に疑問も湧いた。

「ところで、蓮見さんは？　黒津と犬を捜しに行ったとか？」

「いや。それはさっき課長が、黒津の追跡に関わってる全捜査員に伝えた。蓮見は別件で動いてる」

「別件って？」と訊《き》こうとして、直央は気づいた。

「あれ。てことは、この後は」

私と架川さんの二人きり？　かろうじて口には出さなかったが、不安と憂鬱《ゆううつ》が胸に押し寄せる。

「なんだ。文句あるのか？」

さっそく架川にすごまれ、直央の憂鬱が増す。しかし「研修なら二、三カ月もすれば終わるでしょ」という母・真由の言葉を思い出し、首を横に振って答えた。

「とんでもない。この後はどうするんですかと訊きたかったんです。私たちも追跡班に加わるとか？」

「違う」

架川がそう返した時、二人は階段を下りきった。一階の廊下は、職員と免許の書き換えなどで来署した市民で混み合っている。そこを進みながら、架川は続けた。

「俺らには、解かなきゃならねえ疑問があるだろ」

「疑問？　黒津の逃亡のタイミングですか？　それなら、黒津が捕まれば」

「ヤマは、関わっている全員に解決する義務がある。人任せにするな」

足を止めてぴしゃりと言い、架川は直央を見下ろした。その迫力と殺気に怯《ひる》み、直央は「はい。申し訳ありません」と応えた。すると架川は「よし」と返して再び歩きだし、こう続けた。

「じゃあ、お前が疑問を解け」

「はい!?」

直央も歩きだしながら、つい声を上げてしまう。構わず架川は廊下を進み、二人は通用口から署屋を出た。通路を数十メートル歩き、駐車場に差しかかったところで架川は足を止めて振り返った。黒いダブルジャケットを着た胸の前で腕を組み、「で、どうする？」と問うような目で直央を見る。追い詰められ、直央は焦りとともに反発を覚えた。

「そんな、いきなり言われても無理です。架川さんこそ、人任せにしないで下さい！」

直央もまた、強い目で架川を見上げて返した。頭には再び「直央ならきっと上手《うま》くやり通せるわよ」という母の言葉と笑顔が浮かんだが、黙っていられなかった。架川は無言。じっと直央を見つめている。

「お疲れ様です」

聞き覚えのある声に、直央は振り返り、架川も顔を上げた。傍らの駐車スペースに停まったパトカーから、浦田巡査長と相勤の警察官が降りてくるところだった。

「お疲れ様です」と直央は敬礼し、架川も頷《うなず》いて見せる。敬礼を返した浦田だったが、こちらの空気を察知したのか、怪訝《けげん》な顔になる。それが気まずく、直央は告げた。

「先ほど、堀米巡査長と山尾巡査部長にお会いして来ました」

「ああ」

浦田が頷いた。その反応の速さに違和感を覚えながら、直央はパトカーの脇から通路に出て来る浦田を眺めた。と、架川が訊《たず》ねた。

「これは、黒津が逃亡した時のパトカーか？」

「はい。鑑識作業が済んだので、地域課に戻されました」

浦田が答え、直央は視線をパトカーに移した。捜査資料には黒津逃亡時の現場写真も添付されていた。そこにはパトカーのものも数枚あり、写り込んでいたナンバープレートは確かに目の前のパトカーと同じものだ。

「おい」

声をかけられ振り向くと、架川が顎でパトカーを指していた。調べろと命じているらしい。人任せにしないでって言ったばっかりなのに。不満は覚えたが浦田たちの手前、直央は「はい」と応《こた》えてパトカーに歩み寄った。窓から車内を覗《のぞ》いていると浦田の相勤の警察官が気を利かせ、

「中を見ますか？」

とドアを解錠してくれた。背中に架川の視線を感じながら礼を言い、直央はドアを開けてパトカーに乗り込んだ。後部座席の右側、三日前に黒津が座り、逃げ出した場所だ。

黒いビニールレザー張りのシートに腰かけ、直央は車内を見回した。すぐ目の前に助手席と運転席があり、その間に赤色灯やサイレンのスイッチ、拡声器のマイクなどが取り付けられたインパネが見える。後部座席にはシートベルトが設置されているだけで、何も置かれていない。パトカーには警察学校在学中の研修で何度か乗ったが、特に気になる点はなかった。再度礼を言って降車しようとした時、直央の視界の端をあるものがかすめた。引っかかるものを覚え、直央はシートに座り直してそれを再び見た。

ひょっとして……いや、そんなはずは。思いついたことと、それを打ち消そうとする気持ちがせめぎ合い、直央の頭は飽和状態になる。耐えきれず、直央はドアを開けて言った。

「すみません。浦田さん、運転席に座ってもらえますか？」

「はい」

怪訝そうにしながらも、浦田はパトカーに歩み寄りドアを開けて運転席に乗り込んだ。

「これでいいですか？」

浦田が問いかけてきた。振り向かず、ルームミラー越しだ。

パトカーのルームミラーは運転席用と助手席用の二つが上下に取り付けられていて、その下の一つに浦田の顔が映っている。制帽をかぶっているが、直央を見る丸い目と黒く太い眉《まゆ》、低めの鼻の上半分がはっきり確認できた。とたんに動悸《どうき》がして、直央は戸惑いと焦りを覚えた。ドアを開けてパトカーを降り、通路を振り返った。

「架川さん！」

その声に、架川が直央を見る。と、通路をスーツ姿の男が二人ばたばたと走って来た。矢上と、その相棒の刑事課係長・鳥越国明《とりごえくにあき》警部補だ。

「架川くん。黒津のマルモクが見つかった。服装も、連れている犬も届出と一致する」

矢上の声が直央の耳にも届く。運転席の浦田も、はっとしたのがわかった。

15

直央と架川、矢上と鳥越はそれぞれセダンに乗り、署を出発した。浦田と相勤の警察官も、パトカーに乗り込んだようだ。

「さっきは何を言おうとした？」

　セダンが通りを走りだして間もなく、架川に問われた。直央は一呼吸置いて答えた。

「根拠も証拠もありませんが、さっきの疑問について考えが浮かびました」

「言ってみろ」

　前を向き、ハンドルを左右に切りながら架川は返した。その声に、セダンのフロントグリル内に設置されたスピーカーから流れるサイレンの音が重なる。

　マルモクの話では、濃紺のジャージの上下と黒いキャップを身につけた太った二十代後半の男が薄茶色のチワワを連れ、桜町中央署の管区の外れにある川沿いの遊歩道を歩いていたそうだ。遊歩道は土手の上にあり、全長約十五キロ。途中には河川敷を利用した公園や、川向かいの神奈川《かながわ》県に渡る橋もある。矢上は遊歩道とその周辺をエリア分けして捜査員たちに割り振り、黒津を発見次第、身柄を拘束するよう命じた。

「黒津は山尾さんに促されてパトカーの後部座席に乗った時、ルームミラーを見たんじゃないでしょうか。そこには運転席に座っていた堀米さんの顔が映っていて、それを見た黒津は車を飛び出した。つまり黒津は堀米さんを知っていて、逃亡の理由と関係しているということです」

　直央も前を向いたまま答える。一旦《いったん》治まった動悸がまた始まり、緊張も覚えた。

「理由ってのは何だ？」

「安西を殺害するところを見られたとか。でも、それなら堀米さんが証言したはずですよね。それに堀米さんは、三日前はずっと家にいたと言っていたし」

そう答え、直央は隣を振り返ったが、架川は無言。叱られるかバカにされると思っていたので意外だ。すると、架川が言った。

「思いついたことは、他にもあるんじゃねえのか？」

ぎくりとして、直央は身を硬くした。言われたとおり、パトカーのルームミラー越しに浦田と目が合い、真っ先に思いついたのは他のことだ。しかし口に出す勇気はない。

首を回し、架川が直央を見た。とっさに、「前！　危ないですよ」と告げた直央だったが、架川の強く厳しく、一部の隙もない眼差《まなざ》しに「この人にウソやごまかしは通用しない」と感じ取った。

と、車内にスマホの呼び出し音が流れだした。架川は顔を前に戻し、同時に片耳に装着したマイク付きのワイヤレスイヤフォンのスイッチをオンにした。

「俺だ……わかった。気をつけろよ」

低く短く誰かと会話し、架川はワイヤレスイヤフォンをオフにした。そしてセダンのハンドルを大きく切り、左脇に寄った車列の前を抜けて脇道に入った。大きく揺れる車内で足を踏ん張り、直央は言った。

「どこに行くんですか!?　私たちの担当エリアはそっちじゃないですよ」

しかし架川は再び口を閉ざし、まっすぐ前を見てアクセルを踏み込んだ。

約十分後。架川はセダンを停めた。直央が何か言う間もなく、シートベルトを外して降車する。慌てて直央も続いた。

セダンは狭い通りに停まっていて、片側には住宅が並び、もう片側は土手だ。土手を見上げると、徒歩や自転車で行き来する人の姿が見えた。直央たちの担当エリアではないが、黒津が目撃された遊歩道のようだ。

直央と架川は広くて急勾配《きゅうこうばい》な土手を上り、遊歩道に出た。眼下には白や黄色の花を付けた背の高い雑草に覆われた空き地が広がり、その向こうに大小の石が転がった河原と幅の広い川が見えた。午後五時近くなり、川面《かわも》は傾きかけた陽を受けてオレンジ色に輝いている。ざっと見回したが行き交う人に黒津らしき男と犬の姿はなく、このエリア担当の捜査員も到着していない様子だ。

と、隣に立つ架川がジャケットのポケットからスマホを出した。誰に連絡を取り、なぜここに来たのか直央が訊ねようとした時、甲高い音がした。犬の鳴き声、しかも小型犬だ。はっとして、直央は視線を斜め前方に向けた。川にかかる大きな橋があり、その下にコンクリート製の円柱状の太い橋脚《きょうきゃく》が並んでいる。犬の鳴き声は、一番手前にある橋脚のあたりから聞こえた。

「行くぞ」

スマホをポケットに戻し、架川が土手を下りた。「課長に報告は？」という直央の問いかけには答えず、土手の下の草むらに入って行く。仕方なく、直央も土手を下りて草むらに入った。

前を行く架川が雑草を掻《か》き分けてくれるので、視界は利く。しかし跳ね返って来た草が顔に当たったり、草の根元に足を取られたりして思うように進めない。しばらく進み、架川の肩越しに河原が見えてほっとしたのも束の間、一番手前の橋脚のあたりから今度は、男の悲鳴が聞こえた。

「黒津だ!」

そう言って足を速め、架川は草むらを出た。「はい!」と返して直央も続く。

視界が開け、斜め前方に一番手前の橋脚が見えた。橋桁の下は薄暗く、距離も五十メートル近くあるが、揉《も》み合うような人影と物音が確認できた。また黒津の悲鳴が聞こえ、そこに犬の鳴き声が重なる。

河原を駆けだした架川を直央が追おうとしたその時、一番手前の橋脚の薄暗がりから人が飛び出して来た。黒いキャップをかぶり、濃紺のジャージの上下を着た巨体。黒津だ。

裏返った声で何か叫び、黒津は前方の草むらに走った。直央は当然架川が彼を捕らえると思った。しかし架川は黒津には目もくれず、一番手前の橋脚に駆け寄って行く。

「なんで!?」

驚いた直央だったが、黒津はどんどん草むらに近づいて行く。とっさに、直央は体を反転させ、前ではなく横に走った。黒津に向かって叫ぶ。

しかし黒津は片手で雑草を掻き分け、草むらに入ろうとしている。

「止まれ！　警察だ」

「こら！」

黒津に駆け寄り、直央は後ろからその太い腰にしがみついた。「放せ！」と叫び、黒津は空いた手で直央の腕を摑《つか》み、体を左右に振った。その勢いで直央は振り回され、足下の悪さも加わってバランスを崩しそうになる。

迷わず、直央は蹴《け》り飛ばすようにしてローヒールのパンプスを脱いだ。河原の石がフットカバー越しに足の裏に当たって痛んだが、構わず黒津の腰にしがみついて叫んだ。

「あなたは犯人じゃない！」

とたんに、黒津の動きが止まった。「えっ？」と言い、直央を見下ろす。

「全部わかってるから。もう逃げないで」

大きくはっきりと告げ、直央は黒津を見上げた。黒津は無精ヒゲの生えた顔で、呆然《ぼうぜん》と直央を見返している。しかしその大きな体から力が抜けるのが伝わってきた。ほっとした直央だが、さっきパトカーの後部座席で真っ先に思いついたことが事実だとわかり、ショックを覚えた。架川の様子が気になり首を後ろに回すと、黒いダブルスーツの後ろ姿が目に入った。直央が黒津と揉み合っている間に、架川は一番手前の橋脚の前に辿《たど》り着いていた。と、橋桁の下の薄暗がりから男の尖《とが》った声と、どたばたと争うような音が聞こえた。

声の主が誰かはわかる。でも、争ってる相手は？　混乱し、直央は片腕を黒津の腰に回したまま首を突き出し、後方に目をこらした。

「野郎！」

鋭くドスの利いた声で怒鳴り、架川が薄暗がりに飛び込んだ。シルエットで、その場に立ち止まって片脚を上げ、傍らにいる誰かにローキックを浴びせたのがわかった。肉と肉がぶつかり合う鈍く重たい音がして、誰かが呻《うめ》いて地面に倒れ込んだ。と、架川は身をかがめて倒れ込んだ男を抱え込み、薄暗がりから引きずり出した。露《あら》わになった男の顔は、苦痛に歪《ゆが》んではいるが堀米幸希巡査長のものだとわかる。しかし直央の視線は、薄暗がりに向いたままだ。

架川は地面に横倒しにされた堀米に何か告げ、その両手首に手錠をかけた。すると、薄暗がりから誰かがよろよろと出て来た。埃《ほこり》と泥にまみれた細身のダークスーツ姿で、白く整った顔を俯《うつむ》かせて激しく咳《せ》き込んでいる。

「蓮見さん!?」

思わず叫ぶと、光輔は片手で胸を押さえながら直央を振り向き、もう片方の手を上げて見せた。薄暗がりから一匹のチワワが飛び出して来て、きゃんきゃんと鳴いた。

16

光輔は供述調書を手に取り、読み上げ始めた。その声は天井に仕込まれたマイクを通し、隣の部屋にいる直央たちの耳にも届く。部屋の前方でマジックミラー越しに取調室を覗《のぞ》く男たちの背中が、緊張するのがわかった。ダークスーツと制服姿が入り交じった男たちは、桜町中央署刑事課長の矢上と署長の奥平満春《おくだいらみつはる》警視正、加えて本庁から来たヒトイチの監察官が数名だ。

文面を読み終え、光輔は供述調書を机の向かいに座る堀米の前に置いた。堀米は生気のない目で供述調書を読み、その姿を光輔と机の脇に立つ架川が見守る。しばらくして、光輔は訊《たず》ねた。

「この内容で、間違いないですか?」

ライトグレーのスウェットスーツ姿の堀米は「はい」と答え、がっくりとうなだれた。それを確認し、マジックミラーの前の男たちは緊張を緩め、ほっと息をつく者もいた。直央の脇に立つ制服姿の中年男も息をついたが、安堵《あんど》ではなく落胆。堀米の上官、桜町中央署地域課長の向坂文彦《さきさかふみひこ》警部だ。

堀米が供述調書に署名・押印すると、光輔は、

「結構です。では、休憩にしましょう」

と告げて供述調書を手に取調室のドアに向かった。架川も続く。するとマジックミラーの前の男たちも移動し、矢上が開けたドアに向かった。男たちが部屋を出て行くのを待ち、直央は矢上に頭を下げた。

「この度は申し訳ございませんでした」

「安西殺しのホシを読み間違えた件か？　なら、反省して次に活《い》かしなさい。それに、ファスト映画の投稿で黒津が著作権法違反の罪を犯していたのはきみの読み通りだった」

しかし直央は動けなかった。後悔と恥ずかしさが胸に押し寄せ、屈辱感も覚えた。

「本当に気にしなくていいよ。ほら、頭を上げて」

いつもの口調に戻って矢上が促してきた。「すみません」と応《こた》え、直央は体を起こした。

「この後、黒津はどうなるんでしょうか」

「黒津はファスト映画の件はともかく、窃盗と逃亡については事情が事情だから不起訴になるんじゃないかな。とにかく水木さんは研修生なんだし、何でも勉強だと思って蓮見くんたちに付いていけばいいから」

「はあ」

「それよりこっちは、マスコミ対応で頭が痛いよ……定年まであと五年。無事にやり過ごせるのかなあ」

後半は眉根《まゆね》を寄せて独り言のように呟《つぶや》き、矢上は部屋を出て行った。署の門前には大勢の記者やレポーター、カメラマンが集まり、安西殺害事件とその真相は連日テレビや新聞で報道されている。

直央も部屋を出て、廊下の先を見た。矢上と署長たちの背中は確認できたが、光輔たちはいない。廊下を進むと、エレベーターホールの手前の休憩スペースに二人の姿があった。休憩スペースは奥まった狭い場所に飲み物やスナック菓子の自販機がいくつか並び、ベンチが置かれている。

「お疲れ様です」

会釈をして、直央は休憩スペースに入った。「おう」とスラックスの脚を組んでベンチに座った架川が返し、隣の光輔も「お疲れ」と笑った。供述調書は矢上に渡したのか、手には自販機で買ったらしきペットボトルの緑茶を持っている。

「聴取を見学させていただきました。蓮見さん、ケガの具合はいかがですか？」

「まだ腕が痛くて時々咳《せき》も出るけど、大丈夫。堀米に押さえ込まれた時は、これまでかと思ったけどね。水木さんと架川さんが駆けつけてくれて、助かったよ」

苦笑して答え、光輔は緑茶を口に運んだ。すると架川も缶コーヒーを一口飲み、鼻を鳴らした。

「よく言うぜ。大方、わざと煽《あお》るようなことを言って堀米を怒らせ、自分の体を使って安西殺害時の状況を再現させたんだろ」

「そうなんですか？」

驚き、直央は訊ねたが光輔は、ははははと笑って答えをはぐらかした。河原で黒津と堀米の身柄を拘束して、二日。二人の自供によって、事件の全貌《ぜんぼう》が明らかになった。

ファスト映画作りはやめ、帰郷して就職するという安西と、それを引き留めようとした黒津のいきさつは、ほぼ直央が捜査会議で再現した通り。食事を摂《と》ろうと午後八時過ぎに二人で外出したのも同様だが、その後の展開は直央の再現とは大きく異なっていた。現場近くに差しかかった二人のうち安西の肩が、向かいを歩いて来た男とぶつかったのだ。安西は「すみません」と言って通り過ぎようとしたが、相手の男は酒に酔っていて、謝り方が気に入らないと絡んできた。二人は言い合いになり、男は安西を路地に引きずり込んだ。

その力の強さと、明らかに素人ではない身のこなしに焦った安西は謝罪し、黒津も仲裁を試みる。しかし男はますます逆上し、安西の右手首を捻《ひね》り上げ、地面に倒れた彼の背中に馬乗りになった。みるみる生気を失っていく安西の姿に焦りを覚えた黒津だが、恐怖で身動きできなかった。

間もなく男はぐったりした安西に気づき、拘束を解いて立ち上がった。そして黒津を、「気絶しただけだ。このことを誰かに喋《しゃべ》ったら、同じ目に遭わせるからな」と脅し、その場から追い払う。怯《おび》えきった黒津は、従うしかなかった。しかし心配でバイト中に電話をしたが安西は出ず、翌朝帰宅した際に光輔から彼の死を報《しら》されたのだ。

呆然《ぼうぜん》としながらも、山尾に案内されるままパトカーの後部座席に乗り込んだ黒津。しかしルームミラー越しに運転席の警察官と目が合ったとたん、それが昨夜の男だと気づく。恐怖に駆られた黒津はドアを押し開け、パトカーを飛び出した。

無我夢中で走って追っ手を振り切ってから、黒津は「あいつが安西を殺したんだ。警察に話さなきゃ」と思ったそうだ。しかしその「あいつ」も警察官。「警察に行ったら、隙を突いて殺されるかも」という恐れに加え、ファスト映画作りと投稿が露呈するという不安もある。そこで取りあえず追跡を逃れようとチワワとキャップ、ジャージを盗み、散歩を装って一日中街を歩き回っていたという。

一方「あいつ」こと堀米も事件前、大きな悩みを抱えていた。生真面目だが不器用な堀米は職務上のミスが多く、度々山尾に叱責《しっせき》された。次第にストレスが溜《た》まり、以前はほとんど飲まなかった酒を飲むようになった。すると自分は深酒をすると極端に短気になり、怒鳴ったり暴れたりする、いわゆる酒乱だとわかった。妻の亜美に乞《こ》われ、飲酒するのは家だけと決めたり、少しでも山尾と離れるために警察の家族寮から引っ越したりしたが、事態は変わらなかった。

そして事件当日。堀米は昼過ぎから飲み始め、午後八時前には自宅内の酒を飲み尽くしていた。堀米は制止する亜美を振り切って酒を買いに出かけるが、酔いのため道に迷う。その姿は、彼の自宅近くの通りに設置された防犯カメラにも映っていた。

やがて堀米は浜梨町四丁目に迷い込み、男の二人連れの一人と口論になる。軽く懲らしめるつもりだったがもう一人の男も加わってぎゃあぎゃあと騒がれ、とっさに男を押さえつけた。堀米が安西に行ったのは、警察官が被疑者や現行犯人を制圧、逮捕するために学ぶ逮捕術という護身術の技の一つだ。

男は間もなく動かなくなったが気絶したのだと思い、堀米はもう一人の男を追い払った。またその頃には冷静さを取り戻し、念のため男の手首などから自分の指紋を拭《ふ》き取り、帰宅した。翌朝目覚めた時には前夜の記憶は曖昧《あいまい》で、浜梨町四丁目の事件の被害者が自分が押さえつけた男だったこと、パトカーから逃走したのが二人組のもう一人の男だったことは、事件の捜査が始まってから知った。

ほどなく謹慎を命じられた堀米だったが、犯行がばれるのではと焦り、「責任を感じるから」と偽って同期の浦田巡査長に連絡を取り、捜査状況を聞き出していた。すると光輔たちが自宅を訪れ、加えて浦田から「犬の散歩を装った黒津が、川沿いの遊歩道で目撃された」という情報が入る。追い詰められて気が動転した堀米は遊歩道に向かい、黒津を発見。河原の橋桁《はしげた》の下に連れ込み、「安西を殺したのは知らない男だと言ってくれ」と迫っていたところ、光輔が現れたという流れだ。

ベンチの脇に立ち、直央は問いかけた。

「一昨日《おととい》一旦《いったん》署に戻った後、蓮見さんは堀米を張り込んでいたんですよね？　で、自宅を出た堀米を尾行し、黒津を河原に連れ込むのを確認して架川さんに電話をした」

「そうだよ」

あっさりと、光輔が答える。直央はさらに問うた。

「じゃあ、いつ真犯人《ホンボシ》は黒津じゃなく、堀米だと気づいたんですか？」

「怪しいと思ったのは、堀米の家に行った時。亜美は『ガタが来ているので』と言っていたけど、壁の穴や床の傷は最近できたものだった。それと僕らの前に現れた時、堀米の手のひらが赤かったでしょ？　あれは肝臓の働きが低下すると現れる、手掌紅斑《しゅしょうこうはん》という症状だ。でも堀米がホンボシだと確信したのは、山尾の『堀米にはきつく当たることもあって、あいつがこの寮を出て行ったのもそのせいかと思っていました』って発言を聞いた後。山尾から受けたストレスで酒に溺《おぼ》れたんじゃないかと、ピンときた」

光輔はすらすらと答え、架川はそれを平然と聞いている。光輔の観察力と洞察力、記憶力に圧倒されつつ、直央は本題を切り出した。

「それは、家族寮の階段の踊り場で立ち止まった時ですよね？　で、すぐ架川さんにも伝えた」

「うん」

やっぱりそうか。腑《ふ》に落ちるのと同時に、直央の頭に階段の踊り場で向かい合って話す光輔と架川、署に戻った二人が矢上と話す姿が蘇《よみがえ》った。たちまち怒りと理不尽さが胸に押し寄せ、直央は身を乗り出して訴えた。

「なんで私には教えてくれなかったんですか？　私は黒津がホシだと思い込んでいたんですよ。もっと早く教えてくれていれば――」

「手っ取り早く解決できたのに？」

直央の言葉を遮り、光輔が直央を見た。その顔からは、いつの間にか笑みが消えている。うろたえながらも、直央は言い返した。

「違います。そんなことは考えていません」

「いや、考えてる。相づちを打ったり笑ったり、きみは取りあえずその場をやり過ごせればそれでいいんだ。つまり、行き当たりばったり」

「仕方がないじゃないですか。殺人事件の捜査なんて初めてだし、なんで刑事課に配置されたのかすら、よくわからないんですよ」

売り言葉に買い言葉で、これまで溜め込んできたものをぶちまけてしまう。すると光輔は言った。

「警察学校から現場に向かう車中できみは、『捜査現場という前線だけでなく、後方からでも守れる平和や命があると考え、事務職員を志望しました』と言ったね？　あの言葉はウソじゃないと思う。しかし、きみ自身の信念や芯《しん》になるようなものは感じられなかった。信念のない人間には、平和も命も守れないよ」

ずしん、と重たいものを胸に放り込まれた気がした。その重みで直央が何も返せず、身動きもできずにいると、光輔は表情をぱっと笑顔に変えた。

「ごめん。『信念のない人間』は間違いで、『信念のない警察官』。水木さんの人格を否定した訳じゃないから」

笑顔のまま、いつもの明るく優しい口調で告げる。その豹変《ひょうへん》ぶりに直央が戸惑っていると、廊下からひょいと矢上が顔を出した。

「蓮見くん、捜したよ。署長が記者会見に先立って犯人逮捕時の状況を確認したいそうだから、来て」

「はい」

すっくと立ち上がり、光輔は緑茶を飲み干し、空のペットボトルをゴミ箱に捨てた。そして「じゃあ、お疲れ様です」と直央、架川の順に見て告げ、廊下に出て矢上と歩き去った。呆然と直央が廊下を見ていると、後ろで鼻を鳴らす音がした。

「なんで『蓮見くん』なんだよ。堀米に手錠《わっぱ》をかけたのは、俺だぞ」

振り返った直央の目に、仏頂面で前を向く架川の姿が映る。その表情と姿勢のまま、架川は続けた。

「俺は、行き当たりばったりが悪いとは思わねえ。ぺーぺーだろうがベテランだろうがデカである以上、最後に武器になるのはカンだ。事実、お前はお前のやり方でホンボシが堀米だと見抜いた」

ひょっとして、励ましてくれてる？　らしからぬ態度にさらに戸惑い、直央はまた何も返せなくなる。すると架川もすっくと立ち上がり、腕を伸ばして直央の眼前に何かを突き出した。とっさに受け取り、見れば缶コーヒー。架川が飲んでいるものと同じ、ホットのブラックだ。

後で自分で飲もうとしたものをくれたの？　それとも、私のために——。胸が熱くなり、直央は何か言わなくてはと口を開いた。が、架川は直央の脇を抜け、休憩スペースを出て行った。

またもや呆然として、直央はベンチに歩み寄って座った。自然とため息が出て、疲れも感じた。しかし、頭は勝手にぐるぐると回りだす。

光輔に言われたことはショックだった。架川の言動にはちょっと救われたが、意味がよくわからない。しかし直央がその胸に一番大きく感じたのは、無力さだった。安西殺害という事件に関わり、頭と体を使って成果を挙げ、失敗もした。それでも直央は堀米が抱いた苦悩と焦り、黒津が感じた恐怖と迷いは理解できない。亜美や山尾の心中は尚《なお》更《さら》だ。

つまり私は、全然ダメってこと？　自問自答すると無力さが増す。

直央は缶コーヒーの飲み口を開けた。一口飲んだコーヒーは苦い。もともと直央は、コーヒーには砂糖とミルクをたっぷり入れる派だ。しかしそういった嗜《し》好《こう》の違い以上に、架川がくれたブラックコーヒーは苦く感じられ、その苦みは直央の胸にも広がっていった。それでも負けたくなくて、直央は片手で缶を掴《つか》み、ブラックコーヒーをごくごくと飲んだ。

17

店に入るのと同時に、光輔の耳に一塊《ひとかたまり》の大きな音が飛び込んできた。通路を進み始めて間もなく、それが電子音と金属製の玉がぶつかり合う音、ＢＧＭのＪ－ＰＯＰが入り交じったものだと気づく。狭い通路の両側には、背もたれの付いた黒い椅子とパチンコ台が等間隔で並んでいる。パチンコ台に向かう客の大半は年配の男女だが、中にはスーツ姿のサラリーマンや学生風の若い女などもいた。

光輔は広い店内にいくつも延びた通路を歩き、隅の一角にダークグレーのジャケットに包まれた広い背中を見つけた。その足下にパチンコ玉が詰まったプラスチック製の赤い箱が五、六箱積まれているのに気づき、「架川さん、いつからここにいるんだよ。夕方の打ち合わせを『腹具合が悪い』とか言って抜け出したくせに」と突っ込みが浮かんだが、何も言わずに隣の椅子に座った。

目の前のパチンコ台を見回すと、左端にパチンコ玉を借りるための装置らしきものがあった。光輔は財布から五百円玉を一枚出し、投入口を探した。とたんに隣から、

「ボケ。今どき硬貨が使える玉貸し機《ユニット》なんざ、滅多にねえよ」

と呆《あき》れたような声で言われた。振り向いた光輔の目に、スラックスの脚を組んで椅子に座り、パチンコ台に向かう架川の姿が映る。

「あ、そうなんですか」と独り言のように応《こた》えて改めてユニットを見ると、確かに紙幣を差し込むためのスリットの上に「1千・2千・5千・1万」と書かれていた。

捜査では何度もパチンコ店を訪れている光輔だが、客として来たのは初めてだ。五百円玉を財布に戻し、代わりに千円札を出してユニットに差し込むと、じゃらじゃらと音がしてパチンコ台の下の皿に大量の玉が出て来た。見よう見まねで右下にある丸いハンドルを右に回すと、釘《くぎ》が打たれたパチンコ台の盤面にパチンコ玉が飛び出していった。

と、また隣で架川が言った。

「アホ。ハンドルの回しすぎだ。ド素人がしょっぱなから飛ばしてどうする」

「周りに怪しまれなきゃ、何でもいいんですよ。ここに来た目的はパチンコじゃないんですから」

周囲の音に紛れないように架川の耳に口を寄せ、光輔は返した。それでもハンドルを少し戻し、玉が出る勢いを弱める。すると盤面の玉の動きを目で追いながら、架川が言った。

「しかし、さっきは珍しいものを見たな。水木はじきにいなくなるだろうし、お前のことだから上手《うま》くあしらうと思ってた」

「黒津のファスト映画の件を捜査会議で報告させたあたりまでは、そのつもりでしたよ。でも変な一人芝居を始めるし、上っ面を上手く取り繕おうとしている割には、ところどころ我の強さを見せる。黙っていられなくなって、つい説教しちゃったんです」

光輔も盤面を行き来する玉を眺め、応えた。その頭には警察学校に迎えに行った時や捜査中、そして数時間前に休憩コーナーで言った自分の言葉に呆然《ぼうぜん》としていた直央の姿が蘇《よみがえ》る。すると、架川は小さく鼻を鳴らして笑った。

「まあ、上っ面を取り繕うことにかけちゃ、お前はプロだからな。さっきも、最後はいつもの能面《のうめん》でごまかしてたし」

「能面って、やめて下さいよ。パワハラで告発されるとまずいから、フォローしただけです」

振り向いて言い返すと、架川は右手でハンドルを握ったまま肩を揺らして笑った。

架川とコンビを組んで間もなく一年。架川には自分の笑顔を、能面と表され、からかわれたり怒られたりしてきた。しかし架川とはこの一年の間に様々な事件と相対し、そのうちの一つは今も捜査中だ。だから口ではあれこれ言いつつ、なぜ自分が上っ面を取り繕うプロで、能面のような笑顔を浮かべるのかを一番理解してくれているのも架川だと、光輔は考えている。

「しかし、水木はペーペーだがただの三下じゃなさそうだぞ。あの一人芝居はツボを突いていたし、俺が追い込んだら堀米がホンボシだと気づいた」

ハンドルから手を離し、架川が振り向いた。頷《うなず》き、光輔も言う。

「確かに。でも、ちょっと引っかかるんですよね。だから今夜、招集をかけたんですけど」

と、タイミングをはかったように、通路を一人の男が近づいて来た。

「琢己《たくみ》にいちゃん」

振り向いて光輔が声をかけると男は、「光輔。久しぶり」と返し、「おう」と言った架川には「遅くなりました」と会釈した。それから「こういうところ、久しぶりに来たなあ」と感慨深げに店内を見回し、光輔の隣の椅子に座った。ダークスーツを身につけ、背が高く色白。黒く太い眉《まゆ》と一重まぶたの細い目のギャップが印象的なこの男は羽村《はむら》琢己警部、三十五歳だ。所属は本庁の人事第一課だがヒトイチではなく、警視庁職員の人事情報の管理を担う人事情報管理係だ。

「それで、頼んだ件はどう？」

背後を確認してから光輔が問うと、羽村はユニットに千円札を差し込みながら答えた。

「水木直央の身元を洗ったが、問題はない。母親の真由は元本庁の職員で、事務畑のスペシャリストとして信頼も厚かったようだ」

羽村が告げ、光輔は「なるほど」と頷いた。直央の言動のいくつかが腑《ふ》に落ちた気がする。羽村とは光輔が小学生の頃からの知り合いで、実の兄のような存在だ。

「それで、いま母親は？」

光輔の隣から首を突き出し、架川も問うた。皿に出て来たパチンコ玉を一瞥《いちべつ》してから顔を上げ、羽村は答えた。

「四谷《よつや》にある司法書士事務所の所長です。元は夫が所長だったんですが十五年前に亡くなり、真由が後を継ぎました。夫は病死で、こちらも生前はやり手で人柄もよかったそうです。ただ夫の方は母親に複数の離婚経験があったりして、洗いきれていません」

「警察官の結婚相手が一般市民だった場合、身辺調査をするだろう。それで何も引っかからなかったのなら、問題ねえんじゃねえか？」

「僕もそう思います。ただ気になるのが、水木の特別選抜研修生という待遇で」

「どういう意味？」

光輔は身を乗り出し、架川も眼差《まなざ》しを鋭くしたのがわかった。光輔と同じように背後を確認し、羽村は言った。

「特別選抜研修生というのは正式な施策で、訓令《くんれい》も示されてる。ただし、この施策に抜擢《ばってき》されたのは水木直央一名のみなんだ」

「一名？　そりゃまたなんでだ？」

「わかりません。光輔はどう思う？」

「わからない。でも、今回の卒配は怪しいね」

光輔の答えに、羽村は神妙に「ああ」と頷いた。

「水木直央には何かあるな。引き続き調べて、何かわかったら報《しら》せる」

するとと架川がふんと鼻を鳴らし、「話は終わりだろ？」と言ってユニット下のボタンを押した。すぐに制服姿の店員の男が現れ、架川は「台を移る」と告げて席を立った。店員の男は応援を呼び、二人がかりで架川が出した玉の入った箱を抱え上げた。

「じゃあな」

そう告げて箱を抱えた店員を引き連れ、架川は通路を歩きだした。その背中を眺め、驚いたように羽村は言った。

「すげえな。ありゃ、相当やり込んでるぞ。パチンコの腕もマル暴デカの条件なのか?」

しかし、光輔は何も答えない。全身で不穏な気配を感じ、頭には直央の白く小さな顔と大きな目が浮かんだ。

水木直央には何かあるな。光輔は騒音の中で羽村の言葉を繰り返した。

第二話　或る約束

1

口に運びかけたビールグラスをテーブルに戻し、水木直央は目を見開いた。

「えっ。それ本当？」

「うん」

向かいの席に着いた長池結人《ながいけゆいと》は頷き、焼き鳥を頬張ってこう続けた。

「同期のみんなに訊《き》いたけど、水木以外に特別選抜研修に選ばれたやつはいなかったぜ」

「俺も本庁の警務部にいる兄貴に確認したけど、『前例もないと思う』って言ってたよ」

ラミネート加工されたメニューに目を落とし、結人の隣の野津佑《のづたすく》も言う。二人を呆然と見返す直央の肩を、隣席の倉永美織《くらながみおり》が叩《たた》いて告げた。

「大丈夫だって。みんな卒配先で、何かしらの研修を受けてるし」

「そりゃそうだけど、刑事課よ？　しかも卒業式から殺人《コロシ》の現場に直行」

「でも、その甲斐《かい》あって捜査書類作成や通信指令の検定はほぼ満点だったんだろ？　初任科の時の成績からすれば、すごい進歩じゃないか」

長池は丸い目でからかうように直央を見て笑い、黒いプラスチックフレームのメガネをかけた野津もメニューを凝視したままうんうんと頷《うなず》いた。「確かに」と倉永も笑い、直央は無言で三人を睨《にら》んでグラスのビールをあおった。

　直央たちがいるのは、西武多摩川線《せいぶたまがわ》多磨《たま》駅にほど近い居酒屋だ。午後六時の開店と同時に入り、トイレで警察学校の制服からTシャツやポロシャツなどの私服に着替えた。四人とも足下に大きなバッグを置いている。

　日本の警察学校は初任科を卒業して卒配先に三カ月ほど勤務したあと初任補修科に再入学し、二カ月または三カ月の教育を受けることになっている。目的は警察官としての実務能力の向上で、初任科ほどの厳しさはないものの柔道、剣道または合気道及び逮捕術の段位の取得、鑑識や通信指令、基礎的捜査書類作成能力、自動車運転技能などの検定に合格しなくてはならない。直央たちは同期で、一般の学校のクラスに相当する教場《じょう》の仲間だ。四人揃って今日初任補修科を卒業し、退寮してここに来た。

　ビールを飲み干し、直央は返した。

「進歩っていうか、やむにやまれずよ。桜町中央署では若いイケメンと元マル暴のおじさんが指導員なんだけど、とにかくキャラが強烈なの。でも、去年本庁の警務部長が談合と収賄、ホステス殺害事件への関与で逮捕された事件があったでしょ？　指導員の二人が、あれを解決したらしいのよ」

「マジ⁉」

「すごい。超敏腕じゃない」

長池は目を剝《む》き、倉永も白くほっそりした首を突き出した。しかし野津は、「ああ。あれか」と意味深に呟《つぶや》き、こう続けた。

「あの一件は大騒ぎだったし、兄貴にいきさつを聞こうとしたんだよ。でも、おっかない顔で『お前は知らなくていい』って言われた」

「警察の暗部、組織の闇ってやつ？　本当にあるんだな」

深刻な顔で長池が言い、倉永も頷く。それを見て直央は息をついた。

「勘弁してよ。暗部とか闇とか関係ないっていうか、私には別にやりたいことがあるのに……あ～あ。初任補修科を卒業すれば、研修も終わると思ってたんだけどな」

暗澹《あんたん》たる気持ちになり、直央はテーブルに腕を乗せて突っ伏した。その肩をまた倉永が叩き、野津と長池も慰めの言葉をかけてくれた。それでも気持ちは晴れず、直央は突っ伏したまま空のグラスを摑《つか》み上げ、「お代わり！」と叫んだ。

2

翌朝。直央は午前八時に桜町中央署に登庁した。階段で三階に上がり、女子トイレに入った。手前の洗面台の脇に黒革のトートバッグを置き、壁の鏡を覗《のぞ》く。映っているのは、初任補修科でのランニングで少し日焼けした自分の顔。身につけているのは真新しいライトグレーの夏物のパンツスーツと、白いワイシャツだ。

昨夜は仲間たちに散々グチり、泣き言も言った。それでも踏ん切りを付けなくてはと思い、午後八時前に居酒屋を出て仲間たちと別れ、電車で新宿《しんじゅく》に向かった。そして大手チェーンのスーツ量販店で、いま身につけているものを買った。さらに別の店にも行き、酔った勢いでバッグと靴も新調してしまった。昨夜の酒が顔に出ていないのを確認して髪を整え、直央は女子トイレを出た。がらんとした廊下を進み、ドアを開けて刑事課の部屋に入った。

一番乗りかと思いきや、会議でもあったのかほとんどの刑事が登庁していた。拍子抜けし、直央は通路を自分の席に歩きながら「おはようございます」と挨拶《あいさつ》をした。刑事たちが振り向いたので、直央は自分の机にトートバッグを置いて一礼した。

「お陰様で、昨日初任補修科を卒業しました。改めてよろしくお願いします」

「おお、おめでとう。よかったね」

真っ先に奥の席で刑事課長の矢上慶太が反応し、立ち上がった。エアコンは入っているがスーツのジャケットを脱ぎ、半袖《はんそで》のワイシャツにネクタイ姿だ。七月も半ばになり、最高気温が三十度を超える日も珍しくない。

「おめでとう。戻って来てくれて嬉《うれ》しいよ」

直央の二つ先の席に着いた蓮見光輔も告げる。いつものように細身のスーツを身につけ、笑顔は爽《さわ》やかそのものだ。しかし直央は四月に安西海斗殺害事件を解決した際に告げられた言葉を思い出し、「本心？」と疑ってしまう。それでも「ありがとうございます」と会釈し、視線を隣席の架川英児に向けた。架川は無言無反応。ふんぞり返るように椅子に座り、仏頂面で広げたスポーツ新聞を読んでいる。これもいつも通りだなと直央が思っていると、矢上が歩み寄って来た。

「水木さん、警察官らしくなってきたね。スーツ姿も堂《どう》に入ってきたし」

「ありがとうございます。心機一転のつもりで、昨日買ったんです」

　片手で自分のスーツを指し、直央は答えた。他の刑事たちも自分の席で、こちらのやり取りを聞いているのがわかる。

「いいじゃない。幸い、いま刑事課《うち》は大きな事件《ヤマ》は抱えてないけど、引き続き特別選抜研修生として——あれ。それは何？」

　にこやかに語っていた矢上だったが、急に言葉を切って俯《うつむ》いた。その細い目は直央の足下に向いており、つられて光輔、さらに架川も新聞の脇からこちらを見た。

「あ、これですか」と返し、直央は自分の靴を指した。ライトグレーのスニーカーで、厚みのあるミッドソールはライトグレーと白のコンビ。加えてシュータンの中央には、直径二センチほどのゴム製のボタンが付いている。

「これも昨日買いました。安西の事件の時に、ローヒールでもパンプスじゃ動きにくいと思ったので。服制規程を調べたら、私服着用時については特に記載されていませんでした」

「いやでも、スーツにスニーカーってＴＰＯとしてどうなのかなあ。そもそもそれ、ハイテクスニーカーってやつでしょ？」

「はい。高かったけどすごくカッコいいし、高機能なんですよ。このボタンを押すとシューズの外側に空気が送り込まれて、足にフィットするようになってて」

テンションを上げて説明し、直央はスニーカーのボタンを押して見せようとした。が、矢上は「知ってるよ」と答え、こう続けた。

「定年後の趣味を探してランニングを試した時に、シューズの勉強もしたから。確かにハイテクスニーカーは高機能だけど、走りやすさやスピードが出るかとは別だよ」

「えっ、そうなんですか？」

直央が驚くと矢上は呆《あき》れ顔になり、さらに何か言おうとした。と、新聞を机に置いて架川が振り返った。

「その格好《ナリ》は、水木なりの心意気ですよ。受け止めてやるのが上の者の度量ってもんでしょう」

意外な発言に直央は驚き、矢上は「それはそうだけど」と口ごもる。

「確かにそうですね。僕がフォローするので、取りあえず黙認していただけませんか？」

そう提案したのは光輔だ。すると矢上は、

「きみらにそう言われちゃね。でも、絶対問題は起こさないでよ」

とため息交じりに返し、こちらを見た。直央が「はい！」と即答するのを確認し、矢上は自分の席に戻って行った。振り向き、直央は光輔たちに「ありがとうございます」

と一礼した。笑顔を崩さず、光輔は応《こた》えた。

「僕も前から女性警察官を見て、『ローヒールでもパンプスじゃ動きにくいよな』と思ってたから。でも、無理を通した以上は結果を出さなきゃダメだよ」

「はい。がんばります」

そう返して頷くと、やる気が湧いてきた。その矢先、架川が言った。

「コーヒー買って来い。いつものやつを大至急」

「はい？」

思わず問うた直央だったが、架川は「タイムを計ってるからな」と続け、黒いダブルスーツのジャケットのポケットからスマホを出した。

復帰後初仕事がパシリ？　そう頭をよぎったが「はい」と応え、直央はドアに向かった。


小走りで廊下を進み、休憩スペースに入った。しかし、架川が求めるブラックの缶コーヒーは売り切れだった。焦った直央だったが四階の休憩スペースでも同じ缶コーヒーを売っているのを思い出し、廊下の奥の階段に向かった。

階段を上がり、四階の廊下に出た。小走りに進んでいると、前方から話し声が聞こえた。休憩スペースに着いた直央の視界に、並んだ自販機の前のベンチに座る女の子と、脇に立つ三十代後半ぐらいの事務職員の女が入った。直央は事務職員の女に会釈し、脇を抜けて自販機に歩み寄った。会釈を返し、事務職員の女はベンチの女の子に語りかけた。

「ジュースはいらないのね。じゃあ、お菓子はどう?」

身をかがめて女の子の顔を覗き、片手で菓子パンやスナックが入った自販機を指す。

しかし女の子は、無言でふるふると首を横に振った。歳は四つか五つぐらいだろうか。

髪を頭の両側で小さなツインテールにして、水色のワンピースを着ている。

事件関係者の子どもか。そう推測しながら直央は自販機に視線を巡らせ、目当ての缶コーヒーを探した。廊下の先には風俗やストーカー、DVなどの犯罪捜査や防犯活動、風俗店・古物商他の営業許可等を担当している生活安全課、通称・セイアンがある。児童虐待や少年非行もセイアンの重要な職務なので、捜査員は子どもの扱いには慣れているはずだ。しかし捜査員が出払っているなどの理由で、事務職員がこの子の相手を任されたのだろう。

「ママはどこ?」

後ろから、緊張と不安が入り交じった女の子の声が聞こえた。事務職員の女が答える。

「ママには、おまわりさんがお話を聞いているの。もうすぐ終わるから、おばちゃんと待っていようね」

「じゃあ、パパは?」

続けて女の子が問うと、一瞬の間があって事務職員の女は返した。

「ちょっとわからないな……そうだ。向こうで絵本を読もうか？　アニメのＤＶＤもあるわよ」

この子の父親が何かしたのか。そう察しつつ、直央は端の自販機に目当ての缶コーヒーを見つけた。財布を出そうとジャケットのポケットに手を入れたその時、

「いや！」

と後ろで声が上がった。驚き直央が振り向くと、女の子は事務職員の女を見上げていた。大きな目には涙とともに、怒りと苛立《いらだ》ちの色が滲《にじ》んでいる。

「パパに会いたい。ママも一緒にお家《うち》に帰るの」

そう続けると大きな目からぶわっと涙が溢《あふ》れ、声も震えた。一方で小さな体は強《こわ》ばり、膝《ひざ》に乗せた両手はきつく握られていた。

「うん、わかった。でも、もうちょっと我慢してね……パトカーに乗ってみたくない？白バイはどうかな？」

なだめるように言い、事務職員の女は女の子の脇にかがみ込んだ。しかし女の子は「いや！　お家に帰るの」と声を尖《とが》らせて繰り返した。その様子に思わず、直央はポケットから財布ではなくスマホを出していた。動画投稿サイトのアプリを立ち上げて操作し、スマホの画面を女の子の前に差し出した。

「これ、知ってる？」

そう語りかけ、女の子の返事を待たずに動画を再生した。

映しだされたのは、動物園の檻《おり》に入ったパンダの親子。母親らしきパンダの黒く太い腕に抱かれた子どものパンダは、安心しきったように目を閉じている。が、次の瞬間、母パンダの体の下からぶぅっ、と籠《こ》もった太い音が聞こえ、驚いた子パンダは「うっ！」とも「ふっ！」とも聞こえる声を上げて体を起こした。とたんに女の子は涙で濡《ぬ》れた目を見開き、直央を見上げた。

「今のなに？　おなら？」

「そうそう。パンダのおなら。赤ちゃん、びっくりしてたね」

女の子の向かいにかがみ込み、直央は再度動画を再生した。女の子は身を乗り出してそれに見入り、スマホのスピーカーからおならの音と子パンダの声が流れると、声を立てて笑った。

「面白いでしょ？　友だちに教わったんだけど、何度も見ちゃった」

直央も笑いながら言い、三度《みたび》動画を再生する。休憩スペースにおならの音と子パンダの声が流れ、女の子は体を前後に揺らして笑った。ほっとして、直央は呆気《あっけ》に取られたようにこちらを見ている事務職員の女に目礼した。返礼し、制服姿の女が何か言おうとした矢先、廊下から事務職員の中年男が顔を出した。

「すみません。ちょっと」

「はい」と応え、事務職員の女は女の子をちらりと見てから直央に言った。

「私はセイアンの原子《はらこ》です。あなたは？」

「ご挨拶《あいさつ》が遅れました。刑事課の水木と申します」

姿勢を正し直央が名乗ると、原子はこう続けた。

「すみませんけど、この子を見ていてもらえますか？　二、三分で戻りますので」

一瞬躊躇《ちゅうちょ》した直央だったが、「はい」と頷《うなず》いた。

昨夜、踏ん切りを付けるために考え、電車の中で誓ったのは「行き当たりばったりだろうと、目の前のことを乗り切る。まずは、この研修を無難にやり過ごす」というものだった。架川も気になるが、状況からして原子に言われたことを優先するべきだろう。

「助かります」と言って立ち上がり、原子はこう続けた。

「水木さん、子どもの相手が上手《うま》いですね。何を言っても拒否されて、困っていました」

後半は眉根《まゆね》を寄せ、直央に囁《ささや》きかける。「大変ですね」と応え、直央も囁き返した。

「念のため、この子の名前を教えてもらえますか？　それと、差し支えのない範囲で何があったのかも」

すると原子は一旦《いったん》身を引き、女の子を見た。女の子は直央が渡したスマホを手に、パンダの動画を繰り返し再生して笑っている。それを確認し、原子は再び直央の耳に口を寄せて言った。

「設楽紗奈《しだらさな》ちゃん。昨夜、父親が万引きで逮捕されたんですが、『やってない』と言い張っているとか。だから奥さんにも来てもらって話を聞いてるそうです」

「なるほど。わかりました」

そう返し直央が頷くと、原子は紗奈に「ちょっと用を済ませてくるから、このお姉さんと待っててね」と告げて廊下に向かい、中年男と歩き去った。

休憩スペースに二人きりになり、直央は改めて紗奈と向き合った。別の動画も見せてやろうと、「ちょっとごめんね」と言って紗奈の手からスマホを取る。直央がサムネイルが並んだ画面をスクロールさせていると、紗奈は言った。

「お姉ちゃんも、おまわりさんなの？」

「うん。そうよ」

手を止め、直央は顔を上げた。真顔に戻った紗奈が、大きな目で直央を見ている。

「パパは悪いことをしたの？　おまわりさんに捕まっちゃったんでしょ？」

「ごめんね。お姉ちゃんには、よくわからないの。でも、おまわりさんは悪いことをしたかどうかを調べるために、パパからお話を聞いてるんだと思うよ」

言葉を選び極力穏やかに、直央は答えた。すると紗奈は隣のベンチに置いたリュックサックを引き寄せ、ファスナーを開けた。リュックサックの中から一枚の画用紙を取り出し、直央に差し出す。受け取って見ると、画用紙にはクレヨンで大きなホールケーキの絵が描かれていた。タッチは粗いが、ケーキの上にイチゴやブドウ、カットしたメロンや黄桃などが山盛りになっていて、縁の部分には火が点《とも》った小さなロウソクが五本立っているのがわかる。

「上手だね。これ、バースデーケーキ？」

絵を眺めながら問うと、紗奈は「うん」と頷いた。

「『こういうケーキを食べたい』って言ったら、『パパが買って帰るから、みんなで食べよう』って約束してくれたの」

「そうなんだ。もしかして紗奈ちゃん、もうすぐお誕生日なの?」

「うん。金曜日」

あと三日か。万引きを認めて示談が成立すれば、すぐに釈放されるはずだけど。でも、「やってない」って言い張ってるのよね。頭を巡らせていると、ある記憶が蘇《よみがえ》った。

今から十五年前、直央の八歳の誕生日だ。当時小学二年生だった直央は家族よりも学校の友だちと過ごすのが楽しくて、誕生日も友だちとやるパーティを心待ちにしていた。しかし父親の輝幸は、「すごいプレゼントを買って帰るから、待ってて」と大はりきりだった。「早く寝たいんだけど」と文句を言いつつも当日夜、母親の真由と待っていた直央だったが、輝幸は帰って来なかった。職場を出る直前に倒れて病院に搬送され、直央たちが駆け付けた時には息を引き取っていた。死因はくも膜下出血だった。

お父さん。あの時、どんなプレゼントを買ってくれるつもりだったの? ふと感傷的になって直央がケーキの絵を眺めていると、紗奈の視線に気づいた。

「見せてくれてありがとう」

そう言って画用紙を返そうとしたが、紗奈は首を横に振り「お姉ちゃんにあげる」と告げた。

「私に？　パパに渡してとかじゃなくて？」

思わず訊《たず》ねると、紗奈は「うん」と答えた。「ありがとう」と画用紙を引っ込めたものの怪訝《けげん》に思い、直央は小さく首を捻《ひね》った。と、その自分を紗奈がさっきとは違う、すがるような眼差《まなざ》しで見ているのに気づき、はっとした。

もしかして、バースデーケーキの約束の話を「おまわりさん」にすれば、パパを返してもらえると思ったの？　そのためにこの絵を「あげる」と言ったの？　心の中で問いかけ、直央は紗奈を見た。すると紗奈は、恥ずかしそうに目を伏せた。しかしその小さな両手は、さっきと同じように膝の上できつく握られている。それを目にしたとたん、直央は強い衝動にかられた。

「紗奈ちゃん」

呼びかけると、紗奈は視線を直央に戻した。その目をまっすぐに見返し、直央は告げた。

「パパのこと、お姉ちゃんに任せて。もし悪いことをしていないなら、必ず金曜日までに紗奈ちゃんのところに戻れるようにする」

「えっ。本当!?」

「うん。約束する。でも、悪いことをしていなかったら、だよ」

直央は念押ししたが、紗奈は、

「お姉ちゃん、ありがとう」

と目を輝かせ、小さな手を伸ばして直央の手をぎゅっと握った。

3

居酒屋のトイレの個室に入り、カギをかけて便座に座った。スマホを出して検索すると、すぐに目当ての店のホームページが見つかった。真っ先に確認した閉店時間は、午後八時。あと四十分ほどしかない。焦りを覚え、直央はナビゲーションアプリを立ち上げて店への行き方と所要時間を調べた。と、ノックの音がして個室のドア越しに女が問いかけてきた。

「直央ちゃん。大丈夫？」

声の主が桜町中央署警務課の須藤さつきだと気づき、直央は返事をしようとした。すると、別の女が言った。

「具合でも悪い？　なかなか戻って来ないから、様子を見に来たの」

今度は同じ警務課の倉間彩子だ。直央はスマホをポケットに戻し、トイレの水を流して解錠しドアを開けた。

「いえ、大丈夫です。わざわざすみません」

個室の外に並んで立つ須藤と倉間に告げ、頭を下げる。二人は「そう？」「よかったわ」と返し、直央のためにスペースを空けた。「わざわざすみません」と再度頭を下げ、直央は個室を出て壁際の洗面台に向かった。洗面台で手を洗っていると頭の後ろで、「具合じゃなく、機嫌が悪いんじゃないですか？　梅林さんに絡まれまくってますよね」と声がした。びくりとして振り向いた直央の目の前に、交通課の米光麻紀の顔があった。「ううん。あれは」と話しだそうとした直央を遮り、

「そうそう。ひどいわよね」

「パワハラ、セクハラ、アルハラをコンプリート。今どきあり得ない」

と腹立たしげに言い、須藤と倉間も洗面台に歩み寄って来た。胸の前で腕を組み、米光が告げる。

「適当な口実で、帰っちゃっていいですよ。後の制裁は、私たちが下しておきますから」

「制裁って、そんな物騒な」

うろたえ、直央は洗面台の水を止めて三人を見た。私服姿を見るのは初めてだが、須藤と倉間は似たような色とデザインのサマーニットに膝丈《ひざたけ》のスカート、米光はシンプルだが胸元がやや大きめに開いた花柄のワンピースというスタイルだ。

今朝はあのあと原子が戻って来るまで紗奈の相手をし、缶コーヒーを買って刑事課に戻った。「遅《おせ》え」と騒ぐ架川にひたすら謝っていると矢上がやって来て、「今夜、水木さんの卒業と復帰祝いをするよ」と告げられた。困惑する直央に矢上はさらに「女性一人じゃなんだから、桜町三姉妹も呼んだよ」と満面の笑みで告げた。「ありがとうございます」と返すしかなく、午後六時過ぎに署にほど近いこの居酒屋で宴《うたげ》が始まった。

するとまもなく、刑事課主任の梅林昌治が隣の席に来た。笑顔で冗談めかしてはいたが、梅林は直央のスーツにスニーカーという格好や安西海斗殺害事件の捜査中の言動を揶揄《やゆ》し、「俺が新人の頃は」と語りだした。うんざりはしたものの他のことで頭が一杯だった直央は適当に相づちを打ち、「ちょっとお手洗いに」と言ってここに来た。

礼を言って三人をなだめようとした矢先、閃《ひらめ》くものがあって直央は訊ねた。

「制裁はともかく、帰っちゃう方に力を貸してもらえますか？」

「もちろんです」

米光が自信たっぷりに頷《うなず》き、須藤と倉間も「任せて」「お安い御用よ」とメガネの奥の目を輝かせた。

段取りを決め、席に戻った。個室の座敷で、ずらりと並んだ座卓に二十人ほどの刑事が着き、酒を飲み肴《さかな》をつまみながら談笑している。座敷に上がったところで、桜町三姉妹は上座の矢上の許《もと》に向かった。直央の席はその斜め前なのだが、座布団の上には架川があぐらを掻《か》いて座っている。後ろで直央が戸惑っていると振り向いた架川は、

「長《なげ》ぇ連れションだな」

と言い放った。隣の梅林も振り向き、何か言おうとしたが架川はその背中に腕を回し、肩をがっちりと摑《つか》んだ。そして顔を前に戻し、語りだした。

「話の続きだ。マル暴時代に、情報提供者《エス》から鷲見組の構成員《ばんかけ》が違法薬物《ヤク》を持ってるとタレコミがあった。で、六本木《ろっぽんぎ》でそいつの車を見つけて職務質問したんだが、テンパっ

たそいつは車を急発進させやがった。俺はとっさに、開いてた窓から手を突っ込んでハンドルを摑んだんだが」

「百メートル近く車に引きずられて、ヴェルサーチェのスーツがズタボロになったんでしょ？　さっきも聞きましたけど」

身を引き、迷惑そうに梅林が告げる。が、架川は「バカ。続きがあるんだよ」とクセの強い天然パーマの髪で覆われた梅林の頭を叩《たた》き、「『このままじゃ振り落とされる』と思った俺は、強引にハンドルを切って」と熱っぽく続けた。すると直央の耳に、「水木さん」という声が聞こえた。少し離れた席に着いた光輔が手招きをしている。直央は座布団と壁の間の通路を歩き、光輔の隣の空いた席に座った。

「ごめんね。何とかしなきゃと思ったんだけど、上官の顔は潰《つぶ》せないから、タイミングをはかってたんだ」

梅林を見て、潜めた声で光輔は告げた。

「じゃあ、架川さんは私のためにあそこに？」

驚き、二人の気遣いを嬉《うれ》しくも感じた。笑顔で答えをはぐらかし、光輔はこう続けた。

「それに、梅林さんも悪い人じゃないんだよ。むしろ、水木さんを気にかけて期待もしてる。でも若い女の子との接し方がわからなくて、ああいう態度を取ってしまうんだ。その証拠に、『トイレの様子を見て来て』と桜町三姉妹に頼んだのは梅林さんだよ」

「そうだったんですか」

意外だったが、これまでの梅林の自分に対する言動が腑《ふ》に落ちた気がした。

改めて、直央は上座に目を向けた。梅林は依然架川に肩を摑まれ、話を聞かされている。架川の「コンクリ抱かす」「ドンゴロス」といったマル暴または暴力団関係者の隠語と思《おぼ》しき言葉と、それに気のない相づちを打つ梅林の声も耳に届く。

「水木さん」

また名前を呼ばれて振り向くと、矢上が通路を歩み寄って来るところだった。

「聞いたよ。猫の具合が悪いんだって？」

直央の脇で立ち止まり、矢上は言った。頷き、直央は立ち上がって答えた。

「はい。親戚《しんせき》の猫を預かっているんですが、持病があって」

「早く言ってよ。もう帰っていいから、そばにいてあげて」

「はい。申し訳ありません」

恐縮した顔をつくって立ち上がり、直央は壁際に置いたトートバッグを摑んだ。光輔に「お先に失礼します」と告げ、出入口の襖《ふすま》に向かう。途中、矢上の席の脇に立つ桜町三姉妹に「大成功です。ありがとうございます」というメッセージを込めて目配せすると、米光は「了解」と言うように頷き、須藤と倉間は小さく手を振ってきた。

トイレで段取りを相談した時、桜町三姉妹は「矢上さんは飼い猫を溺愛《できあい》してて、猫ネタに弱い。そこを利用すれば、簡単に帰れるはず」と話していたが、その通りだった。

4

最寄り駅に急ぎ、直央は電車に乗った。帰宅ラッシュは一段落していたが座席には座らず、ドアの脇に立って手帳を開いた。そこには刑事課に戻ったあと密《ひそ》かに原子に電話をかけ、「紗奈ちゃんと仲良くなったので、またぐずったら呼んで下さい」と申し出るついでに聞きだした父親の事件の情報が書き込まれている。

紗奈の父親は設楽恒弘《つねひろ》、三十八歳。桜町中央署管内の露草町のマンションで妻の郁美《いくみ》、三十五歳と長女で幼稚園児の紗奈、生後八ヵ月の長男・蒼生《あお》と暮らし、台東《たいとう》区にあるワンダートイズという社員数約二百名の中堅どころの玩具《がんぐ》メーカーに勤めている。

恒弘の趣味は釣りで、昨日は午後七時前に勤務先を出て自宅の隣町の小紫《こむらさき》町にある釣具店に立ち寄った。恒弘は何も買わず二十分ほどで店を出たが、店主は商品のルアーが一点なくなっているのに気づいた。後を追って声をかけたところ、恒弘が所持していたバッグのポケットからルアーが発見された。

恒弘は「ルアーは一度手に取って見たが、棚に戻した」と主張したものの店主は警察に通報、地域課の警察官が釣具店に駆け付けた。その後、「万引きされた」と糾弾する店主と「やっていない」と反論する恒弘が摑み合いになりかけたので、警察官は恒弘を窃盗の現行犯で逮捕し、署に連行したという。ちなみに万引きの場合、犯行の最中か直後なら逮捕状なしで逮捕できる。

釣具店は、最寄り駅から徒歩三分ほどの商店街にあった。建物は古いが、出入口のガラスの引き戸の上には「フィッシングキャビン　ビッグヒット」と青地に白で書かれた真新しい看板が掲げられている。

引き戸を開け、直央は店内に入った。金属製の網目状のパネルが取り付けられた棚が縦に二列並び、パネルには袋やケースに入った釣り具がぶら下げられている。左右の壁際にもパネルが取り付けられ、そちらには釣《つ》り竿《ざお》やクーラーボックス、衣類などが並んでいた。奥にはレジカウンターがあり、デニムの胸当てエプロンを締めた男が付いている。男は弄《いじ》っていたノートパソコンから顔を上げ、「いらっしゃいませ」と言って直央をちらりと見た。閉店まで十五分ほどだが、店内には二、三人の客がいた。

防犯カメラは設置されてないな。店内を進みながら天井をチェックし、直央は思った。レジカウンターに歩み寄ると、エプロンを締めた男がまた顔を上げた。髪を短く刈り込み、小太り。歳は四十過ぎだろうか。

「桜町中央署の水木といいます。店長の岩波陽平《いわなみようへい》さんですか?」

他の客を気遣い、抑えめの声で問いかけると、岩波は「はい」と頷いた。

「昨夜の万引き事件について、少し伺わせて下さい」

「はあ。でも、他の刑事さんに散々説明しましたけど」

怪訝《けげん》そうに返し、岩波は丸く小さな目で直央を上から下まで眺めた。大丈夫。鑑取りは安西海斗殺害事件の時にもやったし、勤務時間外で警察手帳を持っていなくても私は警察官だ。自分で自分にそう言い聞かせ、直央は椅子に座った岩波に質問を始めた。

「確認のため、お願いします。犯人の男がこちらに来たのは何時頃ですか？」

「夜の七時半頃です」

「男は以前にも来ていましたか？　それとも昨夜が初めて？」

「初めてのはずですよ。僕はもともとチェーンの釣具店に勤めてたんだけど、脱サラして二週間前にこの店をオープンしたんです」

原子から聞いた情報通りだなと思いつつ、直央は「そうですか」と返し質問を続けた。

「男が来た時、岩波さんは今と同じ場所に座っていたんですよね。男の様子は？」

「『いらっしゃいませ』と言った後はパソコンを弄ってたからよくわからないけど、店の中を歩き回ってたんじゃないかな」

岩波は言い、直央の体の脇から店内に目を向けた。つられて直央も振り向くと、客たちは棚の商品を眺めたり、手に取ったりしている。

「どんな商品を万引きされたんですか？」

カウンターに向き直って問うた直央に岩波は、

「ルアーです。いわゆる疑似餌《ぎじえ》で、釣り糸の先に付けてスズキやアジ、ヒラメなんかを釣る。そこにありますよ」

と答えて身を乗り出し、カウンターの向かいの棚を指した。再び振り向いた直央の目に、棚の手前にずらりと並んだルアーが映った。ビニール製の袋に入ったルアーは、三センチから十センチほどで、どれも魚の形をしていて色鮮やかで光沢が強い。素材は木または金属と思われ、どれも尻《しり》と腹の部分に碇《いかり》に似た形の金具が付いている。値段は千円から二千円といったところだが、棚の上に視線を移し、直央は驚いた。そこには小袋ではなくプラスチック製の箱に入ったルアーが並んでいて、「3500円」「5150円」といった値札が付いている。

「その辺《へん》のは、輸入ものや作家ものの高級品。昨夜万引きされたのも、そこの左から二番目のと同じものです。現物は警察の人が持って行きましたけど」

直央の視線を追ったのか、岩波が言った。「へえ」と答え、直央は言われた位置に視線を動かした。そこにぶら下がったケースの中身は、長さ五センチほどの淡い黄色で背中に青い模様が入ったルアーで、値札には「4900円」とある。

これが4900円？　千円のやつとの違いがわからないし、背中の模様が青カビみたいで気持ち悪いんだけど。心の中で呟《つぶや》いた直央だったが、顔に表れてしまっていたらしい。岩波は露骨に不機嫌そうな声になり、言った。

「それを作ったのは僕です。興味のない人は『こんなものを？』と思うだろうけど、最高ランクのバルサ材を使ってて、塗装にも一週間近くかけてるんですよ」

「いえ、私は何も。ただ、確認のためによく見ようとしただけで」

カウンターの前に戻り、直央は釈明しようとした。が、岩波は顔を険しくして身を引き、こう返した。

「ていうか、刑事さん。呑《の》んでますよね？　酒臭いですよ」

「えっ!?」

ぎょっとして、直央は片手を口に当てた。酔っている自覚はないが、梅林に勧められるままにビールだ焼酎《しょうちゅう》だと、結構飲んでしまった気がする。すると岩波はさらに表情を険しくし、訊《たず》ねた。

「あんた、本当に警察の人？　確認しますよ」

「本当に警察官です。これには事情があって」

直央は慌てて訴えたが、岩波はエプロンのポケットからスマホを出して操作を始めた。まずい。いろんな意味ですごくまずい。そう思い、直央が強い焦りを覚えたその時、

「失礼します。水木の上官です」

と聞き覚えのある声がして、誰かが隣に立った。見るとスーツ姿の光輔がいて、整った顔の脇に警察手帳を掲げている。それを見返し、岩波は言った。

「刑事さん？　本当に？」

「はい。水木の身元は保証します。ちなみに僕らも飲酒していますが、それは別の事件の捜査のためです。ご理解下さい」

光輔はすらすらと答え、最後に一礼した。「いや」とうろたえた様子で岩波は返し、直央は「僕ら？」と呟いて首を後ろに回した。

出入口に近い棚の脇に、ライトグレーのダブルスーツ姿の架川がいた。向かいには店の他の客が集まり、「一・五メートルのクロアナゴ？　本当に釣ったの？」「それ、クロアナゴじゃなくてアナコンダでしょ」と笑いながら架川に問いかけている。いつの間に？　ていうか、なんで？　訳がわからず直央が「本当にクロアナゴだって！」と訴える架川を見ていると、光輔は、

「別件の捜査で、万引き事件について伺いました。ご協力ありがとうございました」と再度頭を下げた。そして呆然《ぼうぜん》と「はあ」と返す岩波に「では」と告げ、直央の背中を押して出入口に向かった。その有無を言わせぬ勢いに、直央も岩波に「失礼しました」と会釈して歩きだした。架川も「てな訳で、またな」と他の客たちに手を上げ、光輔と直央に続いて店を出た。

商店街の出入口に近いコンビニの前まで行き、光輔は足を止めて直央の背中から手を離した。直央は振り向き、光輔が口を開くより先に訊ねた。

「どうしてここに？」

「それはこっちの台詞《せりふ》だ」

ぶっきら棒にそう答え、直央たちの脇に進み出て来たのは架川だ。

「缶コーヒー一本買うのに二十分近くかけやがったと思ったら、妙にそわそわこそこそしやがって。露骨に怪しいんだよ。お前、それでもデカか？」

「すみません。でも私は研修生で、デカでは」

胸に気まずさが押し寄せるのを感じつつ、つい訂正してしまう。と、光輔がぴしゃりと言った。

「肩書きはどうあれ、刑事課に所属している以上は自覚と責任を持つべきだ。僕もすぐにきみの異変に気づいたし、復帰祝いの席での態度もおかしいと思った。だからきみが居酒屋を出た後、尾行して来たんだよ」

尾行までされたのかとショックと反感を覚えた直央だが、少し前の出来事を考えると「すみません」と繰り返すしかない。すると、光輔はさらに言った。

「店の前で様子を見ながら、調べたんだ。昨夜あの店は万引きの被害に遭い、犯人の男が現行犯逮捕《ゲンタイ》されて署で取調中だね。きみと関係があるの？」

「関係っていうか」

思わず口ごもると、架川に威圧感溢《あふ》れる眼差《まなざ》しで見下ろされた。それに怯《ひる》み、直央は「わかりました。話します」と答え、今朝の設楽紗奈とのいきさつを説明した。それを聞き終えるなり、光輔は問うた。

「本当に『お姉ちゃんに任せて』『約束する』と言ったの？」

「言いました。でも、父親が悪いことをしていなかったら、と念押ししたし――」

「そういう問題じゃない。そもそも万引きは、セイアンの管轄だ」

光輔が返す。口調は落ち着いているものの、直央に向けられた眼差しは冷ややかだ。言い返したかったが言葉が見つからず、直央は目を伏せた。

「刑事は『必ず解決する』という信念を持ち、事件と対峙《たいじ》する。でも、捜査に絶対はないんだ。どんなに力と時間を費やしても、解決に至らない事件はある。だから事件関係者、とくに家族には『解決します』と約束しちゃいけないんだ。約束を果たせなかった時の家族の絶望と、警察に対する失意の大きさがわかる？」

顔を上げ、光輔の問いかけに答えようとした直央だったが、できなかった。言葉や眼差しは四月に説教された時と同じだ。しかし今の光輔からは、切実な想いのようなものが感じられた。沈黙が流れ、光輔はため息をついてジャケットのポケットに手を入れた。

「岩波から伝わる前に、僕がセイアンの課長に謝罪をしておく。二度と万引き事件には関わらないように。約束の件も、原子さんから紗奈ちゃんに上手《うま》く取りなしてもらって」

「そりゃ筋が違うだろ」

架川が口を開き、光輔はスマホを操作する手を止めて顔を上げた。直央も向かいに立つ架川に目を向ける。

「約束は約束。刑事だの、捜査に絶対はねえだのは関係ねえ。した以上は果たす。約束ってのは、そういうもんだ」

スラックスのポケットに入れていた両手を出して胸の前で腕を組み、架川はそう告げた。鋭く力に溢れた眼差しは、まっすぐ直央に向けられている。その眼差しを見返し、直央は胸の中で架川の言葉を繰り返した。

した以上は果たす。それが約束。すると胸が熱くなり、自分の手を握った紗奈の手の感触や、バースデーケーキの絵を「あげる」と言った時のすがるような眼差しも思い出した。

「架川さん、なに言ってるんですか。筋がどうこういうことではなく」

咎《とが》めるように、光輔がまたしゃべりだそうとした。強い衝動にかられ、直央は隣を振り返った。

「蓮見さん！」

その声の大きさと勢いに驚き、光輔が黙る。身を乗り出し、衝動のまま直央は訴えた。

「間違ったことをしているのは、わかっています。でも、どうしても紗奈ちゃんとの約束を果たしたいんです。そのために私は何をしたらいいですか？　今の私にできることはありますか？　お願いです。教えて下さい！」

息継ぎせずに訴え、頭を下げたので胸が苦しくなって目眩《めまい》もした。それでも直央は「お願いします！」と繰り返してさらに頭を下げた。その様子に商店街を行き交う人が振り向き、光輔と架川の視線も感じた。

さっきより長い沈黙の後、また光輔がため息をついた。ダメなのか。そう思い、直央が三度《みたび》頭を下げようとした時、

「指揮は僕が執《と》る」

と光輔が言った。反射的に顔を上げると、光輔が強い目で直央を見ていた。

「以後、単独行動は禁止。無論、セイアンを始め署内の誰にも動きを知られてはならな

い。これは約束ではなく、命令。守れる？」

「はい……えっ、じゃあ」

「それに、何かあったらきみにも責任を取ってもらうから。いいね？」

「はい！」

訳はわからなかったが、直央は背筋を伸ばして答えた。「声が大きい」とうんざりしたように言って光輔は駅の方に歩きだし、架川も続いた。肩にかけたトートバッグの持ち手を摑《つか》み、直央も歩きだした。

5

気がつくと、商店街の外れまで来ていた。「あれ？」と呟《つぶや》いて身を翻し、直央は通りを戻りだした。

ここは桜町中央署にほど近い商店街だ。三百メートルほどある通りの左右に店が並んでいて、チェーンのコンビニや牛丼《ぎゅうどん》店などもあるが、個人経営の青果店や精肉店、書店などが目立つ。午前十一時近くなり、買い物客やランチを摂《と》りに来たサラリーマンやOLが通りを行き来している。

きょろきょろしながら少し歩いて足を止め、直央は手のひらで額に浮いた汗を拭《ぬぐ》った。スーツのジャケットは脱いでいるが日射しが強く、気温は三十度近くあるだろう。ハンカチを出して首筋の汗も拭いひと息ついていると、傍らの店が目に入った。洋品店で、出入口の脇に夏物のブラウスやスラックスが掛かったハンガーラックが置かれている。明るい原色や花柄のものもあれば、茶色や灰色のものもある。

おばさんやおじさんの服って、なんで派手と地味の二パターンなんだろう。そんなことを考えながら横に滑らせた直央の視線が、店のショーウィンドウで止まった。

ショーウィンドウのガラスの内側には、「大好評！　特選サマーアイテム」と書かれた大きな紙と、数枚の写真が貼られている。写真に写っているのは、胸に龍《りゅう》と虎の顔の刺繍《ししゅう》が施された黒いTシャツや、光沢の強い銀色の地にゼブラ模様が入ったブルゾンを着た男。その男は紛れもなく架川で、肩を怒らせたり睨《にら》みを利かせたりしてポーズを取っている。

「何これ」

啞然《あぜん》とした直後、「水木さん」と声をかけられて振り向いた。通りの二十メートルほど先の店から光輔が顔を出し、手招きしている。直央は光輔の許《もと》に走った。

「あそこの店に架川さんの写真が。しかも輩感《やからかん》満載の服を着て、どや顔でポーズを」

洋品店を指し訴えたが、光輔は「ああ」と頷《うなず》いた。

「あそこは商店街の会長の店で、架川さんは専属モデルだから。でも、ボランティアでお金はもらってないそうだよ」

「そういう問題じゃ」と言いかけた直央だったが我に返り、「遅くなってすみません。

さっき、この店の前も通ったんですけど」と頭を下げた。光輔は店の出入口に下げられた暖簾《のれん》の間から顔を出していて、色褪《いろあ》せた暖簾には、「大衆食堂」の文字が入っている。

「ここは十一時開店で、さっきまで暖簾が出てなかったから気がつかなかったんだよ……ねえ、おばちゃん」

白い歯を見せて笑い、光輔は店内を振り返った。つられて、直央も暖簾の間から店内を覗《のぞ》く。間口が狭く奥行きのあるつくりで、壁際にテーブルと椅子が並び、通路を挟んだ向かい側にカウンター席と厨房《ちゅうぼう》がある。手前のテーブルを布巾《ふきん》で拭《ふ》いていた年配の女が顔を上げ、「うん。悪かったね」と直央に笑いかけてきた。小太りの体を白い調理衣に包み、頭にも白い三角巾《さんかくきん》を着けている。直央が「いえ」と首を横に振ると光輔は、

「彼女、桜町中央署《う ち》の新人の水木さん……この店は、うちのみんなの行き付けだから。お薦めは焼き魚定食だけど、何でも旨《うま》いよ」

と前半は年配の女、後半は直央に告げ、店内に戻って行った。トートバッグを抱えて直央も続くと、年配の女と厨房に入った年配の男が「いらっしゃい」と声をかけてきた。光輔は奥のテーブルに着き、直央も使い込まれた木製の椅子を引いて向かいに座った。

「みんなの行き付けなら、ここで集まるのはまずくないですか？」

控えめの声で問うと、光輔は真顔に戻って「いつもならね」と答え、こう続けた。

「でも今は給料日前でしょ。ここは値段は普通だから、みんな安い職員食堂に行く」

「へえ」

相づちを打ち、直央は壁の短冊に書かれた「アジフライ定食　800円」「レバニラ定食　680円」等々の文字と数字を眺めた。大衆食堂にはあまり入ったことがないので値段についてはよくわからないが、確かに他のテーブルやカウンター席の客は作業服の男たちや年配の夫婦だ。

昨夜はフィッシングキャビン　ビッグヒットから駅に向かう道々で、光輔が直央と架川に今後の捜査についての指示を下した。そして「明日《あした》の午前十一時に捜査会議。課長には『水木さんに管内を案内する』とでも言っておくから」と告げ、捜査会議の会場としてこの店を教えてくれた。

年配の女がグラスの水とおしぼりを運んで来たので、直央は焼き魚定食、光輔は親子丼を注文した。年配の女が立ち去り、直央は報告を始めた。

「設楽恒弘の自宅を訪ねて、妻の郁美から話を聞き、他の事件の捜査を装って鑑取りもしました。郁美によると、恒弘はこのところ仕事が忙しく疲れている様子はありましたが、特に変わった様子はなかったそうです。近隣住民の評判も上々で、休みの日には子どもたちと遊ぶ姿が目撃されたり、釣りで捕った魚をご近所にお裾分《すそわ》けしたりしていたとか」

「わかった。僕は世間話を装って、セイアンの知り合いから万引き事件の詳細を聞きだした。被害者《マルガイ》の岩波は『謝罪すれば示談にする』と言っていて、恒弘の勤務先のワンダートイズも、会社の顧問弁護士を通じて示談を勧めているらしい」

グラスの水を飲み、光輔も報告した。示談とは民事上の争いを当事者同士の話し合いで解決することを言い、万引きの場合は被害に遭った商品の代金に加え、慰謝料や迷惑料などを加害者が被害者に支払う。示談が成立し、被害者が警察に被害届や告訴状を提出しなければ、事件が検察に送致されることはまずなく、所轄署内の処分で済み前科も付かない。

冷えたおしぼりで手を拭き、直央は頷いた。

「そうなりますよね。恒弘には前科《まえ》はないし、示談金も三十万円も支払えば済むでしょうから。で、恒弘の態度に変化は？」

「なし。依然無実を主張して、示談についても『受け入れれば万引きを認めることになる。子どもたちのためにも、それはできない』と話しているらしい。『潔白を証明したい。徹底的に調べて欲しい』と言われて鑑識係に調べてもらったら、万引きされたルアーの箱から恒弘の指紋が検出されたそうだよ」

「それは本人も、手に取って見たけど棚に戻したと証言しています。犯行の証拠にはなりませんよ」

おしぼりをビニール製の袋の上に置き、直央は訴えた。しかし光輔はこう返した。

「万引き事件に於《お》いては、被疑者《マルヒ》の所持品から被害に遭った品が発見されたということが証拠になるんだよ」

「恒弘は人事部の課長で、生活するには十分な収入があったはずです。五千円もしないルアーを盗むでしょうか」

なおも訴えると、光輔は「金額の問題じゃないんだよ」と呟いて息をつき、下を向いた。それから改めて直央を見て、言い聞かせるように話しだした。

「恒弘は仕事が忙しくて疲れている様子だったんだよね？　それならストレスが溜《た》まって万引きをした可能性が高い。ものを盗むことで爽快感《そうかいかん》や達成感を覚え、一時的にストレスから解放されるんだ。普段は真面目で人当たりもいい人ほど、この手の犯罪に走りやすい」

「でも、事件は紗奈ちゃんの誕生日の四日前なんですよ？　恒弘はケーキを買って帰るとはりきっていたと、郁美も話していました」

「そのはりきりも、ストレスの裏返しだったのかも。追い込まれている人間ほど、妙にテンションが高かったり、前向きな態度を取ったりするものだからね」

「そうかもしれませんけど、今回の一件は違うと思います。『帰る』と言って帰らなかったら、家で待つ家族がどんな気持ちになるか。父親なら絶対わかるし、何が何でも帰ろうとするはずです」

言いながら、直央の頭には亡き父・輝幸の顔が浮かんだ。光輔は黙り、そこに焼き魚定食と親子丼が運ばれて来た。直央と光輔は割り箸《ばし》を取って割り、直央は「いただきます」と一礼してからご飯が盛られた茶碗《ちゃわん》に手を伸ばした。

会話が途切れ、二人で黙々と食事をした。直央が焼き魚を半分食べ終えた頃、光輔が言った。

「水木さんって、育ちがいいんだね」

「えっ?」

戸惑い、直央は顔を上げた。光輔は食事の手を止め、直央の前に置かれた皿の上の焼き魚を見ている。

「魚の食べ方がすごく綺麗《きれい》だ。こういう店にも馴染《なじ》みがないみたいだし、日頃の話し方や立ち振る舞いからは感じられないけど、実はお嬢様?」

最後は笑顔で冗談めかし、光輔は直央を見た。直央の胸に、魚の食べ方とはいえ光輔に「綺麗だ」と言われたときめきと、「日頃の話し方や立ち振る舞いからは感じられないけど」という言葉への反感が同時に湧いた。それでも笑顔をつくり、答えた。

「まさか。うちは母子家庭で、母が働いています。私が子どもの頃は祖父が面倒を見てくれたので、箸の使い方とか、結構厳しく仕込まれました」

「へえ。それじゃ、おじいさんが」

光輔が返そうとした矢先、店の出入口の戸ががらりと開いた。続けて「おばちゃん。焼き魚定食。飯は大盛りで」という声がして、年配の女が「はいよ」と応《こた》える。光輔は視線を上げ、直央は後ろを振り返った。濃紺に白いストライプのダブルスーツを着てレンズが薄い黄色のサングラスをかけた架川が、通路を近づいて来るところだった。

「お疲れ様です」

「おはようございます」

と挨拶《あいさつ》をする直央たちに「おう」と返し、架川は光輔の隣に行き、両手に提げていた大きなレジ袋をテーブルの上に置いた。

「何ですか、これ。架川さんも、鑑取りをしたんですよね？」

そう問いかけ、直央はレジ袋の一つを覗いた。バケツに台所用洗剤、メラミンスポンジ、乾電池にクリアファイル、菓子パンにペットボトルのジュースと雑多な品々が詰め込まれている。レジ袋の脇には大手の百円ショップの店名が入っていた。

「バカ。そっちじゃねえよ」

架川は返し、もう一つのレジ袋を開いた。腰を浮かせ、直央と光輔が中を覗くと、文房具やキッチングッズ、ヘア小物などが入っていて、そのすべてに、白くころんとした体の背中に白と黒の針を生やしたハリネズミのイラストが描かれていた。

「あ、ハリオだ。懐かしい。このキャラ、私が中学生の頃にすごく流行《はや》ったんですよ。架川さん、好きなんですか？」

手を伸ばし、ノートやポーチを手に取って問うと、架川は顔をしかめて椅子に座った。

「タコ。そんな訳ねえだろ。そのハリオってのは、ワンダートイズのキャラクターだ」

「ああ、そう言えば。でも昔は専門のショップか、おもちゃ屋さんでしか買えなかったのに。値段だってもっと高かったし。今は百円で買えちゃうんだ。いいなあ」

「よかねえよ。百円で売るには、相応の理由がある」

重々しく告げ、架川は直央の手からハリオグッズを回収してレジ袋に戻した。それを見ながら椅子に腰を戻し、光輔は訊《たず》ねた。

「檀家《だんか》から、ネタを仕入れたんですね。理由って？」

檀家？　お寺にお布施とか納める人のこと？　ワンダートイズと何の関係が？　次々と疑問が湧き、直央は問いかけたくなったが先に架川が答えた。

「ワンダートイズは少子化やら不況やらの煽《あお》りを受けて、傾きかけていた。で、半年前に創業者の社長が亡くなって、娘婿の菅井伊吹《すがいいぶき》って男が後を継いだそうだ。菅井は徹底した利益優先主義で、大幅な経営改革を行った。よそから若いやり手を連れてきて要職に就かせたかと思えば、定年間近の社員を地方の倉庫に異動させたり」

「じゃあ、ハリオグッズを百円ショップで売るようになったのも改革の一環？」

直央の問いかけに架川は、「ああ」と頷《うなず》いてさらに語った。

「改革で利益は上がったが、これに納得できなかったのが古参の社員たちだ。『ハリオはうちの看板キャラクターで、安売りすればイメージも安っぽくなる』と反対したが菅井は聞く耳持たず。その上、最近給与形態を固定制から能力制に変え、古参社員の多くは給料が大幅に下がった」

「じゃあ、菅井と古参社員たちが揉《も》めてるってことですね。でもさっきワンダートイズを調べましたけど、そんな情報は引っかかりませんでしたよ」

丼《どんぶり》の端に載せた割り箸を取り、食事を再開して光輔は言った。架川が応える。

「ひた隠しにしてるんだよ。ワンダートイズは、ハリオ以外にもゲームやらアニメグッズやらを扱ってる。子どもに夢を売る会社が内輪《うちわ》揉《も》めしてると広まっちゃ、イメージダウンだろう……だが、本題はここからだ。ワンダートイズは内輪揉めの仲裁を、人事部のある古参社員に一任していた。誰だと思う？」

後半は声を潜めて身を乗り出し、架川は問うた。

「まさか、設楽恒弘⁉」

直央が答えると光輔は箸を動かしながら「声が大きい」と注意し、架川は「その通り」と頷いた。

「すごいですね。それ全部、商品を爆買いする代わりに百円ショップの店員から聞きだしたんですか？」

驚きと感動を覚え、直央は訊ねた。「バカ言え」と顔をしかめ、こう答えた。

「爆買いったって三千円もいかねえし、こんなんで取引先の極秘情報を漏らすかよ。店員は相手が俺だから、話してくれたんだ」

顎《あご》を上げて胸の前で腕を組み、得意満面といった表情だ。その態度に驚きと感動は消え、直央は「そうっすか」とだけ返した。と、グラスの水で口の中のものを飲み込み、光輔が言った。

「いずれにしろ、万引き事件にはワンダートイズの内輪揉めが関わっていそうですね。午後からは、そこを洗いましょう」

6

食事を終え、三人で桜町中央署に戻った。通用門から署の敷地に入ろうとした矢先、直央の前を歩く光輔が足を止めた。

「噂をすれば、ですね」

その声に先頭を行く架川も足を止めて振り向き、直央は光輔の視線を追った。直央は架川に命じられ、両手に百円ショップのレジ袋を提げている。

通りの先には署の正門があり、人や車が出入りしている。そして正門の脇の車道には一台のタクシーが停まり、開いたドアから二人の男が降りているのが見えた。

「ワンダートイズ人事部長の前島樹生《まえじまいっき》と、係長の芹川聡太《せりかわそうた》。恒弘の上司と部下ですよ」

歩道を横切り、正門から署の敷地に入って行く二人を目で追いながら光輔は言った。

午前中に調べたんだろうけど、顔まで割り出せるってすごい。直央が感心していると架川は、

「出向く手間が省けたな。行くぞ」

と告げ、正門の方に歩きだした。光輔が続き、直央も倣った。

通りを進んで署の敷地に入り、署屋の玄関に向かう。玄関を入ったところにあるロビーは、市民で混み合っていた。運転免許証の更新ほか何かの手続きに来たらしく、手前

に置かれたソファに座ったり、壁際に並んだ窓口カウンターで職員と話したりしている。と、ソファの向かいにある総合受付の前に、前島と芹川を見つけた。総合受付の職員の若い女と話しているのは芹川で、歳は恒弘より二つ三つ下か。中肉中背で地味なスーツを着て、手にナイロン製のビジネスバッグを提げている。一方その後ろでスマホを弄《いじ》っている前島は、歳は三十そこそこ。小柄で小太りの体をひと目で高級品とわかるスーツとワイシャツで包み、ノーネクタイ。提げているバッグはルイ・ヴィトンだ。

玄関を入ったところで立ち止まり、芹川たちを眺めていると隣で光輔が言った。

「前島は、他社《よそ》から引き抜かれて要職に就いた菅井の取り巻き。芹川は古参社員でしょう？」

直央も同じことを考えていたので、光輔の隣に立つ架川を見上げた。架川は「ご名答。まあ、見たまんまだけどな」と笑い、かけていたサングラスを外した。そして真顔に戻り、また「行くぞ」と言って歩きだした。直央と光輔も続き、総合受付のカウンターに近づくにつれ、芹川が職員の若い女に何か訴えているのがわかった。

と、振り返って架川が手を差し出して来たので、直央は百円ショップのレジ袋を渡した。架川はそれを摑《つか》んで総合受付に歩み寄り、どん、とカウンターの上に置いた。驚いて芹川と職員の若い女が振り向く。

「お疲れさん。差し入れだ。みんなで分けてくれ」

百円ショップのレジ袋を指して職員の若い女に向かい、架川は言った。面食らった様子の職員の女だったが架川とは顔見知りらしく、「ありがとうございます」と言ってレジ袋を取り、カウンターの中に移動させた。それを啞然《あぜん》と見ている芹川には、光輔が笑顔で語りかけた。

「この署の者です。ご用件は何でしょう？」

「実は」と話しだしながら後ろを見た芹川だったが、前島は知らん顔でスマホを弄り続けている。視線を光輔に戻し、芹川は言った。

「うちの会社の社員が一昨日《おととい》万引きで捕まって、こちらにいます。示談を受け入れるように説得しに来たんですが、面会は無理だと言われて」

「取調中なら、無理ですね。代わりに僕らがお話を伺いますよ。どうぞ、あちらに」

そう返し、光輔はロビーの奥を指した。そこには、「困りごと相談室」というプレートが付いたドアがある。

ドアを見た芹川はほっとした様子で、「そうですか。じゃあ」と再び前島を振り向こうとした。が、光輔は笑顔をキープしたまま「すみません。部屋が狭いので、お一人だけでお願いします」と言い、前島には「こちらの方からきちんと事情を伺いますので。どうぞ、お引き取り下さい」と告げた。

スマホから顔を上げ、前島は何か言おうとした。が、それより早く架川が芹川の背中に手をやり、「行きましょう」とロビーの奥へと歩きだした。「お疲れ様でした」と前島に一礼し、光輔も続く。呆気《あっけ》に取られた様子の前島だったが、「そうですか。じゃあよろしく」と返し玄関に向かった。光輔と架川の連携プレーに直央が唖然としている間に、二人は芹川と困りごと相談室に入って行った。慌てて、直央もロビーの奥に向かった。

　困りごと相談室は、相談や陳情のために署を訪れた市民に応対するための部屋で、実際に四人入ればいっぱいな狭さだ。ここを使うためには事前の申請が必要だったはずだが、架川も光輔もお構いなしで前島に椅子を勧め、自分たちもテーブルを挟んだ向かい側に座った。直央は念のために外を見回してから部屋のドアを閉め、架川と光輔の隣に座った。

「まずはあなたと逮捕された方、会社の名前を教えていただけますか？」

　テーブルの上で軽く両手を組み、リラックスした様子で光輔は質問を始めた。芹川は「はい」と返し、自分の名刺を差し出して恒弘の氏名も伝えた。礼を言って名刺を受け取った後、光輔は横目で直央を見てテーブルの下で手を動かした。意味を読み取り、直央はトートバッグから手帳を出した。

　続いて光輔は芹川に恒弘の万引きについて説明させ、直央はそれをメモした。芹川は恒弘がどこで何を万引きしたかはもちろん、子どもたちのために示談を拒否し、捜査を望んでいることも知っていた。すべて郁美から聞いたようだ。

「では、ワンダートイズは今回の件を示談にして欲しいという意向なんですね？　そうすれば設楽さんは解雇ではなく依願退職扱いにして、退職金も満額支払うと」

　話を聞き終えると、光輔は質問を再開した。一重まぶたの厚ぼったい目で光輔を見返し、芹川は大きく頷《うなず》いた。

「ええ。退職は残念なんですが、おもちゃメーカーはイメージ第一というのが上の者の考えで」

「そりゃもっともだな。で、あんたはどうだ？　設楽の潔白だという主張は事実だと思うか？　それとも、言い逃れの悪あがきか？」

今度は架川が訊《たず》ねた。困惑したように視線を泳がせた後、芹川は答えた。

「正直、わかりません。設楽さんは仕事熱心で面倒見もいい人でしたけど、最近いろいろあったようで、思い詰めた様子だったのも事実です」

「そうですか」

静かに返し、光輔は頷いた。架川は無言。胸の前で腕を組み、難しい顔をしている。沈黙が流れ、直央は思い切って口を開き、

「『最近いろいろ』って、具体的には」

と問いかけようとしたが、「わかりました」と光輔に遮られた。戸惑い、直央と自分を交互に見る芹川に、光輔はこう続けた。

「伺ったお話は担当者に伝えます。会社のみなさんにも、そうお伝え下さい。わざわざご足労いただき、ありがとうございました」

最後に立ち上がり光輔が一礼すると、芹川も「いえ」と言って席を立った。そして「よろしくお願いします」と深々と頭を下げ、部屋を出て行った。

7

「えっ。おにいさん、『劇団獣道《けものみち》』の人なの？」

そう問いかけ、直央はカウンターの向かいに立つ男を見上げた。頷き、男は答えた。

「はい。あの俺、秋場《あきば》圭市《けいいち》っていうんですけど……そう言う水木さんは、桃花《とうか》学園の演劇部出身？　すげえ。学生演劇コンクールの優勝常連校じゃないですか」

「いやいや。私は脇役専門だから……じゃあ、演出家の米塚《よねづか》さんを知ってる？」

直央がさらに問うと、圭市は驚いて目を見開いた。中背だががっちりした体を黒いTシャツに包み、頭に白いタオルを頭巾《ずきん》のように巻いている。歳は二十代の後半だろうか。

「もちろんですよ。去年、うちの公演の演出をしてくれました」

「本当？　うちの演劇部のOBなの。私もよく稽古《けいこ》を付けてもらったわ。懐かしい～！」

カウンターに肘《ひじ》を突いて直央がテンションを上げると圭市も、「マジですか!?　偶然だな」と身を乗り出した。うんうんと頷いた後、直央は真顔に戻り、横を向いて言った。

「架川さん。私、この店が気に入りました。通います」

光輔を挟んで同じカウンターに着いている架川はうんざり顔で「そうかよ」と返し、こう続けた。

「だが、ここは俺のシマだ。荒らすような真似をしやがったら、ただじゃおかねえからな……それよりお前、飲みすぎだろ。もうベロベロじゃねえか」

「飲みすぎと言うより、ピッチが速すぎですね。僕らがここに来て約四十分ですが、水木さんは生ビールを三杯飲んでいます」

そう訂正したのは光輔だ。いつもの笑みをたたえつつ、割り箸《ばし》でつまんだ刺身を口に運んでいる。架川はダブルスーツのジャケットを脱ぎ、ネクタイも緩めているが、光輔は勤務中と同じ格好だ。

今日は芹川が帰った後、直央たち三人は刑事課でそれぞれの職務をこなした。そして午後五時の終業時間になると、架川に「行くぞ」と言われ、光輔ともども新橋《しんばし》の裏通りにあるこの居酒屋に連れて来られた。広い店内は直央たちが着いているカウンター席の後ろにテーブル席もあり、スーツ姿のサラリーマンで賑《にぎ》わっている。

「ベロベロじゃないし、これがいつもの私のペースです」

呂律《ろれつ》が上手《うま》く回らないのを感じながらも言い返し、直央は空になったビールジョッキを「お代わり」と圭市に差し出した。「はい。生中《なまちゅう》一丁！」と笑顔でジョッキを受け取り、圭市は厨房《ちゅうぼう》の奥に向かった。

架川も光輔もこの店の常連らしく、架川は圭市を「役者の卵で、俺とは腐れ縁ってやつだ」と説明し、直央のことは「うちの新入り」と紹介した。すると圭市は「架川さんの舎弟です」と挨拶《あいさつ》し、数年前まで鷲見組傘下のある暴力団の準構成員だったこと、だが組長に盃《さかずき》をもらい構成員になる直前、架川に説得されてカタギに戻ったこと、今はこの店でバイトをしながら小劇団の役者をやっていることを話した。驚きつつ、直央は「私も学生時代は演劇部だったんですよ」と告げ、演劇話で盛り上がっていたら圭市が知っている劇団の団員だとわかった。

「勝手にしろ。ただし、吐いても潰《つぶ》れても面倒は見ねえからな」

盃の日本酒をあおり、架川が横目で睨《にら》んできた。そう言う架川も、かなり飲んでいる。むっとして直央はさらに言い返そうとしたが、「まあまあ」と光輔が割って入ってきた。

「水木さんが元気になって、何よりです。午後は落ち込んでる様子だったから」

「落ち込む？　俺は気づかなかったしどうでもいいが、一応訊《き》いてやる。なんでだ？」

居丈高に架川に問われ、さらにむっとした直央だったが、落ち込んでいたのは事実だ。圭市が四杯目の生ビールを運んで来てくれたので受け取り、彼が別の客の注文を聞きに行くのを確認して答えた。

「そりゃ、恒弘はやっぱりクロなのかなと思ったからですよ。ワンダートイズの内輪揉《うちわも》めの話といい、郁美さんや芹川さんから聞いた事件前の恒弘の様子といい、いかにもじゃないですか。恒弘は菅井とその取り巻きと、古参社員派の仲裁役を任されていたんでしょう？　菅井と芹川さんたちの両方に『何とかしろ』と迫られて、ストレスが溜《た》まって万引きしちゃったのかも。昼間蓮見さんが言った通りですよ」

知らずふて腐れた口調になり、頭には紗奈の顔とバースデーケーキの絵、憔悴《しょうすい》しきった郁美の顔が浮かび、やるせない気持ちになった。すると架川はふん、と鼻を鳴らした。

「俺もそんなこったろうと思ってたけどな。パターンなんだよ。なあ？」

最後に光輔に問いかけ、肩を叩《たた》く。「ええ」と頷き、光輔は割り箸をカウンターに置いた。説教されると察し、直央は身構えた。が、光輔は前を向いたまま「でも、何か引っかかるんだよな」と呟《つぶや》いた。

「どういう意味だ？」

すかさず架川は問い、直央も光輔の横顔に見入った。するとくるりと振り向き、光輔も直央を見た。胸がどきりと鳴り、直央はまた身構えた。

「水木さんはいま、恒弘の万引きのいきさつを『いかにも』と言ったでしょ？　その通りなんだけど、いかにもすぎるんですよ」

言いたいことだけ言い、光輔は視線を前に戻した。

「そりゃそうだが」

困惑気味に架川が返す。一方直央は、「だから昼間、私が芹川に突っ込んだことを訊こうとした時に遮ったのか」と合点がいき、胸に希望を覚えた。

「恒弘はシロかもしれないってことですか？　このヤマの裏には何かあるとか？」

「わからない。恒弘を聴取できればいいんだけど、正規のルートじゃ不可能だ」

きっぱりと返した後、光輔は今度は架川を振り向いた。すると架川は、

「そこで、不可能を可能にする男の出番って訳か」

と言ってにやりと笑い、スラックスと隣の席に置いたダブルスーツのジャケットのポ

ケットを探った。出て来たのは、金色、銀色、白のスマホ。直央が目を見張っている間に架川は銀色のスマホを操作し、耳に当てた。そして「おう、俺だ」と、電話に出た誰かに語りかけながら席を立ち、金色と白のスマホも持って店の外に出て行った。その背中を呆然《ぼうぜん》と見送り、直央は訊ねた。

「何ですか、あれ。いつも三台も持ち歩いているんですか？　何のために？」

「そのうちにわかるよ」

静かな、しかしきっぱりとした口調で光輔は答えた。そしてカウンターの向かいに戻って来た圭市に、

「ウーロン茶を下さい。架川さんと水木さんの分もお願いします」

と告げてにっこりと微笑んだ。

8

間もなく、ウーロン茶が運ばれてきた。「これ以上酒を飲むな」と命じられたのだと解釈し、直央はそれを飲んだ。通話を終えて戻って来た架川も、黙ってウーロン茶を飲んだ。そして午後九時近くなった頃、架川は「そろそろいいか」と呟いて席を立った。直央と光輔も倣い、店を出た。

訳がわからないながらも「酔いを醒《さ》ましてから解散ってことか」と推測し、直央は

「お疲れ様でした」と挨拶してその場を離れようとした。すると架川に「ボケ。まだ仕事は終わってねえ」と言われ、三人でタクシーに乗った。

三十分後。到着したのは桜町中央署だった。拍子抜けし、直央は「捜査会議ですか？」と訊《たず》ねた。しかし架川は何も答えずにタクシーを降り、光輔も続いた。仕方なく、直央も二人の後を追い、通用口から署屋に入った。

架川を先頭に一階の廊下を歩いていると、傍らの地域課の部屋のドアが開いた。

「あっ、架川さん。いま連絡しようと思ってたんですよ」

そう言って慌ただしく部屋から出て来たのは、制服姿の若い警察官。今夜の当番なのだろう。両手をスラックスのポケットに入れたまま足を止め、架川は返した。

「おう。どうした？」

「一時間くらい前にタクシーのドライバーから、『新宿から乗せた客が、花韮町《はなにらちょう》に入ったところで酔い潰れてしまった』と通報があったんです。駆け付けて客の男の着衣を調べたところ、身分証どころか財布も持っていなかったので連行しました。で、さっき一瞬目を覚まして、『ここはどこだ？』って訊くから『警察だよ』と答えたら、『架川英児って刑事を知ってる』と言ったんです。この男なんですけど、ご存じですか？」

早口で問いかけ、若い警察官は制服のポケットからスマホを出して画面を架川に向けた。架川がそれを見て、直央と光輔も脇から覗《のぞ》く。

写真が表示されていて、写っているのはでっぷりと太った中年男だ。赤い顔で口を半開きにして寝ている。すると架川は、「ああ、こいつか」と呟いて体を起こした。ほっとした顔になった若い警察官に、架川はこう続けた。

「ただの飲んだくれだが、厄介だぞ……仕方がねえな。俺が叩き起こして、聴取してやるよ。いま、やどにいるんだろ？」

いかにも面倒臭げに言い、立てた指で上を指す。若い警察官は「はい。ありがとうございます！」と答え、深々と一礼した。その脇を抜けて歩きだしながら、架川は直央たちに視線で「付いて来い」と促した。

やどって、留置場を指す隠語よね？　どういうこと？　戸惑いを覚えながらも、直央は光輔とともに架川の後を追った。

階段で三階に上がり、フロアの奥にある留置管理課まで歩いた。ドアを開けると若い警察官が連絡をしたらしく、手前の受付カウンターの向こうには中年の留置担当官が立っていた。

「お疲れ様です」と敬礼する中年の留置担当官に架川は「お疲れさん。頼む」と慣れた様子で告げ、顎《あご》で傍らの壁のドアを指した。「はい」と応《こた》え、中年の留置担当官は後ろのパーティションの奥に入る。ブザーの音がして、壁のドアの電子錠が解錠された。

三人でドアから留置場に入り、まっすぐに延びる廊下を進んだ。天井の蛍光灯の明かりは絞られているが、被留置者の自殺などを防ぐために真っ暗ではない。廊下の先から聞こえてくる豪快ないびきの音は、さっき写真で見た太った中年男のものだろうか。

片側の壁に並ぶドアは、被留置者が弁護士などと接見するための面会室と身体検査室。その隣は、被留置者の私物を収納するロッカー。四月に桜町中央署に配属された時に案内してもらったので、場内の配置は直央の頭に入っている。廊下の反対側に並ぶのは、白い鉄格子が取り付けられた被留置者の居室だ。ここは成人男性用の居室で、フロアの反対側には少年と女性用の居室がある。居室は手前が雑居と呼ばれる定員六名ほどの共同室で、奥が個室だ。全室カーペット敷きで、奥に小さな窓とトイレがある。トイレは壁で囲まれているがここにも小さな窓があり、中は丸見えだ。

鉄格子越しに、手前の雑居には布団が何組か敷かれ、人が寝ているのがわかった。誰かが寝返りをうつ気配があり、直央は緊張を覚えた。しかし架川は手前の雑居の前を通り過ぎ、廊下を進んだ。隣の雑居にも布団が敷かれているがひと組だけで、いびきの音はその隣の個室から聞こえる。

架川は個室の前まで行き、鉄格子越しに中を覗いた。しかしすぐに隣の雑居の前に戻り、こう告げた。

「設楽恒弘。起床してこっちに来い」

「えっ⁉」

思わず声を上げ、直央は慌てて口を押さえた。雑居の布団に横たわっていた被留置者はすぐに「はい」と応えて立ち上がった。鉄格子の前に歩み出て来たのは、ライトグレーのスウェットスーツ姿の中年男。設楽恒弘だ。今朝の鑑取りで郁美が見せてくれた写真より頬がこけ、無精ヒゲも生えているが、紗奈の大きな目と先端が少し上を向いた鼻は父親譲りだとわかる。

選手交替と言った様子で架川が後ろに下がり、光輔が鉄格子の前に進み出た。恒弘は充血した力のない目で、光輔とその隣に立つ直央を見た。

「僕らは刑事ですが、設楽さんの事件の担当ではありません。しかし事情があり、内密で事件を調べています」

抑えめの声で光輔が告げると、恒弘は怪訝《けげん》そうな顔をした。しかし続けて光輔が、

「単刀直入に伺います。フィッシングキャビン　ビッグヒットでルアーを万引きしましたか？」

と問うと、「していません！」と即答した。指を立て「しっ！」と恒弘をたしなめてから、光輔は静かな声で「わかりました」と応えた。

「しかしあなたは支払いをせずに店を出て、所持していたバッグのポケットからルアーが発見された。加えて、ルアーの箱からはあなたの指紋も検出されている。これをどう説明しますか？」

「指紋は店でルアーを手に取ったので、その時付いたんだと思います。でも予算オーバーだったので、すぐに棚に戻しました。別の刑事さんにも同じことを何度も説明したけど、信じてもらえなくて」

両手で鉄格子を摑《つか》み、顔を押しつけるようにして恒弘は訴えた。その姿が痛々しく思

え、直央も訊ねた。

「事故の可能性はないですか？　棚に戻したけど、落ちてポケットに入っちゃったとか」

「あり得なくはないと思います。でも岩波って人は、『万引きだ』の一点張りで」

「じゃあ、他の誰かがやったとか」

思わず口走ってしまい、驚いた恒弘が「えっ？」と訊《き》き返す。直央が慌てた矢先、後ろで架川が言った。

「何者かが、あんたのバッグにルアーを入れた。つまり、嵌《は》められたってことだ」

「嵌められた？　それはどういう」

恒弘は言われたことが理解できない様子だ。すると再び光輔が話しだした。

「いまワンダートイズでは、新社長一派と古参社員たちの間にトラブルが発生しているそうですね。設楽さんは仲裁役として、ことを収めようとしていたとも聞いています。その過程で、誰かに憎まれたり疎ましく思われたりした可能性はないですか？」

「そう言われても」

首を傾げた恒弘だったが次の瞬間、その目ははっとしたように見開かれた。すかさず、光輔が問う。

「あるんですね？　誰ですか？」

「……いや、ありません。トラブルも仲裁役なのも認めますが、思い当たる人はいません。僕を会社から追い出したところで、事態が変わる訳でもありませんし」

身振り手振りも交え、恒弘は真剣に説明した。しかし信じられず、直央は言った。

「本当のことを話して下さい。これは犯罪で、設楽さんは被害者なんですよ。それに、紗奈ちゃんとの約束はどうするんですか？　誕生日にケーキを買って帰るんでしょう？」

「約束？　なぜそれを」

「紗奈ちゃんに会って、聞いたんです。ケーキの絵ももらいました。ほら」

言いながら、直央はトートバッグからバースデーケーキの絵を取り出し、鉄格子に押しつけた。目を見開き、恒弘がそれに見入る。

「紗奈ちゃんは設楽さんを信じて、帰りを待っています。誕生日まであと二日ですよ。会社のイメージなんかより、紗奈ちゃんとの約束を守ってあげて下さい。まだ間に合うから」

そう訴えつつ、直央の頭に浮かんだのは父・輝幸の姿だ。十五年前。自分の誕生日の朝に会った時、輝幸は「行って来ます。早く帰るから、楽しみに待っててよ」と言って笑い、手を振って出かけて行った。

私は今でも、お父さんのプレゼントを待っているんだな。そう悟り、直央は胸が詰まるのを感じた。さらに設楽に語りかけようとした矢先、脇から光輔の手が伸びてきて、「水木さん」と押しとどめるように肩を摑まれた。同時に、恒弘も声を上げた。

「やめてくれ！　本当に誰も思い当たらないんだ」

はっとして、直央と光輔は鉄格子の向こうを見た。恒弘は身を翻して窓の前まで行き、こちらに背中を向けて座り、両手で頭を抱えた。その全身から強い拒絶のオーラを感じ、直央は言葉を失った。

「これ以上は無理だ。行こう」

光輔の言葉に、直央は従うしかない。二人で雑居の前を離れ廊下を戻ろうとしたが、架川は廊下を進み、隣の個室に歩み寄った。

「ご苦労さん。突然悪かったな」

親しげに語りかけ、個室の中に目をやる。驚いて振り返るのと同時に、直央はいつの間にかいびきの音が聞こえなくなっていたのに気づいた。

ぎしっ、とカーペットの床が軋《きし》む音がして個室の鉄格子の向こうに誰かが立った。直央が架川の後ろに回って覗《のぞ》くと、シワだらけのシャツにスラックス姿の中年男が立っていた。

「なんの。お陰でたらふく飲み食いできました」

細い目をさらに細め、中年男は笑った。でっぷりと太り、赤い顔をしているのは写真と同じだが、酔いはずいぶん前に醒《さ》めていた様子だ。すると架川はスラックスのポケットに片手を入れ、何かを取り出した。そしてその何かを指先に挟み、鉄格子の間に差し入れた。直央は目をこらし、それが折りたたんだ一万円札だと気づく。中年男はへへへと笑い、「毎度どうも」と言って一万円札を取って自分のスラックスのポケットに押し込んだ。

「飲み代《しろ》と、タクシー代も込みだからな。ドライバーにちゃんと払ってやれよ」

圧の感じられる声で架川が告げると、中年男は「わかってますって」と頷《うなず》いた。それを確認し、架川は身を翻して廊下を戻りだした。戸惑いながら後を追う直央の耳に、

「毎度。今後ともごひいきに」という中年男の声が届く。

光輔も一緒に、三人で留置場を出た。事情を確認したくて仕方がなかった直央だったが、光輔が放つぴりぴりとしたオーラにこの後の展開を予想し、口をつぐんでいた。

廊下を歩き、刑事課の部屋に入った。当番の刑事に挨拶《あいさつ》し、三人の席がある机の列に向かう。直央が自分の席の前で立ち止まると、光輔も足を止めた。

「水木さん。さっきは」

「申し訳ありません。出過ぎた真似をしました。父が亡くなった時のことを思い出してしまって」

そう伝え、直央は深々と頭を下げた。事実だし、申し訳ないとも思っていた。しかしこれで済む訳がないと覚悟していると、頭の上でぽつりと声がした。

「わかっていれば、いい」

思わず体を起こした直央の目に、自分の席に向かう光輔が映った。厳しいが、何か考え込むような顔をしている。拍子抜けし、隣の架川越しにその横顔を見つめていると、光輔は椅子を引いて座りながら言った。

「それに恒弘はシロで、何者かに心当たりがあるともわかった。何者かの正体を明かさないのは、身の危険がある、あるいは、かばわなくてはならない理由があるのか」

「どのみち、ワンダートイズの内輪揉《うちわも》め絡みだな。いい手がある。お前ら、明日《あした》から俺の言うとおりに動け」

光輔と直央を交互に見てそう告げたのは、架川だ。

「でも、指揮は蓮見さんが執るって」

戸惑い、直央は返したが光輔は架川に向き直り、「どんな手ですか？」と訊《たず》ねた。

「最近じゃ、暴力団も生き残りのためにITや金融、資産運用なんかに長《た》けた大学出の若いのを引き込み、幹部に就かせるって組織が増えてる。だが、これに我慢がならねぇのが、十代の頃から命がけで組を支えてきた昔気質《むかしかたぎ》のやくざ者だ。そうなりゃ当然、古参対新進、保守派対利益優先派って確執が生まれる。知ってるか？　近頃の暴力団の内部分裂や抗争の原因の多くは、メンツでも義理でもねえ。人事だ」

「へえ。そうなんですか」

唐突に変わった話題に戸惑いながら、直央は相づちを打った。すると架川は「ああ」と頷き、さらに語った。

「だから内部分裂や抗争の気配を察知すると、マル暴のデカは対立し合ってる派閥のトップを徹底的に監視する。内輪揉めは警察が暴力団に介入し、壊滅に追い込む絶好のチャンスだからな」

「ふうん……で？」

話のオチがわからず問うと、架川は「なんだよ。カンの悪いやつだな」と顔をしかめ、こう答えた。

「俺らもワンダートイズの菅井とその取り巻きと、古参社員派を監視するんだよ」

「すみません。話が見えないんですけど。今のは架川さんのマル暴時代の思い出ですよね？　それがなんで、私たちが菅井とその取り巻きと、古参社員派を監視することになるんですか？」

首を傾げ、直央はさらに問うた。すると架川は苛立《いらだ》ったように「お前な」と言って立ち上がった。そこに光輔が、

「水木さんには、僕が説明します。架川さんの手はわかりました。明日から、その通りに動きましょう」

と至って冷静に割って入り、架川は「頼んだぞ。俺は帰って寝る」と告げて通路を歩きだした。その背中を直央がぽかんと見送っていると、光輔は言った。

「マル暴時代に身につけた知識や捜査方法を所轄の捜査に活《い》かすのが、架川さんのやり方なんだ。実際に、それで複数の事件を解決してる」

「本当ですか？……あ、じゃあ、さっきの留置場の太った男も」

「架川さんのマル暴時代の情報提供者《エス》だよ。わざと酔っ払って無一文でタクシーに乗って桜町中央署《うちょ》のやどに入り、僕らが恒弘を聴取するチャンスを作ったんだ」

「え〜っ！」

つい声を上げ、直央は架川が圭市の店で誰かに電話をかけていたのを思い出した。と、別の記憶も蘇《よみがえ》り、直央は立ったまま光輔に訊ねた。

「ひょっとして、昨日ワンダートイズの内輪揉めの情報をくれた百円ショップの店員も架川さんのエスですか？　あと、架川さんが専属モデルだっていう洋品店の店主も」

「そっちは檀家《だんか》。エスは元構成員とか風俗店の店員とか暴力団関係者から選ぶことが多いけど、檀家は一般市民。商店主からアパートやホテルの管理人、新聞配達員に公共料金の検針員。だから架川さんは、ヒマさえあれば『檀家まわり』と称して管内のあちこちで誰かと会ってる。去年発生したある事件では、架川さんの檀家の一人が、解決につながる情報をくれたよ」

「そうだったんですか。正直、優しいところもあるけどやくざのコスプレが趣味の、変なおじさんだと思ってました。すみません」

謝る相手が違うと思いながらも頭を下げると、光輔は、「いや。僕も初めはそう思ってたから」と笑い、こうも言った。

「ちなみにあの金、銀、白のスマホを最初に見た時も呆《あき》れた。でも、あの三台には合計二千件近いエスと檀家の連絡先が入ってるらしいよ」

「二千件!?　あり得ない。機種変更する時、すごく面倒臭そうですよね」

唖然《あぜん》とし、直央は言った。「気になるの、そこなの？」と突っ込み、光輔が笑う。そ

の無防備で無邪気な、日頃見せるものとは違う笑顔にはっとし、直央は見入った。すると光輔は真顔に戻り、

「そういう訳だから、明日からは架川さんの指示に従って」

と告げて前を向いた。

9

直央は両手に持った画用紙とスマホを見比べ、目をこらした。画用紙は紗奈が描いたバースデーケーキの絵で、スマホには洋菓子店のデコレーションケーキのサムネイル画面が表示されている。と、どすんと音がしてセダンの運転席が揺れた。

「よそ見してんじゃねえ」

ぶっきら棒な声が続き、後ろを振り返った直央の目に、運転席を蹴《け》り上げた黒いエナメルの靴の足を下ろす架川の姿が映る。

「すみません」

そう返し、直央は画用紙をトートバッグに、スマホはジャケットのポケットにしまった。

「そんなヒマがあるなら、捜査対象者《マルタイ》の顔と名前を頭に叩《たた》き込め」

「わかってます。ちゃんと叩き込みました」

さらに返し、直央は視線を窓外に向けた。ここは台東区のかっぱ橋道具街にほど近いオフィス街で、通りの向こうには十二階建てのビルがある。なだらかに波打つ造りのビルの外壁には、赤字に白く丸い文字で「ワンダートイズ」と書かれた看板が取り付けられている。ワンダートイズの本社で、一階のガラス張りの壁には、ハリオや他のキャラクターのイラストが描かれ、玄関脇には自社製品を販売するショップもある。

「やっぱり私は、蓮見さんと動いた方がよかったんじゃないですか？　架川さんは一人で十分でしょう」

「当たり前だろ。一人で十分どころか、お前は足手まといだ」

ならなんで？……ああ。車の運転手が欲しかったのか。だとしても、せめて助手席に座るべきじゃない？　心の中で不服を述べたとたん、「文句あるか？」と睨《にら》まれたので、直央は棒読みで「いいえ。全く」と答えた。

今朝、直央たち三人は出勤すると人気《ひとけ》のない会議室に集まった。架川は直央と光輔に、「エス経由で得たネタだ」とワンダートイズの新社長・菅井伊吹およびその取り巻きと、対立する古参社員一派の資料を渡した。そして適当な理由で外出し、手分けして両派閥のリーダーを監視することになったのだが、架川は直央に「お前は俺と来い」と命じた。当然光輔と動くものと考えていた直央は戸惑い、光輔も「大丈夫ですか？」と訊ねた。しかし架川は煙たげに「何がだよ。行くぞ」と返し、会議室を出た。その後、二台のセダンに分乗してここに来て、さっきビルの反対側の玄関を見張っていた光輔から、「菅井が取り巻きと外出するので尾行します」と連絡があった。

腕時計を覗《のぞ》くと、時刻は午前十一時半。ビルの玄関からは、早めのランチに出るワンダートイズの社員の男女が出て来た。みんな首からIDカードを下げ、スーツや制服のジャケットを脱いでいる。今日も晴天で、気温も高い。

男女の中に目当ての顔がないのを確認し、直央はルームミラー越しにセダンの後部座席を窺《うかが》った。架川は定位置である運転席の後ろの窓際に座り、スマホを弄《いじ》っている。何よ。人によそ見するなって言ったクセに。反発を覚えた直央だったが、スマホに装着されたカバーに気づき、訊ねた。

「それ、チェリぽですよね？　好きなんですか？」

警視庁のピーポくん同様、桜町中央署にもマスコットキャラクターがいる。それがチェリぽで、チェリーポリスの略らしい。「市民の平和を守るためにやって来た桜の妖精《ようせい》」というコンセプトで、警察官の制服を着て頭に満開の桜の花を載せて笑っているものの、目はどこか虚《うつ》ろ。最初に見た時、直央は「怖っ」と思ったのだが、架川のスマホカバーの後ろ側にはチェリぽのイラストがでかでかと入っている。

「んな訳ねえだろ。広報の諏訪《すわ》さんが『新作です』と届けてくれたんだ。お前こそ、好きなのか？　だったらやるぞ」

スマホの画面に目を落としたまま答え、架川はジャケットのポケットから何かを摑《つか》み出して直央の方に突き出した。見れば、キーホルダー、ストラップ、缶バッジなどのチェリぽグッズだ。

好きでもないのに、何でそんなに持ってるのよ。それに広報の諏訪さんって、チェリぽの担当者よね？　直々に新作を届けてくれるの？　突っ込みと疑問が胸に湧いたが、面倒臭いので「いえ。結構です」とだけ答える。すると架川はチェリぽグッズをポケットに戻し、顔を上げて言った。

「エスはともかく、檀家にはネタの礼に金を支払えねえだろ。だから代わりに、チェリぽグッズを渡すんだ。ゆるキャラとかいって結構人気があるらしくて、喜ばれる」

「なるほど。それもマル暴の捜査のテクニックですか？　架川さんって、実はすごいんですね」

「『実は』って何だよ……お前、なんで俺みたいのが蓮見の相棒なんだと思ってただろ？」

鋭く問われ「いえ」と返しかけた直央だったが、正直に「はい。すみません」と答えた。それから、

「でも今は思ってません。架川さんの経験と知識に、蓮見さんの思考力とカン。刑事課内で検挙率ナンバーワンというのも納得で」

と身を乗り出して訴えたが、架川は声を立てて笑い、こう返した。

「今さらおべっかこくんじゃねえよ。でもまあ、俺とあいつの間にあるのはそれだけじゃねえけどな」

「おべっかこく」の意味はわからなかったが、その後の言葉を架川は誇らしげ、かつ意味深に言ったのはわかった。直央の頭に、署の女子トイレで桜町三姉妹から聞いた架川と光輔の話と、その話を光輔にしかけて、彼に何かを牽制《けんせい》された記憶、そして安西海斗殺害事件の真相に気づいた光輔と架川が、直央を先に行かせ団地の踊り場で深刻な顔で話していた姿が蘇る。と、架川は真顔に戻り、眼差《まなざ》しを窓の外に向けた。

「来たぞ」

はっとして、直央も同じ方を見た。ビルの玄関から出て来た四人の男が歩道を歩いている。先頭はべっ甲柄のメガネをかけた大柄な男で、後ろには芹川聡太の姿もあった。あのメガネの男が古参社員派のリーダー、伏木道彦《ふしきみちひこ》・四十四歳。ハリオの生みの親で、商品開発部の花形デザイナーだったけど最近はヒットに恵まれず、菅井が社長に就任した直後に法務部に異動になった。直央が頭に叩き込んだ情報を反芻《はんすう》していると、架川は、

「行くぞ。絶対に気づかれるなよ」

と告げ、ライトグレーに白いストライプのダブルスーツのジャケットを脱ぎ、黒いネクタイを外した。「はい」と応《こた》え、直央もベージュのパンツスーツのジャケットを脱ぎ、伊達《だて》メガネをかけた。二人でセダンを降り、通りを横断して伏木たちの尾行を開始する。

伏木たちはリラックスした様子で談笑しているが、通り沿いに並んだ飲食店には入らず、十分近く歩き続けた。人通りは多く、距離も空けてはいるものの尾行に気づかれるのではと直央が不安を覚えた矢先、伏木たちは脇道に入った。架川と直央はその手前で

足を止め、前方を窺った。伏木たちは狭い脇道を進み、一軒の店に入った。少し間を空けて近づいて行くと、ランチ営業をしている居酒屋のようだ。

「堂々と、店のノリに合わせて振る舞え」

直央にそう告げ、架川は引き戸を開けて店に入った。直央も続くと、「いらっしゃい！　お二人様ですか？」と威勢のいい声がして、傍らのレジカウンターから若い女が出て来た。「ああ」と答えながら架川は素早く店内を見回し、「あの席、いい？」と奥を指した。「はい」と返し、作務衣《さむえ》風の濃紺のユニフォームを着た女は通路を歩きだした。架川が続き、その後を歩きながら、直央も店内を見回した。

思ったより広く、木製のテーブルと椅子が二十卓ほど並んでいる。テーブルは八割方埋まっていて、客はサラリーマンやOLだ。

架川が選んだのは奥から二つ目のテーブルだった。一番奥のテーブルには、伏木たちが着いている。伏し目がちに確認すると、壁際の上座には伏木が着き、芹川は向かい側の通路沿いの席に、こちらに背中を向けて座っていた。芹川に気づかれる可能性が低くなり、直央がほっとしている間に架川は椅子を引いて芹川の後ろの席に座った。直央もその向かいの席に着く。二人が日替わり定食を注文すると、店員の若い女はテーブルにグラスの水とおしぼりを置いて歩き去った。直央は顔の前にスマホを構え、弄るふりをしながら奥のテーブルを窺い、聞き耳も立てた。架川もグラスの水を飲みつつ、背後に意識を集中しているのがわかる。

伏木たちは「暑いな」「今年も猛暑間違いなしですね」等々話しながら、水を飲んだり冷えたおしぼりをビニール袋から出したりしている。が、伏木がメガネを外して広げたおしぼりで顔を拭《ふ》き、他の数名も顔や首筋の汗を拭《ぬぐ》っているのを見て「うわ。おっさん丸出し」と思い、直央はつい顔をしかめてしまう。と、向かいで「生き返るな」という呟《つぶや》きが聞こえたので視線を動かすと、架川も当然のようにおしぼりで顔を拭いていた。そうか。ここにも一人おっさんがいた。脱力しつつそう考えていると、すかさず架川に「何か言ったか？」と睨まれた。首を横に振り、直央が返事をしようとしたその時、奥のテーブルから声が聞こえた。

「しかし、設楽も往生際が悪いな」

言ったのは伏木で、おしぼりをテーブルに置き、メガネをかけ直している。とたんに他の三人は真顔になり、場が緊張したのもわかった。

「万引きの件ですか？　現行犯で逮捕されたんだし、さっさと示談にするべきですよね。意地を張れば張るほど、会社に迷惑がかかるってわからないのかな」

伏木の隣に座った痩《や》せた男が抑えめの声で訊《たず》ね、顔をしかめる。それに同調するように、他の三人が頷《うなず》いた。

この四人が古参社員派の主要メンバーなのは知っていた。しかし会話の流れが予想外で、直央は男たちを凝視してしまう。とたんにテーブルの下で架川に脚を軽く蹴《け》られ、直央は慌ててスマホに視線を戻した。

　痩せた男は小藤勝美《こふじかつみ》、四十二歳。ライセンス管理部所属で、ハリオのキャラクターグッズ絡みで伏木との関係は深い。気持ちを落ち着けようと、直央は頭の中の情報を反芻した。すると、また伏木が言った。

「示談にするにしろ、仕事のストレスがどうのを理由にするんだろうけど、俺に言わせりゃ自業自得だよ。『やり方は許せなくても、結果が出てるのは事実なんです』なんて言って、社長の改革とやらを俺たちに受け入れさせようとしてた」

　いかにも憎々しげな口調と表情から、本音を吐露しているのだとわかる。頷いて、小藤も顔を険しくした。

「設楽は前の社長にも可愛がられてたし、力のある人間に取り入るのが上手《うま》いんですよ。俺たちを裏切ったなんて、これっぽっちも考えてないんじゃないですか」

「でも、社長たちは設楽をこっちの仲間ってことにしていますよね？　万引きの件であれこれ言ってくるだろうから、対策を考えないと……昨日警察の人と話したんだよな？　後で連絡して、設楽の様子を聞けよ」

　伏木の向かいに座った小太りの男が、芹川に問いかける。この男は、増田風馬《ますだふうま》・三十八歳。恒弘と同期入社で、所属も同じ人事部だ。伏木と小藤にも目を向けられ、芹川は緊張した様子で答えた。

「わかりました」

「しっかりしてくれよ。お前は若いし、異動して来たばかりだからわからないだろうけど、伏木さんがハリオを生み出して、他の先輩たちが売ってくれたから、今のワンダートイズがあるんだ。何の苦労も知らない社長や、金で引き抜かれた連中のいいようにされてたまるか。それには、俺たち人事部が意地を見せないと」

増田が身を乗り出して言い聞かせ、伏木も強い目で芹川を見る。そうか。芹川さんも社長の交替前は、別部署にいたんだ。確か、製造管理部だっけ。直央が記憶を辿《たど》っている間に芹川は背筋を伸ばし、「はい。肝に銘じます」と力み気味に答えた。そこに店員の若い女が来て、盆に載せた定食やカツ丼《どん》などを伏木たちの前に並べた。会話はそこで途切れ、伏木たちは食事を始めた。

その後二十分ほどで食事を終え、伏木たちは居酒屋を出た。直央と架川も居酒屋を出て尾行を再開すると、伏木たちは来た道を戻り、会社のビルに入っていった。

「何か、思ってたのと違う展開になってきました」

セダンの運転席に乗り込むとすぐ、直央は言った。後部座席にスラックスの脚を組んで座り、架川が返す。

「ああ。恒弘も古参社員派のメンバーで、社長の菅井とその取り巻きに万引き犯に仕立て上げられたと考えていたが、そうとも言えなそうだな」

「はい。伏木たちは恒弘を嫌って、自業自得、裏切ったとまで言っていました。まさか、恒弘は菅井とその取り巻きのスパイ？」

後ろに身を乗り出し、さっきから抱いていた不安をぶつけた。すると架川は、黒いネクタイを締め直しながら答えた。

「そう事《こと》を急ぐな。裏は取ってねえし、伏木たちの話が事実とは限らねえ。だがもし事実なら、恒弘には俺らが知らねえ裏の顔があるのかもな。だとすりゃ、伏木たちにも恒弘を陥《おとしい》れる動機は十分あるってことだ」

「え～っ！　じゃあ、ホシは誰？　恒弘を一番恨んでそうなのは伏木ですけど、刑事ドラマや映画だと、悪者のボスって直接手は下さないじゃないですか。大体はご機嫌取りみたいな子分とか——まさか、小藤⁉　ああでも、増田って可能性もあるか。同期入社で部署も同じだけど、恒弘は課長で増田は主任ですよ」

さらに身を乗り出し直央は捲《まく》し立てたが、架川は「事を急ぐなと言っただろ。それに、警察官が刑事ドラマや映画を参考にしてどうする」と顔をしかめ、ルームミラーを覗《のぞ》いてネクタイの歪《ゆが》みを直した。

「急ぎますよ。だって、紗奈ちゃんの誕生日は明日ですよ」

「わかってる。取りあえず蓮見に報告だ」

真顔に戻って返し、架川はスラックスのポケットからスマホを出した。

10

オフィス街に童謡の「夕焼け小焼け」のメロディーが流れだした。せき立てられるような思いに駆られ、直央は足早に通りを進んだ。ワンダートイズのビルとその周辺を確認してから、車道の端に停まったセダンに歩み寄った。すると運転席のドアが開き、ワインレッドのダブルスーツを着た架川がセダンを降りた。

「遅《おせ》え。『一時間で戻ります』と抜け出しておいて、どこで油を売っていやがった」

不機嫌そうに告げてセダンの脇を抜け、後部座席に乗り込む。入れ替わりで運転席に乗り込み、直央は応えた。

「すみません。念入りに確認してもらったので」

「首尾は？　岩波は何と言ってた？」

シートにどっかりと座って窓枠に肘《ひじ》を乗せて頬杖《ほおづえ》を突き、架川はさらに問うた。

「菅井とその取り巻きと古参社員派のメンバーの写真を見せましたが、『誰も見たことはないし、見たとしても覚えていない』そうです」

気まずさを胸に直央が返すと、架川は「言ったこっちゃねえ」と鼻を鳴らした。

「これは組織ぐるみの犯行だ。ルアーを恒弘のバッグに入れた時には変装するなり、人を雇ってやらせるなりしたはずだ」

「そうですけど、いてもたってもいられなくて。もう五時ですよ。どうします？」

「どうもこうもねえ。監視を続けるだけだ。続けてりゃ、ホシは必ず尻尾《しっぽ》を出す。マル暴時代には、二カ月近く鷲見組の幹部に張り付いて」

「二ヵ月も待っていられません。今日中にホシを捕まえなきゃダメなんです」

強い口調で訴えると、架川は黙った。不機嫌そうだが、何も言い返してこない。

昨日はあの後も直央と架川は古参社員派のメンバーの監視を行った。しかし昼休み以降、伏木たちが外で集まる様子はなく、メンバーたちは終業後はまっすぐ帰宅した様子だった。一方光輔からも、菅井は取り巻き数名と頻繁に外出しているが、どれも取引先との商談や会食で、怪しい様子は見られないという報告を受けた。

そして今日、紗奈の誕生日を迎えた。午後三時前まで監視を続けていた直央だったが焦りに駆られ、架川に「岩波に、伏木たちの写真を確認してもらいましょう」と提案した。架川が「ムダだ」と言うので光輔に電話をすると、彼にも「ムダだと思うよ」と返された。それでも何とか架川を説得し、フィッシングキャビン　ビッグヒットに出向いたのだが収穫なしだった。

ジャケットのポケットでスマホがバイブした。見ると、恒弘の妻・郁美からだ。

「はい、水木です」

「設楽です。いま、夫に着替えを届けに桜町中央署に来ているんですけど」

戸惑い、混乱したような声に胸がざわめき、直央は問うた。

「どうしました？　何かありましたか？」

「それが」と郁美は一旦《いったん》言葉を切り、その間に架川が身を乗り出して来て直央が構えたスマホに耳を寄せた。

「刑事さんの話だと、夫は示談を受け入れてもいいようなことを言っているそうなんです」

「えっ!?　なんで急に」

「わかりません。でも、午後になって急に態度が変わったらしくて──」

私のせいだ。そう閃《ひらめ》くのと同時に、直央の頭に留置場での会話が蘇《よみがえ》った。恒弘は直央の「紗奈ちゃんとの約束はどうするんですか？」という言葉とバースデーケーキの絵に気持ちが揺らぎ、罪を受け入れようとしているのかもしれない。

それとも、実は恒弘さんはクロ？　私たちの読みは間違いで、恒弘さんは「悪いこと」をしていた？　だとしたら……。そうよぎり、直央は気持ちが揺らぐのを感じた。とたんに、後ろから大きくがっしりとした手に肩を摑《つか》まれた。

「おい、しっかりしろ！」

気配を察知したのか、そう声を上げて架川は直央の顔を覗き込んだ。我に返った直央だったが、気持ちの揺らぎは収まらない。スマホを伏せて下ろし、架川を見返して応《こた》えた。

「わかってます。でも、時間がないし自信も」

「バカ野郎！　自分にできることはあるか、何をしたらいいか教えてくれと蓮見に訴えた、あの勢いと覚悟はどこに行っちまったんだ。逃げ道を探すな。した以上は果たすのが約束だと言っただろ」

直央の目をまっすぐに見て、架川は告げた。その言葉と眼差《まなざ》しに胸を打たれた直央だったが、「じゃあ、どうすれば」としか返せない。すると、架川はこう応えた。

「留置場での身柄拘束期間が三日を超えると、被疑者の立場は逮捕から勾留《こうりゅう》に変わり、家族や友人との面会が可能になる。郁美さんに面会を申請してもらい、必ず俺らが真犯人を突き止めるから示談には応じるなと恒弘に伝えてもらうんだ。ただし、急げよ。面会時間は午後五時十五分までだ」

追い立てられるような思いで「はい！」と返し、直央はスマホを構え直して郁美に説明した。すると郁美は落ち着きを取り戻し、言った。

「わかりました。夫と面会して示談を止めればいいんですね？」

「その通りです。急いで！」

顔を突き出し、そうスマホのマイクに答えたのは架川だ。「わかりました」と返して郁美は電話を切り、直央はスマホを下ろして口を開こうとした。が、一瞬早く今度は架川のスマホが鳴った。

「蓮見か？　どうした？」

身を引いて後部座席に座り直し、架川は問うた。光輔が何か答える気配があり、それを聞いた架川は「わかった」とだけ言って電話を切った。それから直央を見て、

「車を出せ……言ったろ？　監視を続けてりゃ、ホシは必ず尻尾を出す」

と言い、にやりと笑った。

11

架川に指示されたとおりにセダンを走らせ、着いたのは渋谷《しぶや》の高級ホテルだった。通りにセダンを停め、直央は架川とともに四十階建てのホテルのロビーに向かった。焦げ茶色のカーペットが敷かれたロビーを進むと、奥のソファに光輔がいた。歩み寄る架川と直央に、立ち上がって目礼する。

「菅井と取り巻きを尾行していたら、午後五時前にこのホテルに入りました。ラウンジかレストランで商談をするのかと思いきや、客室に向かったんです」

身振りを交え、光輔は小声でそう報告した。ロビーの脇は吹き抜けのラウンジで、その奥にレストランが数軒あるようだ。ロビーの向かいには、エレベーターホールも見えた。

「同じエレベーターに乗り込んだところ、菅井たちは三十六階で降りました。一緒に降りて様子を窺《うかが》うと、菅井たちは奥の一室に入りました。隣室との間隔からして、ツインルームでしょう。五分後に男が現れ、菅井たちの部屋に入って行きました」

「どんな男だ？」

間髪を容《い》れずに架川が問い、光輔も即答した。

「推定三十四歳。中肉中背でスーツを着用。暴力団等反社会勢力関係者の可能性は低く、カタギのサラリーマンですね」

「同業他社からの引き抜きの相談か。だとしても、ホテルの部屋でってのは珍しいな。ここの高層階のツインなら、最低五万円はするだろう。そのスーツの男は、よほどのやり手なのか」

「さあ。そういう雰囲気は感じませんでしたが」

エレベーターホールに目をやり光輔が返すと、架川は鼻を鳴らし、「臭うな」と言ってスラックスのポケットに両手を入れた。「臭いますね」と光輔は頷《うなず》き、直央も架川と光輔を交互に見て言った。

「そのスーツの男が、ルアーを恒弘のバッグに入れたんじゃないですか？　引き抜き話じゃなく、悪巧みをしてるんですよ」

胸が高鳴るのを感じながら返事を待ったが、架川には「事を急ぐなと何度言わせるつもりだ？」と睨《にら》まれ、光輔にも「気持ちはわかるけど、証拠を摑まないとね」といつもの笑顔で言われた。

それから三人でホテルを出た。直央は架川とセダンに戻り、光輔も二十メートルほど後方に停めた署のセダンに乗り込んだ。

監視を続けること約四十分。午後六時を過ぎて周囲も暗くなり始め、直央がまた焦りを覚えた矢先、通りに面したホテルの地下駐車場の出入口からセダンが出て来た。黒塗りの高級車で、身を乗り出し目をこらすと運転席と助手席に菅井の取り巻き、後部座席に細面で整った目鼻立ちの菅井の姿を確認できた。高級車は直央たちのセダンの脇を抜けて通りを走って行ったが、光輔は動かない。狙いをスーツの男に絞るようにと、さっき架川が指示したからだ。

　そして十五分後。待ちに待った相手が、ホテルの玄関から出て来た。中肉中背でダークグレーのスーツを来て、背中にナイロン製の黒いリュックサックを背負っている。警戒するように左右を見ているが、光輔が言った通り、いかにもやり手といった雰囲気は感じられない。スーツの男は歩道を駅方向に歩きだし、直央はセダンを降り、架川も後部座席のドアを開けた。

「お前がやれ」

「はい？」

　思わず問うと、架川はセダンを降りながらさらに言った。

「職務質問《ばんかけ》を装って声をかけると、さっき言っただろう」

「ええ。でも、私一人でやるんですか？」

「お前のヤマだろ」

　当然のように返し、架川は「行け」と命じるように顎《あご》で歩道の先を指した。「無理です」と返しかけて、「目の前のことを乗り切る」という自らの誓いと紗奈の顔を思い出した。すると覚悟が決まり、直央は小走りに歩道を進んだ。頭の中で警察学校で習ったばんかけの手順とコツを確認し、追い付いたスーツの男の背中に声をかける。

「すみません」

反射的に足を止め、スーツの男が振り向く。面長で目が細く、鼻は大きい。その目を見返し、直央は薄く微笑みつつジャケットのポケットから出した警察手帳を顔の脇に掲げた。

「警察の者です。大丈夫ですか？」

「大丈夫ですけど。何か？」

両手で肩にかけたリュックサックのショルダーを掴み、スーツの男は怪訝《けげん》そうに訊《き》き返した。想定内の反応だったので気持ちが落ち着き、直央は本題を切り出した。

「慌ててらっしゃる様子でしたので。お手数ですが、身分を証明するものを見せて下さい」

「慌ててたのは、急いでいるからです。仕事の約束に遅れそうなんですよ」

駅の方を振り向き、早口でスーツの男が返す。構わず、直央はさらに言った。

「できるだけ早く済ませますから」

笑みと丁寧な口調はキープしつつ、眼差しに「協力するまで引き下がりませんよ」という意図を漂わせる。観念したのか、スーツの男は渋々ながらもスラックスのポケットから財布を出し、直央に運転免許証を渡した。それによると、スーツの男の氏名は越野《こしの》一生《いっせい》。東京都江東区《こうとう》在住で、年齢は三十四だ。

蓮見さんの推定年齢、大当たりだ。さすが。感心しつつ直央が職業を訊くと、越野は

「百世《ももせ》社っていうおもちゃメーカーです」と答え、社員証を見せた。百世社は台東区の蔵前《くらまえ》に本社がある大手の玩具《がんぐ》メーカーだ。

やっぱり引き抜きか。がっかりしたが面には出さず、直央は警察無線で警視庁の照会センターに越野の犯罪歴や指名手配の有無などの確認、警察用語でいう「免許証確認《めんかく》による総合」を依頼しようと考えた。と、足音がして架川と光輔が近づいて来た。振り向いた直央に、架川はぶっきら棒に告げた。

「六十二点」

何それ。今のばんかけの点数？　低すぎない？　ついムッとしてしまった直央の脇を抜け、架川は越野の前に進み出た。

「あんた、百世社の社員なのか。あのホテルで何してた？」

「仕事の打ち合わせですよ。いけませんか？」

架川を見上げ、越野は訊き返した。苛立《いらだ》ったのか、リュックサックのショルダーを摑《つか》んだ手に力が加わったのがわかった。すると、光輔が口を開いた。

「リュックサックの中を見せてもらえますか？」

「嫌です」

即答してから、越野はこう続けた。

「職務質問ってあくまでも任意で、拒否できるんですよね？」

「その通りです。よくご存じですね」

笑みとともに光輔が返すと、越野は「じゃあ、拒否します」と告げて身を翻し、すたすたと歩きだした。焦る直央に、架川が告げる。

「追いかけて足止めしろ。ただし、越野には指一本触れるなよ」

言われなくてもそのつもりだったので、直央は駆けだしながら「はい」と応《こた》えた。すぐに越野に追い付き、前に回り込む。

「待って下さい。ご協力お願いします」

「拒否するって言ったでしょ」

声を尖《とが》らせて返し、越野は直央の脇を抜けようとした。そうはさせまいと、直央は両腕を広げて越野の行く手を塞《ふさ》いだ。

「所持品検査は形だけのものですから」

「だったら必要ないでしょ」

そう言い返し、越野は直央が広げた腕の脇を抜けようとした。直央が横にずれてさらに行く手を塞ぐと、越野は立ち止まって声を荒らげた。

「急いでるんだよ！」

その声に驚き、通行人が振り向く。直央を睨み付け、越野は体を反転させて歩道を横切り、車道の方に歩きだした。想定外の行動に驚き、直央は「ちょっと！」と声をかけたが越野は構わず歩道の端まで行き、車道に下りた。とたんに、

「そこまでだ」

と声がして、大きくがっしりした手が後ろから越野の腕を摑んだ。声の主は架川で、歩道の端に立っている。振り向き、越野はわめいた。

「放せよ！　暴行罪で訴えるぞ」

「望むところだ。だが、その前にお前を逮捕する。見てみろ」

そう告げて、架川は顎で通りの向こうを指した。越野が顔を前に向け、直央も倣った。そこには四角い道路標識があり、赤く太い線で縁取られた中に、道路を表す濃紺の二本線と、そこを横切ろうとする帽子をかぶった人の絵が描かれ、その下には赤い斜線が走っている。そして帽子をかぶった人の絵の左下には濃紺で、「横断禁止」と書かれていた。

「道路交通法には『歩行者は、道路標識等によりその横断が禁止されている道路の部分においては、道路を横断してはならない』って条項があるんだよ。違反した場合は、二万円以下の罰金、または科料《かりょう》だ」

「罰金って、僕はただ」

「話は署で聞く。行くぞ」

問答無用といった口調で言い放ち、架川は越野の腕を引いて歩道に戻らせた。予想外どころか斜め上を行く展開に直央はうろたえ、架川の後ろの光輔を見た。が、光輔は平然と成り行きを見守っている。と、足を踏ん張るようにして越野が立ち止まった。そして、

「わかったよ！　見せりゃいいんだろ」

と言うが早いかリュックサックを下ろし、光輔に差し出した。それを光輔は、「ご協力に感謝します」と笑顔で受け取り、架川は満足げに顎を上げてみせた。

光輔は向かいに越野を立たせ、片手でリュックサックを抱えてもう片方の手で上部のファスナーを開けた。直央と光輔は二人を取り囲むように立ち、通行人の視線を遮断する。リュックサックの中身はタブレット端末が一台と新聞、タオルなどで不審なものは見つからなかった。が、光輔がリュックサックの底に敷かれた黒いプラスチックの板を外すと、下から茶封筒が一封出て来た。中身はピン札の一万円札で、ぴったり五十枚あった。光輔が訊《たず》ねた。

「引き抜きに際しての入社支度金というやつですか。だとしても現金で、しかも社長自ら、というのは妙ですね」

「いや」

言いかけた越野を遮り、架川は告げた。

「ネタは挙がってるんだ。正直に話せ」

その威圧感溢《あふ》れる口調と眼差《まなざ》しに、越野が黙る。「ネタは挙がってるんだ」って、本当に言う人いるんだ。頭の隅で考えながら、直央はどんどん青ざめていく越野の顔を見つめた。光輔にも見つめられ、耐えきれなくなったのか越野は言った。

「すみません。つい、お金に目が眩《くら》んで。でも僕、まだデータは渡していません！」

最後はすがるような口調になり、直央たちの顔を見回す。

データってなに？　ルアーの万引きは？　混乱し、直央は問いかけようとしたが光輔が「話は車の中で」と越野を促し、歩きだした。

歩道を戻り、四人で直央と架川のセダンに乗り込んだ。運転席に直央、助手席には架川が座り、越野は後部座席に光輔とともに座った。光輔が促すと、越野は素直に話しだした。

ひと月ほど前。越野は菅井の取り巻きの一人から、「ワンダートイズで働いて欲しい」と誘われ、ポストや給与など好待遇を提示された。喜びながらも「なんで自分みたいな平凡な社員に？」と疑問を抱いた越野に取り巻きの一人は、「退社する際に、百世社が今年のクリスマスシーズンに発売する新商品のラインナップのデータを持って来て欲しい」と告げたという。越野は製品管理部門に所属していて、新商品のラインナップのデータを持ち出せる立場だ。引き抜きの理由を理解した越野だったが、「営業秘密の漏洩《ろうえい》は犯罪。もしバレたら」と躊躇《ちゅうちょ》する。すると昨日、取り巻きの一人から「受け入れの準備は整った。心配はいらない」と連絡があり、さっきのホテルに呼び出されたそうだ。ホテルの部屋には取り巻きたちと菅井がいて、改めて転職とデータの持ち出しを求められ、五十万円を渡されたという流れだ。

「受け入れの準備って何ですか？　内容を聞いていませんか？」

話を聞き終えるなり、直央は後部座席を振り返って訊ねた。驚いて細い目を瞬《しばた》かせ、越野は答えた。

「いえ。何も」

「本当に？　ちょっとだけでも」

勢い込み食い下がろうとした直央だったが、「タコ。黙れ」という声がして、架川に軽く頭を叩《たた》かれた。反射的に手のひらで頭を押さえ振り向くと、架川はルームミラー越しに越野を見て告げた。

「わかった。もういい。行け」

「えっ⁉」

越野と直央が同時に声を上げる。すると今度は光輔が言った。

「ただし、今日僕らに会ったことは他言無用。菅井たちから連絡があっても、無視するように」

「はい……本当に行っていいんですか？　もらったお金は？　後から何か――」

「行けと言ったら行け。そんなに捕まりてぇのか？」

振り向いて架川が問うと、越野はぶんぶんと首を横に振った。その間に光輔は後部座席のドアを開けてセダンを降りた。驚き、直央は声を上げようとしたが、それより早く越野はリュックサックを抱えてセダンを降り、歩道を駆けだした。

「ちょっと！」

運転席の窓を開けて呼びかけたが、越野の姿はあっという間に通行人に紛れて見えなくなった。隣に向き直り、直央は訴えた。

「何を考えてるんですか！　受け入れの準備って、もしかして恒弘のことじゃないんですか？　彼を万引き犯に仕立て上げたのは、菅井とその取り巻きだったんですよ！」

「うるせえな。耳元で叫ぶな」

そう答え、架川が鬱陶《うっとう》しげに顔を背けたので、直央は光輔を振り向いて訴えた。

「営業秘密の漏洩《ろうえい》は、未遂でも犯罪です。菅井を逮捕しましょう。締め上げれば、恒弘の件も認めるかも」

「その通り。営業秘密侵害罪は、平成二十七年の法改正で未遂行為も十年以下の懲役または一千万円以下の罰金に科せられるようになった。ただし、経済犯罪は万引き同様セイアンの管轄だけどね」

あっさりと返されたが、当然直央は納得できない。「でも」と食い下がろうとした矢先、架川が振り返った。

「菅井たちの汚《きたね》え引き抜きは、これが初めてじゃねえはずだ。越野の件で菅井を挙げたところで、取り巻きの誰かが同じことをやる。腐った組織ってのは根っこごと引き抜かねえと、また犠牲者が出るんだ」

迷いなく断言した後、架川は「コーヒー買って来る」と言ってセダンを降りて歩き去った。残された直央は呆然《ぼうぜん》としてから、

「でも、した以上は果たすのが約束なんでしょ？　どうしろっていうのよ。もう夜にな

っちゃったじゃない」

とフロントガラスの向こうの街を見てわめき、両手で頭を抱えた。

「目先に囚《とら》われるな。ホシを挙げただけじゃ、事件を解決したことにはならねえ」

静かな声に、直央は顔を上げて光輔を振り向いた。光輔も直央を見て言う。

「初めて架川さんと組んで事件を捜査した時、僕も水木さんと同じように頭を抱えた。その時、架川さんに今の台詞《せりふ》を言われたんだ。悔しいけど、その通りだと思った。たとえ今日中に恒弘を紗奈ちゃんの許《もと》に返せたとしても、恒弘が本当に悪いことをしていないと証明できなければ、約束を果たしたことにはならない」

その言葉は胸に響いたが、それ以上に直央は光輔自身に惹《ひ》きつけられた。口調は淡々としていながら実感に溢れ、顔からはいつもの笑みが消え、眼差しには意志が感じられた。

「そうですね。すみませんでした」

直央が答えると、光輔は話を変えた。

「とにかく、バッグにルアーを入れたのが誰かを突き止めよう。僕は昨日水木さんたちが聞いた、古参社員派のメンバーの会話が気になる。居酒屋にいたのは伏木道彦と小藤勝美、増田風馬に芹川聡太だったよね。どんな話をしていたか、もう一度説明して」

「ええと……伏木と小藤が恒弘は自業自得で裏切り者だ、みたいに非難して、増田は菅井たちへの対策を考えないとという提案をしてました」

「芹川は？」

「積極的な発言はなかったけど、他の三人の話に頷《うなず》いたりはしてましたね。それと、伏木たちに署で私たちと会ったことを話したみたいで、増田に『後で連絡して、設楽の様子を聞けよ』って言われて『わかりました』と答えてました……あれ。でも、連絡はなかったですよね？　なんでだろう」

記憶を辿《たど》り直央は訊ねたが、返事はなかった。見ると光輔は無言無表情で前を向いていた。しかしその目は車内でもフロントガラス越しの風景でもない、別のどこかを見ている。

「蓮見さん？　大丈夫ですか？」

うろたえた直央だったが、すぐに安西海斗殺害事件の時に団地の階段で見たものを思い出した。「架川さんを呼びますね」と告げ、ジャケットのポケットからスマホを出して操作する。と、光輔が口を開いた。

「僕が呼ぶから、水木さんは車を出して」

振り向いた直央を光輔は、「早く」と急《せ》かし、後部座席に座り直してシートベルトを締めた。訳がわからないまま、直央もシートベルトを締め、セダンのエンジンをかけた。

12

直央と光輔が到着して間もなく、架川もタクシーで目的地にやって来た。タクシーを降りて歩み寄って来る架川に、光輔は訊《たず》ねた。

「手はずは整えてもらえましたか？」

「ああ。いつものパターンでな」

架川が答える。何の手はずで、どのパターン？　直央の胸を疑問が突き上げたが、ムダだとわかっているので口には出さない。ここに来る車中、光輔は架川と電話でひそひそと話し、通話後事情を訊《き》いた直央には、「すぐにわかるよ」のひと言ではぐらかした。

とはいえ、腕時計を見ると午後八時前。顔を上げ、直央は光輔たちに問いかけた。

「いつまでこうしてるんですか？　じきに閉店ですよ」

直央たちは小柴町の商店街にいて、通りの向かいにはフィッシングキャビン　ビッグヒットがある。

「大丈夫だ。あいつは必ず来る」

胸の前で腕を組んで架川は答え、直央は「あいつって？」と訊く。と、タイミングをはかったように白いセダンが通りを近づいて来て、直央たちのセダンの後ろに停まった。セダンの運転席から降りて来たのは、一人の女。歳は三十代後半だろうか。黒縁のメガネをかけ、長い髪を頭の後ろで無造作に束ねている。大柄でずんぐりとした体を包むのは、青いジャンパーとパンツの制服だ。

「あの人、桜町中央署の鑑識係の係員ですよね？　名前は確か」

「仁科素子《にしなもとこ》巡査部長。やり手だよ。架川さんとは旧知の仲らしい」

「らしい？」

「うん。僕も詳しいことは知らないんだ」

口調と表情から光輔は事実を言っているとわかり、直央は「へえ」と返した。その間に仁科は制服の濃紺のキャップを頭にかぶり、後部座席のドアを開けて大きなジュラルミンケースを取り出した。

「よう。呼び出して悪かったな」

ジュラルミンケースを提げ、こちらに近づいて来る仁科に架川が声をかける。が、仁科は顔をしかめ、度の強いメガネのレンズのせいで小さく見える目を伏せてぼそりと言った。

「心にもないことを」

が、架川は意に介さず、「そう言うなって。お前の仕事は、さっき電話で説明した通りだ。ちゃちゃっと頼むぜ」と軽いノリで言って仁科の肩を叩いた。

「ちゃちゃっとって……いい加減にしてくれます？　こっちは便利屋じゃないんだから、我慢の限界ってものが」

全身から怒りのオーラを発している仁科だが、俯《うつむ》いてぼそぼそした口調のままなので、「我慢の限界ってものが」から先は聞き取れない。すると架川は顎《あご》を動かし、光輔を挟んで立つ直央を指した。

「こいつは刑事課《うち》の新入りの水木直央だ。水木にあの時の写真を見せたら、どんな顔《ツラ》をすると思う?」

「あの時の写真」を含みたっぷりに言い、スラックスのポケットから黒いスマホを出して弄《いじ》りだす。

ちっ。豪快に音を立て、仁科が舌打ちをした。そしてぶっきら棒に、「で、現場はどこ?」と問うた。「あの店です」と光輔が答え、フィッシングキャビン　ビッグヒットに向かう。仁科が光輔に続くのを確認し、架川は満足したように黒いスマホをしまった。何が何だかわからなかったが直央も歩きだした直後、仁科は振り向き、唸《うな》るように言った。

「あの男、タチ悪いよ」

「知ってます」

反射的にそう答えてしまい、直央は慌てて訂正しようとした。が、仁科は再び舌打ちし、前に向き直って歩きだした。「何か言ったか?」と後ろから架川に問いかけられたが無視し、直央は足早に通りを渡った。

光輔が引き戸を開け、仁科と直央、架川もフィッシングキャビン　ビッグヒットに入

った。奥のカウンターで岩波が「いらっしゃいませ」と言ったが、直央と目が合うなり、

「また来たの？」

と露骨に迷惑そうな顔をした。その前に光輔が進み出て、会釈する。

「度々申し訳ありません。お店の中を調べさせていただけますか？　すぐに済みますし、商品にキズなどは付けないとお約束しますので」

「閉店時間なんですよ。それにそういうのって、令状とか必要なんじゃないんですか？」

店に入ったところで立ち止まり、白手袋をはめた手で床に置いたジュラルミンケースの蓋《ふた》を開けている仁科を見ながら岩波は返した。すかさず、架川も口を開く。

「そう堅いこと言うなよ。久しぶりに釣りをやってみようと思ってるんだ。一式買うから、選ぶのを手伝ってくれ。まずは竿《さお》とリールだな」

壁際の棚を指して捲《まく》し立てる架川に、岩波は仕方なくといった様子だが「はあ」と返し、カウンターから出て来た。「海釣りだから、リールは両軸か？」と続け、壁際に向かって歩きだしながら架川は直央に「お前も来い」と目配せしてきた。頷いて架川と岩波に続きながら、直央は仁科を振り返った。歩み寄って来た光輔と、何やら小声で話している。

それから、架川は棚に並んだリールや竿を手に取ってはあれこれ訊ね、岩波はそれに答えた。二人の後に付いて歩きつつ、直央は度々仁科たちの様子を窺《うかが》った。仁科はカウンターの向かいにある棚の一つの前に立ち、梵天《ぼんてん》と呼ばれる耳かきの上に付いている綿

毛を大きくしたようなものと、アルミパウダーが入った金属製の丸い缶を手にしている。どちらも鑑識の道具で、梵天で目当てのものにアルミパウダーを振りかけると、そこに付着した指紋が浮き上がる。それを専用の粘着テープで写し取り、黒く四角いシートに保存するのだ。

誰の指紋を採取してるの？　万引きされたルアーの箱から採取されたのは、恒弘の指紋だけよね？　意図を理解できず、直央は光輔を見た。光輔は棚の脇に立ち、仁科の作業を見守っている。

約三十分後。架川がリールと竿に加え仕掛けとバケツ、クーラーボックスを選び終えた頃、店の向こうから、

「お待たせしました。終わりましたよ」

と光輔の声がした。架川は選んだ品をその場に置いて歩きだし、直央も続いた。光輔は仁科とともに、店の引き戸の前にいた。架川を追い抜いて二人に駆け寄り、直央は問うた。

「何か見つかりましたか？」

「指紋が山ほどね。一番多かったのはその人ので、設楽恒弘のが数点。他にもざっと調べただけで二、三十点あったけど、客のものだろうね。照合するには何カ月もかかるよ」

そう答えたのは仁科だ。俯いてジュラルミンケースの蓋を開けているのはさっきと同じだが、その口調は別人のようにはきはきしている。「その人」と言う時には、架川と

直央を追って来た岩波を指している。落胆するのと同時に不満も覚え、直央は言った。

「だろうと思ってました。蓮見さん。どういうつもりで――」

「ただし、設楽以外に身元を特定できた客が一人だけいる。別の場所に付着していた指紋と、この店の商品から検出された指紋が一致したんだ」

直央を遮って話を続け、仁科は振り向いて両手を突き出した。片手にはビニール製のジップバッグに入ったルアーの箱、もう片方の手には指紋保存用のシートを持っている。ルアーは万引きされたものとは別の高級品で、直央にも見覚えがあった。そして指紋保存用のシートには、人間の中指か人差し指と思《おぼ》しき指紋が白く転写されていた。

「客って誰ですか？　別の場所って？」

再度直央が問うと、今度は光輔が手にした何かを突き出した。見ればこちらもジップバッグで、中には縦五センチ、横十センチほどの紙が入っている。それが何か気づき、印刷された文字を読んだ直央は「えっ!?」と声を上げ、目を見張った。

13

岩波に礼を言い、フィッシングキャビン　ビッグヒットを出た。桜町中央署に戻ると四人でエレベーターに乗り、直央は刑事課のある三階で降り、光輔と架川、仁科は四階に向かった。仁科の職場である鑑識係は、セイアンと同じ四階にある。

直央は必要な荷物の入った紙袋を手に取り、急いで四階に向かった。セイアンは部屋を出入りしたり、廊下を行き来したりする捜査員たちで慌ただしかった。光輔と架川は廊下の隅で、背が高く痩《や》せた男と話している。

「遅くなりました」と声をかけて歩み寄ると光輔は、「うちの新人の水木巡査。彼はセイアンの新名怜《しんめいさとし》巡査長」と紹介した。直央と新名が挨拶《あいさつ》し、光輔は「で？」と新名に話の先を促した。歳も同じぐらいだし、光輔と新名は友人なのだろう。

「さっきお前から連絡を受けて、改めて設楽恒弘を聴取したんだよ。菅井とその取り巻きが越野って男にやらせようとしたことを伝え、指紋の件も匂わせた。しばらく躊躇《ちゅうちょ》してたけど、設楽は自白《ゲロ》した」

新名が言葉を切り、直央は気持ちがはやって口を開こうとした。が、光輔に眼差《まなざ》しで制された。隣に立つ架川が、直央が手に提げた紙袋を怪訝《けげん》そうに見るのを感じた。新名がまた話しだす。

「菅井は越野以外の同業者にも違法な引き抜きを持ちかけたり、ワンダートイズの古参派社員の弱みを握り、いいように使ったりしていたらしい。設楽はそれに気づき、やめるように菅井に訴えていた。だから万引き事件が起きた時には、『社長の仕業だ』と察したし、自分のバッグにルアーを入れたのが誰かも予想が付いたそうだ」

「その誰かが、芹川聡太なんでしょう？　芹川は今どこに？　何て言ってるんですか？」

我慢できず、直央は新名を見上げて問いかけた。

さっき光輔が直央たちに見せたジップバッグの中身は、二日前に署で渡された芹川の名刺だった。指紋は紙にも付着するので、光輔はその採取を仁科に依頼し、フィッシングキャビン　ビッグヒットに陳列されていた高級ルアーの箱から採取された指紋と照合してもらったのだ。直央の勢いに一瞬たじろいだ後、新名は答えた。

「その通りだよ。蓮見から連絡があってすぐに、うちの捜査員が芹川の自宅を訪ねた。指紋は令状なしの採取だから証拠にならないし迷ったらしいけど、『設楽さんの件で』と切り出したとたん、芹川は『すみません』とぼろぼろ泣きだして、設楽のバッグにルアーを入れたと認めたそうだ」

「芹川の製造管理部から人事部への異動も、設楽を始末させるためだったんだろ？　菅井に弱みを握られて、『このままだと、地方の倉庫行きだよ』とでも脅されたんだな」

光輔も問い、新名は「その通り」と頷《うなず》いた。

「さすがは蓮見だな。芹川は三カ月ほど前に工場に商品の発注ミスをして、会社に三千万円近い損害を与えてしまった。で、その件を菅井に責め立てられ、倉庫行きを取り下げる条件として設楽を嵌《は》めろと言われ、人事部に送り込まれた。設楽に親切にされて気持ちが揺らいだ芹川だったが、仕方なく四日前の晩、変装して設楽を尾行してフィッシングキャビン　ビッグヒットに入った。そして他のルアーを見るふりをしながら隙を狙い、ハンカチ越しに問題のルアーの箱を取り、設楽のバッグのポケットに入れて店を出た。菅井の目論《もくろ》見通り設楽は逮捕されたが、芹川はずっと罪悪感に苦しんでいたらしい」

「だろうね」

光輔は頷き、直央も署を訪ねて来た時と、伏木たちと昼食を摂っていた時の芹川を思い出した。

「芹川は、いま車でこっちに向かってる。設楽は」

言いかけて何かに気づき、新名は廊下の奥を振り返った。つられて振り返った直央たちの視界に、捜査員の中年男に付き添われて廊下を歩いて来る設楽恒弘の姿が入った。二日前に会った時よりさらにやつれ、身につけているスーツはシワだらけだが、手錠や腰紐《こしひも》などは装着されていない。

「設楽さん！」

思わず直央が呼びかけると、恒弘ははっとしてこちらに一礼した。捜査員の中年男とともにこちらに近づいて来る恒弘を見て、架川が言った。

「釈放《パイ》か」

「ええ。容疑が晴れたとはいえ、普通はこう簡単にはいかないんですけど、刑事課《そちら》のエースが、うちの課長に『菅井とその取り巻きを検挙するための情報は、すべて渡します』と持ちかけたそうで」

呆《あき》れるのと感心するのが半々の口調で新名が答え、直央は光輔を見た。と同時に恒弘と捜査員の中年男が直央たちの脇に差しかかり、足を止めた。笑顔で光輔が言う。

「設楽さん、よかったですね」

「ありがとうございます。それに、申し訳ありません。二日前、僕のバッグにルアーを入れた人物に心当たりはないかと訊《き》かれた時、ウソをついてしまいました」

硬い表情で返し、恒弘は直央たち三人の顔を見て頭を下げた。首を横に振り、光輔はさらに言った。

「いいえ。あの時点ではバッグにルアーを入れたのが芹川だという証拠はありませんでしたし、他にも胸の内を明かせない理由があったんでしょう」

「はい。僕は勤めていたおもちゃメーカーが潰《つぶ》れて、先代の社長に拾ってもらったんです。だから先代の社長が亡くなる前、『ワンダートイズを頼むよ』と言われた時には、何が何でも会社を守らなくてはと思いました」

「潔白を証明するには菅井や芹川のことを明かさなくてははならず、違法な引き抜きや社内の揉《も》め事が公になり、会社に大きなダメージを与えることになりますからね。でも一方で、家族のために万引きを認める訳にはいかなかった」

ああ、そういうことか。できれば事故か偶然の出来事として、穏便に処理されて欲しいと考えていたんだろうな。やり取りを聞き、直央は胸に引っかかっていたものが、かたんと取れた気がした。が、恒弘は体を起こし強《こわ》ばった顔でこう応《こた》えた。

「その通りです。しかし、結局全て明るみに出てしまう。これから会社はどうなるのか」

「なに言ってんだ。見せ場はこれからじゃねえか」

あっけらかんと言い放ったのは架川で、恒弘、そして直央も驚いて視線を動かす。すると、架川はこう続けた。

「膿《うみ》を出し切るには痛みを伴うし、保身に走るやつは組織を捨てる。大切なのは、その後だ。派閥争いやら、個人的な恨み辛《つら》みやらがどれだけ無意味でバカげているか、あんたは身をもって知ってるだろう。それをみんなに伝えて苦境を乗り切り、その一部始終を世間に見せてやるんだ。ピンチはチャンス。昔から言うだろ?」

力強く実感の籠《こ》もったその言葉に聞き入り、恒弘は「はい」と答えた。「よし」と架川は頷き、光輔も恒弘に微笑みかける。すると中年男の捜査員が先に進むように恒弘を促そうとしたので、直央は「あの!」と声を上げて手に提げていた紙袋を差し出した。

「バースデーケーキです。紗奈ちゃんが描いた絵を見てネットで探しました。遅くなっちゃったけど、まだ今日は終わっていません。これを渡して、紗奈ちゃんとの約束を果たして下さい」

早口で告げると、恒弘は驚いて直央と差し出された紙袋を見た。

「……ありがとうございます。ご恩は一生忘れません」

恒弘は言い、紙袋を受け取った。その目は潤み、声も少し震えているが口元には笑みが浮かんでいる。

紙袋を手に恒弘は改めて深々と頭を下げ、中年男の捜査員と新名に付き添われて廊下を歩きだした。その背中を直央たちが見送っていると、エレベーターホールの方から、郁美が歩いて来るのが見えた。恒弘の釈放の連絡を受け、慌てて駆け付けて来たのだろう。胸に抱っこ紐《ひも》で赤ちゃんを抱き、紗奈と手を繋《つな》いでいる。既に時刻は午後十時近くなり、寝ていたところを起こされたのか、紗奈は寝ぼけ顔で足取りもおぼつかない。が、

「紗奈！」

と恒弘が声をかけると、はっとして顔を上げた。そして「パパ！」と叫び、廊下を駆けだした。恒弘は紙袋を床に置いて身をかがめ、駆け寄って来た紗奈を両腕でしっかりと抱いた。郁美も追い付き、涙ぐみながら恒弘の肩に手をやる。すると恒弘は紗奈と郁美に何か言い、床に置いた紙袋を持ち上げて見せた。

「やったー！　パパ、ありがとう。早くおうちに帰って食べよう」

廊下に紗奈のはしゃいだ声が響き、恒弘は紙袋を片手に体を起こした。もう片方の手で紗奈の手を握り、恒弘は郁美とともに廊下を歩きだす。後に続く新名に何か言われ、振り返った郁美は直央たちに一礼した。しかし紗奈は気づかず、恒弘の手をしっかり握って廊下を戻って行く。それでも直央は紗奈の背中が小さく、遠くなっていくのを嬉《うれ》しく眺め、これまでにない達成感も覚えた。同時に直央と恒弘の後ろ姿に十五年前の自分と父・輝幸の姿が重なり、胸の中に凝《こご》っていたものが消えていくような気がした。

「粋《いき》なことをするじゃねえか。あのケーキは、岩波の店に菅井たちの写真を見せに行ったついでに買ったのか？」

恒弘一家と新名たちが廊下の先に消えると、架川が言った。頷き、直央は答えた。

「はい。探し当てた洋菓子店でバースデーケーキを買って、署に戻って刑事課の冷蔵庫

にしまっていたので、車に戻るのが遅くなっちゃったんです」

「それならそうと言えよ。指揮官は俺だぞ？　なあ？」

不服そうに架川に話を振られ、光輔は笑って「まあまあ」と返した。

「誰にも言わないで、ってところも粋じゃないですか。それに今回、事件が解決したのは水木さんのお陰ですよ」

「えっ、本当ですか⁉」

直央が問うと光輔は「うん」と返し、さらに言った。

「恒弘が何者かに嵌められたって線が浮かんだのは、留置場での水木さんが『他の誰かがやったとか』と言ったからだよ。その何者かが芹川だと閃《ひらめ》いたのも、夕方車の中で水木さんと話したのがきっかけだし。で、仁科さんにフィッシングキャビン　ビッグヒットを調べてもらおうと思ったんだ」

「すごく光栄だし、嬉しいです。刑事課に配置になって初めていいことがあった」

胸が弾み、つい本音を漏らしてしまう。とたんに架川が「なんだそりゃ」と顔をしかめ、光輔も笑顔をキープしたままこう告げた。

「でも、ばんかけはまだまだだね。越野がリュックサックの肩紐《かたひも》を握ったのを見逃さず、中を調べなきゃ」

「あれはクセなのかなと思って。私も、よくバッグの持ち手を摑《つか》むので」

実際に肩にかけたトートバッグの持ち手を摑んで見せたが、光輔は、

「ばんかけするまで、越野は一度も肩紐に触れていなかったよ。まあ、僕にきっかけをくれたのと併せて、プラスマイナスゼロってところかな」

と笑顔をキープしたまま、きっぱりと言い放った。

なにそれ。結局説教？　せっかく上がったテンションがみるみる下がる。その直後、

「蓮見く〜ん。困るよ〜」

と聞き覚えのある声がして、エレベーターホールの方からスーツ姿の矢上が近づいて来るのが見えた。「おいでなすったな。セイアンの課長に越権捜査の苦情を言われたか」と架川が笑い、光輔はすかさず、「課長。ご連絡しようと思っていました」と返して駆けだした。矢上と光輔は廊下の先で立ち止まって話し始め、直央はそれを呆然《ぼうぜん》と眺めた。

と、隣で架川が言った。

「あれが蓮見だ。警察は結果を出したやつの勝ちだからな。俺の実力もよくわかっただろ？」

「実力って、無茶苦茶って意味ですか？」

「何だと？　お前、昨日俺を『実はすごいんですね』と言ってたじゃねえか」

「ええ。でも気が変わりました。道路交通法違反をネタに越野から話を聞き出した流れ。私を使って、わざと越野を通りに出るように仕向けましたね？　ああいうの、公安部の捜査員がよく使う手だって聞きましたけど、マル暴もやるんですか？　いわゆる微罪逮捕で、下手すると告訴されますよ」

思い出すと腹が立ち、ついムキになって捲《まく》し立ててしまう。すごまれるか叱られるかと身構えた直央だったが、架川は「よく知ってるじゃねえか」と声を立てて笑った。しかし直央が拍子抜けしていると架川は真顔に戻り、こう告げた。

「だが、これが俺だ。文句があるなら、お前も俺たちのように自分の流儀を見つけて結果を出すんだな」

「出しますよ。出せばいいんでしょ」と言い返しそうになったが、「この研修を無難にやり過ごす」という誓いを思い出し、直央は口をつぐんだ。すると架川は両手をスラックスのポケットに入れ、光輔たちの許《もと》に向かった。そして眉根《まゆね》を寄せて何やら訴える矢上の細い肩を大きな手でがっしりと摑み、何かを語りかけた。矢上は怯《ひる》み、その隙に光輔がいつもの笑顔で何か言う。すると矢上はぶつくさと言いながらも、首を縦に振った。

「ありがとうございます！」と頭を下げた光輔だったが、その直前、架川と「大成功」とでも言いたげに目配せし合ったのを直央は見逃さなかった。

あの二人、何なの？　呆《あき》れるのと同時に、直央は少し怖くなった。しかし同時に二人に強い好奇心を覚えている自分に戸惑い、直央は立ち尽くしたまま架川と光輔を見つめた。

14

数日後の夜。直央は中央区銀座《ぎんざ》にいた。フレンチレストランのビルの最上階にある個室で、テーブル脇の壁は天井までガラス張りだ。そのガラス越しに直央が外の街並みを眺め、前菜のオマール海老《えび》のジュレを食べていると問われた。

「直央。その靴はなんだ？」

「あ、これ？」

そう問い返し、直央は手にしたナイフとフォークを下ろして代わりにテーブルの下の足を上げた。仕事帰りなので靴はハイテクスニーカー、身につけているのはライトグレーのパンツスーツだ。

「やっぱり気になる？　でも、これには深い事情があって」

語りだした直央を遮るように、テーブルの向かいに着いた男はため息をついた。赤ワインが入ったグラスをテーブルに置き、言う。

「こんなことなら、靴にするべきだったな」

意味がわからず、直央は男を見返した。生え際が少し後退した白髪頭で、背が高く恰幅《かっぷく》のいい体をひと目で高級品とわかる茶色のスーツに包んでいる。男はスーツのジャケットの内ポケットに手を入れ、赤いリボンのかかった黒い紙箱を出して直央の前に置いた。

「ありがとう。これは卒業祝い？　それとも就職祝い？」

胸が弾み、続けざまに問いかけると、男は「いいから開けなさい」とでも促すように片手を前後に動かした。

直央はリボンをほどき紙箱の蓋《ふた》を開けた。紙箱の中に収められていたのは、ボールペン。軸の部分は黒く、上端のノックカバーと脇のクリップ、下端の口金《くちがね》の部分は銀色だ。手に取ると重量があり、それなりに高級感もあるがブランド名などの刻印はない。

「私が現役時代に使っていたのと同じものだ。安物だがな」

「わかってる。おじいちゃんは、ブランドものとか、わかりやすい甘やかし方をしない人だから」

そう返し、直央はもう一度「ありがとう」と言ってボールペンを箱に戻した。すると祖父・津島信士《つしましんじ》はワインを一口飲み、話を変えた。

「研修はどうだ？　確か、桜町中央署の刑事課だったな」

「どうもこうも。研修さえ終われば警務課、無理でも交通課か地域課に行けると思ってなんとか——ずっと考えてたんだけど、この特別選抜研修ってやつ。まさか、おじいちゃんが絡んでるってことない？」

身を乗り出し、直央は問うた。ワインを飲み干し、信士はグラスをテーブルに戻した。

「バカを言うな。私が退官して何年経つと思ってる？　今じゃ、ただの爺《じい》さんだ」

「またまた。ただの爺さんはこんなお店に来ないし、下で運転手付きの車が待ってたりもしないから」

「私より、お前だ。研修はちゃんとやりなさい。理由がなければ、選抜はされないはずだ」

「お母さんにも、同じことを言われた」

直央が告げると、信士は「そうか」と嬉《うれ》しそうに笑った。切れ長の目の脇に左右三本ずつシワが寄る。

「娘だからな」

信士は言い、直央が「血は繋《つな》がってないけどね」と突っ込む。すると信士はよく通る声で笑った。直央も笑顔になったが、胸の底に釈然としないものが残った。と、ノックの音がしてドアが開き、スープの皿が載った銀の盆を手にしたギャルソンが二人、個室に入って来た。

15

同じ頃。光輔は新宿にいた。珈琲名家《コーヒーめいか》　新宿東口店という喫茶店で、テーブルの向かいには架川が着いている。

「いい店じゃねえか。人目に付きにくいだけじゃなく、落ち着く」

カップに入った湯気の立つコーヒーをすすり、架川は言った。「でしょうね」と返し、光輔もコーヒーを飲んだ。

ステンドグラスが貼られた壁に、色褪《いろあ》せた赤いベルベッドのソファ。レトロ臭漂う店内にいる他の客はほとんどが年配者で、老眼鏡をかけてスポーツ新聞を読んだり、ガラケー型のスマホを弄《いじ》ったりしている。

光輔がこの店を使いだして三年以上になる。目的は本庁人事第一課人事情報管理係の羽村琢己警部との情報交換だ。先週は羽村がここに来て光輔が外から連絡したのだが、その際、羽村に「大きなネタを摑《つか》めそうだ。来週ここで待っててくれ」と言われた。が、それをうっかり架川に知られてしまい、「俺も行く」と迫られて仕方なく一緒に新宿に来た。

「羽村のネタってのは、水木絡みか？」

カップをソーサーに戻し、架川は問うた。ソファにふんぞり返るように座ってスラックスの脚を組むといういつもの格好だが、声は潜めている。光輔も声を小さくし、答えた。

「わかりません」

「そうか。だが、水木には気をつけろよ。お前はあいつに自分を重ねてる節《ふし》がある」

「まさかそんな」

と否定しかけた光輔だったが、設楽恒弘の事件で「私は何をしたらいいですか？ 今の私にできることはありますか？」と問われた時や、「父が亡くなった時のことを思い出して」と言われた時に取ってしまった態度を思い出した。気まずさと後悔が押し寄せたが、平静を装って訊《たず》ねた。

「それで菅井と伏木たちを監視する時、水木と組んだんですか」

「まあな。お前はカンがいい分、人の気持ちに敏感だ。つまり、下手をすると相手に取り込まれる」

「僕が水木に取り込まれる？　冗談でしょう」

光輔は鼻で嗤《わら》ったが、架川は大真面目に続けた。

「その油断が、隙になる。侮《あなど》るなよ」

さすがにムッときて光輔が反論しようとした矢先、店内に女の声でアナウンスが流れた。

「お客様の大田原《おおたわら》様。お電話が入っております」

気持ちを切り替え、光輔は立ち上がった。

「行って来ます」

「どこへ？　大田原ってのは誰だ？」

「僕と羽村さんが使っている呼び出し用の偽名です」

そう返し、光輔はテーブルを離れて通路を進んだ。店の出入口脇のカウンターには今どき珍しいピンク電話があり、電話機の横に外れた受話器が置かれている。光輔はカウンターの中の店員に「大田原です」と告げ、受話器を取って耳に当てた。

「もしもし。琢己にいちゃん？」

「ああ。今、大丈夫か？」

早口で羽村が問い返す。声の調子からして、彼も公衆電話からかけているのだろう。光輔が素早く周囲を見回し「うん」と答えると、羽村は話しだした。

「例の奥多摩《おくたま》の土地だが、いよいよ敵が動きだしたぞ。じきに計画の起案書が本庁で承認される。起案書は入手するが、現時点で内容の一部が判明した。すごいぞ」

奥多摩の土地とそれを巡る計画は、光輔と羽村、架川が追うターゲットだ。「すごいぞ」と言った羽村の声は切迫感と興奮の双方を含んでいて、光輔は「何が？」と問うた。

「起案書に名を連ねてる参画《さんかく》企業だよ。東央《とうおう》建物、ジパング警備保障、帝都《ていと》損保、サンライズ電工……」

「どこも本庁の幹部の天下り先じゃないか。どういうこと？」

「敵が本気で守りを固めてきたってことだよ。ここ数年だけでも何十人って幹部が参画企業に天下ってるから、誰がどう計画に絡んでいるか突き止めるのが難しくなった」

一気に告げ、羽村は黙った。飲み物を飲んだのか、ごくりと喉《のど》を鳴らす音がした。光輔も一瞬黙ったが、受話器を持ち直してこう応《こた》えた。

「いや。必ず突き止めて、目的を果たそう」

と、気配を感じ光輔は振り返った。通路を架川が近づいて来る。こちらの表情を読んだのか、深刻で鋭い眼差《まなざ》しをしている。

「わかってる。でも」と羽村は言いかけたが光輔はそれを「大丈夫」と遮り、架川の目を見返して続けた。

「僕たちは負けない。状況はどうあれ、必ず最後に勝つ。これまでもそうだったようにね」

思いが伝わったのか、架川は通路を歩きながらさらに眼差しを鋭くし、光輔を見返した。

第三話　我らが仲間

1

じゃがいも、にんじん、牛肉。自転車のペダルを漕《こ》ぎながら、加田里香子《かたりかこ》は冷蔵庫の中身を思い浮かべた。

時間ないし、カレーでいいか。そう考えた矢先、中学生の長男が「今日の給食はカレー」と言っていたのを思い出した。となると……シチューだな。献立が決まりほっとするのと同時に気もはやり、里香子は自転車のスピードを上げた。

時刻は午後五時過ぎで街はまだ明るく、広い歩道を大勢の人が行き来している。その中には里香子同様、仕事帰りの主婦と思《おぼ》しき自転車の女たちがいて、その多くが前や後ろのかごに食材と生活雑貨の詰まったエコバッグを入れている。余裕のない顔で通行人の間を縫い、自転車を飛ばしているのも里香子と同じだ。

しばらく走り、脇道に入った。道幅が狭くなり、人通りも減る。ここを二百メートルほど行けば、里香子の自宅だ。

そうだ。お隣に町内会の回覧板を持って行かないと。ふと思った矢先、後ろから太く低いエンジン音が聞こえ、黒い影が里香子の自転車の横に並んだ。それが原付バイクだと認識した瞬間、原付バイクのライダーが里香子の自転車の前かごに片腕を伸ばした。そしてエコバッグの上に載せたハンドバッグを摑《つか》み取り、スピードを上げた。原付バイクはあっという間に自転車を追い抜き遠ざかって行くが、里香子はとっさに声が出ない。それでも激しい焦りが胸を突き上げ、

「泥棒！」

と叫んで自転車のサドルから腰を浮かせた。立ち漕ぎで原付バイクを追おうとしたがパンプスの足が滑り、ペダルを踏み損ねてしまう。とたんにバランスを崩し、里香子は自転車ともども地面に叩《たた》きつけられた。ごん、と鈍い音がして、頭に強い衝撃が走った。

2

写真を貼り終え、水木直央はホワイトボードを眺めた。貼り忘れはなく、写真の下の但し書きにも間違いはない。続いて振り向き、ずらりと並んだ長机に等間隔で置かれた書類を確認した。完璧《かんぺき》。やっぱり私は、こういう事務仕事が向いてる。確信とともに心の中で呟《つぶや》いた時、ドアが開いて桜町中央署刑事課の刑事たちが会議室に入って来た。

「おはようございます」

部屋の片側の通路をこちらに近づいて来る課長の矢上慶太に頭を下げると、矢上も「おはよう」と言って片手を上げた。その間に他の刑事たちは、どやどやと長机に着く。

「では、捜査会議を始める」

矢上は告げ、ホワイトボードの前に立った。直央はホワイトボードの脇に移動し、並んだ長机の後方に蓮見光輔と架川英児の姿があるのを確認する。

「昨日の午後五時十五分頃、菊芋《きくいも》町三丁目の路上で引ったくり事件が発生した。被害者《マルガイ》は加田里香子・四十一歳。新宿区にあるOA機器のリース会社に勤務し、現場近くの戸《こ》建《だて》で夫、二人の息子と暮らしている。加田は最寄り駅への往復に自転車を使用しており、昨日も仕事帰りに買い物を済ませ、自宅に向かっている途中、被害に遭った」

そこで言葉を切り、矢上はホワイトボードに貼られた写真の一枚を指した。写っているのは加田里香子で、薄く梳《す》いた長めの前髪と高い頬骨が印象的だ。

「加田によると、自転車を走らせていたところ後ろからバイクが接近し、犯人《ホシ》に自転車の前かごに入れていたハンドバッグを奪われたそうだ。ハンドバッグの中身は、現金約二万円と各種カード類入りの財布と自宅のカギ等。また加田はバイクの追跡を試みて転倒し、右側頭部を強打した。通行人の通報で病院に搬送され、命に別状はなく意識もはっきりしているが、全治二カ月の重傷だ。ホシのバイクは五十ccのいわゆる原付《げんつき》で、色は黒。またフルフェイスのヘルメットをかぶり、長袖《ながそで》のシャツとズボンを着用しており、こちらも色は黒だ。加田は『犯人は男で、バイクにナンバープレートは付いていなかった』とも話しているが、問題はこの先だ」

口調と表情を厳しくして告げ、矢上は再びホワイトボードを見た。長机に着いた刑事たちの視線も動き、直央は場の緊張が高まるのを感じた。

「四日前の午前一時前には、浜木綿町《はまゆう》一丁目で近くのスナックの店主・畑山光太郎《はたけやまこうたろう》・五十五歳が、店の売り上げ金約十五万円が入ったセカンドバッグを奪取され、七日前の午後四時過ぎに、空木町《うつぎ》五丁目で通院帰りの無職・黒澤詢子《くろさわじゅんこ》・八十二歳が巾着袋《きんちゃく》を奪取された。さらに先月、七月二十六日の午後八時過ぎには鬼灯町《ほおずき》二丁目の路上で、無職・高《たか》安閑人《やすせんと》・十九歳も右肩にかけていたリュックサックを奪われている。これら三人は軽傷だが、三件ともバイクによる引ったくりだ」

言いながら、矢上は加田の隣に貼られたマルガイの写真を指した。畑山は色黒で髪をオールバックに撫《な》でつけ、黒澤は白髪のショートカット、高安は丸顔で髪を三分刈りにしている。

「加田以外のマルガイもホシはナンバープレートなしの黒い原付バイクに乗り、黒いフルフェイスのヘルメットと長袖長ズボン姿だったと証言している。以上の事由から、同一犯による連続引ったくり事件と断定して捜査する」

前に向き直って矢上が宣言すると、長机の刑事たちは一斉に「はい！」と応《こた》えた。慌てて、直央も「はい」と言う。

「質問です」

光輔が挙手した。「はい。蓮見くん」と矢上に指名され、光輔は席を立った。隣の架川英児はふんぞり返って椅子に座り、だるそうにあくびをしている。

「最初に発生した高安閃人の事案が気になります。発生日の七月二十六日は、ひと月以上前です。二件目の事案と間《ま》が空き過ぎていませんか？」

直央と他の刑事たちが見守る中、光輔は疑問を呈した。「さすがは我らがエース」とにんまりしてから真顔に戻り、矢上は答えた。

「その通り。最初のマルガイは厄介で……という訳で、高安の事案は架川班に担当してもらう」

「という訳で」って何で？　げんなりして、直央は心の中で突っ込んだ。架川も仏頂面で脚を組み、光輔だけが目を輝かせて背筋を伸ばし、「はい！」と応えた。

3

暗闇に火薬の爆《は》ぜる音が響き、男女の歓声と笑い声が続いた。直央が運転席の窓ガラス越しに外を見ると、後ろで架川が言った。

「酒吞《の》んで騒いで爆竹《ばくちく》。不良の夏の定番だな」

「彼らは、同じ中学の卒業生を中心としたグループのようです」

助手席の光輔も言う。直央たちが乗ったセダンは、桜町中央署から五キロほど離れた住宅街にある公園の脇に停まっている。時刻は間もなく午後九時だ。視線を前に戻し、直央はため息をついた。

「高安閃人も、グループのメンバーなんですよね。十九歳で無職って聞いた時点で、嫌な予感がしましたよ」

捜査会議で刑事たちは各班ごとに連続引ったくり事件の鑑取りと地取り、現場付近の防犯カメラの解析を行うことになった。またさらなる犯行を防ぐため、地域課にパトロールの強化を要請するという。

会議が終わり、直央たちは手始めに高安閃人の身元を照会した。結果、高安は桜町中央署管内の浜菊《はまぎく》町出身で、複数の補導歴があるとわかった。そこで生活安全《セイアン》課の少年非行担当の捜査員・三木《みき》巡査部長に話を聞いたところ、高安は中学卒業後に就職した食品加工会社を二ヵ月で辞め、その後も職に就いては辞めるを繰り返しているらしい。さらに仲間とつるんで飲酒やケンカ、万引きも繰り返していて、つまりは札付きの不良少年ということだ。

その後、直央たちは高安の自宅を訪ねたが、出て来た母親は、「何ヵ月も帰って来ていないし、連絡も取れない」と面倒臭げに答えた。続いて高安が常連だというゲームセンターに向かうと、店員がこの公園を教えてくれた。すぐに移動した結果、高安の姿はなかったが、張り込んでいたところ日暮れと同時に男女が集まってきた。少し前に公園の出入口から覗《のぞ》くと、奥のベンチとその周りに七、八人がたむろしているのが見えた。缶ビールや缶チューハイを飲んだり煙草を吸ったりしているのも見えたが、明らかに大半が十代だ。

「仲間に高安の居場所を聞くか、呼び出させましょう。こちらの身元を明かして飲酒や喫煙を見逃すと言えば、従うんじゃないでしょうか」

光輔たちを見て、直央は提案した。と、架川が鼻を鳴らして笑い、缶コーヒーを飲んだ。

「取り引きしようって言うのか。成長したじゃねえか。俺から学んだな」

「ですね」と作り笑顔で応えた直央だったが昔の記憶が蘇《よみがえ》り、腹が立って訴えた。

「ていうか私、ヤンキーが嫌いなんですよ。中学や高校の頃に『演劇部とかダサくね？』ってバカにされて、文化祭で公演中にヤジられたこともあります」

「デカに私情と思い込みは厳禁だ。捜査の目を曇らせ、真相を見誤る」

真顔に戻って架川は叱り飛ばし、光輔も微笑んで頷《うなず》いた。

「高安は被疑者《マルヒ》じゃなく、マルガイだしね。でも僕は確固たる証拠と理念があって結果を出せるなら、私情と思い込みが厳禁とは思わないよ」

どちらの言うことももっともなので、直央は素直に「はい。すみません」と頭を下げた。その直後、缶コーヒーを片手に架川が身を乗り出した。

「おいでなすったぞ」

はっとして、直央と光輔はフロントガラスの向こうを見た。街灯に照らされた通りを、若い男が歩いて来る。光輔と架川がドアを開けてセダンを降り、直央も続いた。

「すみません。高安閃人さんですね？」

歩み寄って声をかけると、高安は公園の出入口の手前で立ち止まった。

「そうだけど」

「桜町中央署の蓮見です。先月被害に遭われた引ったくりについて、伺わせて下さい」

光輔が告げ、顔の脇に警察手帳をかざす。それを見返し、高安は怪訝《けげん》そうに問うた。

「今さら？　ひと月以上経ってるぜ」

「高安さんの時と同じ犯人が、他でも引ったくりをしているとわかりました」

「ひょっとして、昨夜ニュースでやってたやつ？　女の人がケガしたんだろ。ヤバいの？」

「命は助かりましたが、重傷です。これ以上被害者を出さないためにも、ご協力下さい」

丁寧かつ真摯《しんし》な態度を保ち光輔が返すと、高安はふん、と鼻を鳴らした。

「俺の時には、まともに話を聞かなかったクセに……まあいいや。今度こそ、ちゃんと捜査してくれよ」

居丈高に言い放ち、光輔の後方に立つ直央と架川に目を向ける。オーバーサイズのTシャツにダメージジーンズという格好で三分刈りの髪を金色に染め、鼻の下に八の字形の細いヒゲを生やしている。絵に描いたようなヤンキーぶりに直央は辟易《へきえき》とし、黒いダブルスーツ姿の架川は強い目で高安を見返す。「ありがとうございます」と会釈し、光輔は質問を始めた。

「被害に遭ったのは、先月の二十六日ですね？　当時の状況を教えて下さい」

「夕方の四時過ぎに、居候してた友だちのアパートに行こうと鬼灯町の道を歩いてたんだ。そうしたら後ろから来た原付バイクにリュックサックを引ったくられて、その衝撃で転んで足を捻挫《ねんざ》した。で、スマホで警察を呼んだんだ」

「リュックサックの中身は？」

「金が二十万ぐらいとキャッシュカード、免許証入りの財布。あと就活の帰りだったから、その書類も入ってた」

高安の答えは捜査資料に記されていた通りだったが、光輔は丁寧かつ真摯な態度を崩さず「わかりました」と返し、さらに問うた。

「犯人と、乗っていた原付バイクは見ましたか？」

するとと高安は「ああ」と頷き、身を乗り出してこう続けた。

「犯人は黒いフルフェイスのヘルメットに黒い服ってことしか覚えてないけど、バイクは原付で、ＨａｎｄａのＤｕｏだった。アクセルを全開にした時にエンジンからガリガリって音がしてたから、相当ボロいと思う。現行の二つか三つ前のモデルで、駐輪場とかに放置されてたのをパクってナンバープレートを外したんだろうな」

「詳しいじゃねえか。お前もバイクに乗ってるのか？」

架川が口を開いた。とたんに高安は居丈高な態度に戻り、答えた。

「乗ってたけど、売った。その金を引ったくられたんだよ……絶対犯人を捕まえてくれよ。ケガもしたし、ひどい目に遭ったんだ」

「全力を尽くします。もし他に何か思い出したら、ご連絡下さい」

神妙な顔で返し、光輔は高安に名刺を差し出した。それを受け取って眺めている高安に、架川が言った。

「ケガといっても、捻挫だろ？　大袈裟《おおげさ》なやつだな」

とたんに目つきを鋭くし、高安は言い返した。

「ナメんなよ。めちゃくちゃ痛かったし、今だって――」

「閃人、どうした？」

その声に、高安ははっとして後ろを振り返った。直央たちも視線を動かすと、公園から男女のグループが出て来るところだった。

「いや。近所の誰かが、お前らがうるさいって警察に電話したらしい」

男女の先頭に立つ男に向かい、高安は答えた。「警察」と言う時には、顎《あご》で直央たちを指す。先頭に立つ男は鬱陶《うっとう》しげに舌打ちし、直央たちを見た。歳は高安と同じぐらいで背格好も似ているが、髪はライトブラウンのツーブロックだ。その脇にはアッシュピンクのロングヘアにオフショルダーのミニワンピース姿の十五、六歳の少女が寄り添い、後ろの他の仲間と一緒に直央たちに尖《とが》った眼差《まなざ》しを向けている。

高安と男女を見返し、光輔が何か言おうとした。が、それを遮るように高安は「行こうぜ」と先頭に立つ男を促し、元来た道を戻りだした。先頭に立つ男は「ああ」と応《こた》えて歩きだし、他の男女も後に続く。その背中に架川は、

「おい。ゴミを片付けて行け」

と命じたが、返ってきたのはこちらを小バカにしたような、女の甲高い笑い声だった。

4

光輔が連絡しておいたので、新名怜巡査長は桜町中央署四階の休憩スペースにいた。直央たちも休憩スペースに入り、架川は缶コーヒー、光輔と直央はペットボトルの緑茶とアイスティーを買った。午後十時になり、廊下や階段などのエアコンは切られているので、ペットボトルの冷たさにほっとする。

光輔と架川はベンチの新名の隣に座り、直央はその脇に立った。新名はひょろっとした体を半袖《はんそで》のワイシャツとネクタイ、スラックスに包み、エナジードリンクの缶を手にしている。直央が新名に会うのは、先月の設楽恒弘の事件以来だ。緑茶を一口飲み、光輔は告げた。

「高安閃人に会ったよ。つるんでる仲間も含め、概《おおむ》ね今朝、三木さんに聞いた通りだった」

「そうか。で、俺に何の用だ？」

怪訝そうに返し、新名もエナジードリンクの缶を口に運んだ。新名もセイアンの捜査員だが、少年犯罪は担当していない。すると、光輔はこう答えた。

「気になる点があるんだ。先月の事案を確認しようとしたら高安は、『俺の時には、まともに話を聞かなかったクセに』と不服そうだった。何かあったのか？」

「何もない。ただ先月、鬼灯町界隈《かいわい》を縄張《シマ》りにしている半グレ集団が高安たちのグループを『仲間になれ』と誘ったらしい。高安たちは拒否したそうだが、それに怒った半グレ集団が高安の仲間を暴行したり、金品を奪ったりしたんだ」

「鬼灯町がシマなら、『エッジ』か。連中は振り込め詐欺に関わってるからな。受け子やら出し子やら、使い捨ての駒が欲しかったんだろう」

架川が言い、新名は「その通り。さすがですね」と頷いた。

「じゃあ、三木さんは高安の引ったくり被害もエッジの連中の仕業、つまり半グレ集団と不良少年グループの揉《も》め事と考えたんだな」

「ああ。あのグループは以前にも別の半グレ集団とトラブルを起こしていたしな。三木さんとしては、『またか』ってところだろう。それでも、規定の聴取や捜査は行ったぞ」

振り向き、新名は最後のワンフレーズを強調した。「わかってる」と頷き返した光輔だが、頭の中では違うことを考えているようだ。ペットボトルを両手で持ち、直央は言った。

「つまり、高安の事案が半グレ集団との揉め事なら、連続引ったくり事件とは無関係ってことですか？」

「俺に訊《き》かれても」

戸惑う新名だったが、廊下のセイアンの部屋がある方を見てから声を潜め、改めて答えた。

「三木さんはそう考えてるだろうな。あと、水木さんたちのボスも」

「そうですか」

相づちを打ちつつ、直央はなるほどと納得した。捜査会議で矢上が「最初のマルガイは厄介で」と言ったのは、このことだろう。

礼を言って新名と別れ、直央たちは三階の刑事課に向かった。部屋にいた刑事たちに挨拶《あいさつ》し、自分の席に向かう。直央はトートバッグを机に置き、奥の席に矢上の姿がないのを確認して口を開いた。

「私も三木さんと課長に賛成です。高安の事案が連続引ったくり事件と無関係なら、二件目の事案まで間が空いたのもわかるし、他の事案のマルガイはお年寄りと飲食店経営者、主婦。前科《まえ》などのない、善良な市民ですよ」

「その通りだし、いい読みだね。でも、僕の考えは違う」

机上のノートパソコンを立ち上げながら、光輔が返す。架川は椅子を引いて腰かけ、黒地に金色の鎖柄のネクタイを緩めて訊《たず》ねた。

「どう違うんだ?」

すると光輔は立ったまま机上のラックに手を伸ばし、一冊のファイルを抜き取って開いた。歩み寄って直央が覗《のぞ》くと、ファイルには連続引ったくり事件の捜査資料が収められている。光輔はファイルから写真を二枚取り出し、架川と直央に向けて机上に置いた。

「雰囲気が全然違いますね」

二枚の写真を見比べ、直央は言った。どちらも写っているのは高安だが、一枚は今朝捜査会議で使ったもので、黒髪を三分刈りにしてヒゲを剃《そ》っている。一方もう一枚は髪は同じ三分刈りだが金色で、鼻の下と顎の真ん中に細くヒゲを生やすというさっき見たスタイルだ。頷《うなず》き、光輔は応えた。

「その通り。こっちの黒髪でヒゲなしのは、先月引ったくり被害に遭った直後に撮影されたもの。で、そっちの金髪にヒゲありのは、半年前に酔って騒いで補導された時に撮影されたものだよ……どう思う？」

最後の問いかけには、試すようなニュアンスが感じられた。頭を巡らせ、直央は答えた。

「さっき高安は引ったくり被害に遭った時は、『就活の帰りだった』と言っていましたよね？　高安が以前働いていたのは、建設現場など今の容貌《ようぼう》でも咎《とが》められそうにない職場ばかりです。だから引ったくり被害に遭ったとき高安は事務など堅めの職に就こうとしていて、そのために髪を黒くしてヒゲも剃ったんじゃないでしょうか」

するとと光輔は再度頷き、にっこり笑って返した。

「うん。いい読みだし、僕も同意見だよ」

「やった！」

思わず胸の前で拳《こぶし》を握ってしまった直央だったが、すぐに架川に睨《にら》まれた。

「喜んでどうする。ヤマは解決してねえぞ……で、次の手は？」

問いかけられ、光輔は「う〜ん」と首を傾げて椅子に座った。

「僕は高安の事案が他の三件と無関係とは思いません。半グレ集団は、引ったくりのような実入りの少ない犯罪には手を出さないでしょう？　それになぜ高安が堅めの職に就こうとしたのかと、バイクを売ったのかも気になる。三木さんの話では高安はバイク好きで、チューンナップしたビッグスクーターを乗り回していたそうなんですよ」

そこまで言って口をつぐみ、光輔は考え込むように前を向いた。しばらくその横顔を見つめていた直央だったが、光輔は考え込んだままなので、諦《あきら》めて自分の席に戻った。

5

その後も、連続引ったくり事件の捜査は続けられた。地取りと鑑取りから、ホシは二十代から五十代の中肉中背の男と断定。似顔絵担当の職員にヘルメットをかぶった全身像と原付バイクの絵を描かせ、捜査関係者が共有するのと同時に管内各所に配布した。しかし三日経ってもマルヒは浮かばず、また防犯カメラの映像解析からも手がかりは得られなかった。一方でパトロールの強化の成果か、加田里香子を最後に、今回のホシの仕業と思《おぼ》しき引ったくり事件はぴたりと止んだ。

「お役に立てなくてすみませんね。これ、お詫《わ》び代わりにどうぞ」

ドアを開けると男は言い、作り笑顔で紙片を差し出してきた。反射的に架川と光輔が振り向き、直央もつられた。

「うちの特別クーポンです。ワンセット六十分、三千円でご案内させていただきますので」

そう続け、男は後ろの店内を指した。そこはガールズバーで、壁際にL字形の白く長いカウンターが設《しつら》えられ、奥に酒瓶が並んだ白い棚、手前に座面がピンク色のスツールが等間隔で並んでいる。開店前なので白い棚の前にキャストの女はいないが、スツールには数名の男が座り、スマホを弄《いじ》ったり煙草を吸ったりしている。全員エッジのメンバーで、クーポンを差し出した男はリーダーだ。

まず光輔が手を伸ばし、無言でクーポンを受け取った。驚いた直央だったが、光輔がクーポンの端を持ち、そっとスーツのジャケットのポケットに入れるのを見て合点がいった。必要な場合に、クーポンに付着したリーダーの男の指紋を採取するのだろう。一方架川は、「ありがとよ。時間を取らせて悪かったな」と告げ、クーポンを鷲摑《わしづか》みにしてスラックスのポケットに突っ込んだ。リーダーの男は笑みをキープしつつ「いえいえ」と言い、日焼けした顔を直央に向けた。

「僕はホストクラブも経営しているんです。金柑町《きんかん》の『パープルナイト』って店で、僕の紹介だと言ってもらえれば九十分一万円、ドリンクを飲み放題・飲ませ放題にさせていただきますので」

飲み放題はともかく、飲ませ放題ってなに？　思わず訊きたくなったが「はあ」とだけ返し、直央はリーダーの男が押さえているドアから架川、光輔に続いて店を出た。十分離れた場所まで通りを進むと、架川が言った。

「空振りだったな」

「ええ。予想通りです」

「予想通り？　じゃあ、何でわざわざ来たんですか？」

驚き、直央は訊ねた。すると前を歩く光輔は振り向き、平然と答えた。

「鑑取りとしては空振りでも、次の動きのヒントが見つかれば収穫ありだよ」

捜査開始から四日後の午後一時。光輔が「エッジのメンバーを聴取しましょう」と言い、直央たちは鬼灯町の繁華街に来た。まずガールズバーでリーダーの男と会い、高安の仲間への暴行に関わったとされるメンバーを呼び出させた。現れた数名の男は全員が二十代の前半。鍛えた体にトライバルのタトゥーを入れ、アクセサリーはブランドものだが服装はTシャツにジーンズやハーフパンツと、ヤンキーの上位モデルといった風情だ。

光輔と架川は数名の男たちに話を聞いたが、暴行については「ケジメとしてシメただけ」と言い放ち、高安の引ったくり被害についても、「その日時には仕事をしていた。客や防犯カメラの映像で確認しろ」と答えた。署から鬼灯町への車中で架川が教えてくれたのだが、半グレ集団のメンバーの多くは飲食店や風俗店、芸能プロダクションなどの正業を持っているらしい。

「で、収穫は？」

架川が問い、光輔は答えた。

「裏は取りますが、高安の事案に関してエッジの連中にはアリバイがあり、連続引ったくり事件について訊《き》いた時の『関係ない』『知らない』という答えも、ウソをついているようには見えませんでした。つまり高安の事案はエッジとの揉《も》め事とは無関係で、他の三件と繋《つな》がっているということになります」

「蓮見さんの読み通りですか。じゃあ次は高安が堅めの職に就こうとしたのと、バイクを売った理由ですね。どうします？」

直央が問うた時、繁華街を抜けた。前方に通りの端に停めた署のセダンが見える。

「車の中で説明する。行こう」

光輔は言い、セダンに向かった。架川が続き、直央もポケットからセダンのキーを出しながら通りを進んだ。

6

高速道路を使い、一時間半ほどで辿《たど》り着いたのは、神奈川県座間《ざま》市の外れの町だった。雑木林と畑に囲まれた狭い通りを進むと、前方に倉庫のような大きな建物が見えてきた。フロントガラス越しに建物を見て、直央は訊ねた。

「あそこですか？」

「うん。引ったくり被害に遭った日の午前中、高安はあそこで就職の面接を受けていた。三木さんに確認したんだ」

隣で光輔が答え、後部座席の架川も窓の外を見ているのがわかる。スピードを緩め、直央はセダンを建物の前の駐車場に入れた。駐車場には他に軽トラックやワンボックスカーなどが停まっている。

セダンを降り、三人でシャッターの上がった出入口から建物に入った。出入口の脇には、「家具工房こまき」と書かれた一枚板の看板が掲げられていた。壁が板張りの広い建物の中にはたくさんの機械や大工道具が置かれ、十名ほどの作業服姿の男が働いていた。電動ノコギリとグラインダーの音が響く中、光輔を先頭に材木が立てかけられた壁沿いの通路を進んだ。と、前方で作りかけのテーブルに電動ドリルで金具を取り付けていた男が手を止め、顔を上げた。

「小牧光邦《こまきみつくに》さんですか？　先ほどお電話した、警視庁の蓮見です」

警察手帳を見せ光輔が会釈すると、小牧は「ああ、どうも」と言って電動ドリルをテーブルに置いた。

小牧は直央たちを奥の事務所に案内した。光輔が架川と直央を紹介すると、小牧は
「社長の小牧です。あちらにどうぞ」と窓際のテーブルを勧めた。テーブルは楕円形《だえん》で、すべすべとした白木で出来ている。セットされた椅子も同じ素材で、この工房で作られたものだろう。四人でテーブルに着くと、光輔は話を始めた。

「お仕事中、申し訳ありません。先月の二十六日に高安閃人さんという十九歳の男性がこちらに就職の面接に来たんですが、覚えてらっしゃいますか？」

「もちろん。ちゃんと覚えていますよ」

大きく頷《うなず》き、小牧は首にかけたタオルで額の汗を拭《ぬぐ》った。歳は五十代半ばぐらいだろうか。面長で、銀縁のメガネをかけている。

「高安さんはどんな経緯でこちらに来たんでしょうか。希望していたのは、事務職？」

さらに訊《たず》ねて光輔は事務所内に視線を巡らせ、直央も倣った。狭い事務所には書類棚とデジタルコピー機、事務机が二台置かれている。事務机の一台は小牧のものらしくノートパソコンや書類などが載っているが、向かいのもう一台は使われていない様子だ。

「いえいえ」と首を横に振り、小牧は言った。

「作業員ですよ。家具職人の見習いです」

「家具職人？　高安さんがですか？」

驚き直央が問うと、小牧は視線を横に滑らせ「はい」と答えた。

「昔から大工仕事が好きだったそうなんですが、『今年の春、家具店の倉庫で働いて自分で作りたいと思うようになった』と話していました。で、あちこちの家具工房の求人に応募したらしいんですけど、高安くんは素行がちょっと。刑事さんなら、ご存じでしょう」

「ええ」

「だから全部断られたんだけど、どうしても諦められなくてうちに来たんです。僕も初めは断るつもりだったんですよ。でも『二度と悪いことはしないし、不良仲間と縁を切ります』と頭を下げられて。本気なのはわかったし、何よりあの椅子が」

そう言って小牧は自分の机を指し、直央と光輔、架川は視線を動かした。机の脇には、高さ五十センチほどのスツールが置かれている、脚は木製のシンプルなものだが、直径四十センチほどの円形の座面は、艶《つや》やかな茶色をした長方形の革を縫い合わせたものが使われている。コートなどに付ける革ボタンを模したのだろう。

「高安が作ったんですか？」

スツールを見ながら架川が訊き、小牧は「はい」と頷いた。

「『見て下さい』と、わざわざ持って来たんです。技術はまだまだだけど、アイデアがすごくいい。思わず『気に入ったよ。いつからうちで働ける？』って言っちゃいました。

高安くんはすごく喜んで、『取りあえず、バイク売って金を作ってこっちにアパートを借ります』と言っていました……それが、あんなことになって」

最後のワンフレーズは暗い顔になり、小牧は俯《うつむ》いた。それを見返し、架川はまた問うた。

「あんなことって、引ったくりですか？　なら高安は被害者で、何の問題もありませんよ」

「もちろんわかっています。問題は足のケガです。高安くんは『ただの捻挫《ねんざ》です』と言っていたんですが、病院で検査したら靱帯《じんたい》を損傷していて、足首の可動域《かどういき》が落ちる後遺症が残るとわかりました。普通に生活する分には問題ないそうですが、見習い職人は重たい材木や家具を運ぶのが仕事です。なので、残念ながら採用は取り消させてもらいました」

言い終えると小牧はため息をつき、架川は黙り込んだ。直央の頭に四日前の夜のやり取りが蘇《よみがえ》った。あのとき高安は引ったくり被害について「ひどい目に遭った」と訴え、その後も何か言いかけていた。と、光輔が言った。

「そうでしたか。その後、高安さんとは？」

「それきりです——あの、彼に何かあったんですか？」

顔を上げ、小牧は不安そうに直央たちの顔に視線を巡らせた。

それからしばらくして、直央たちは家具工房こまきを出た。セダンで元来た道を戻り始めて間もなく、架川が「昼飯を食い損ねた」と言いだした。表通りに出るとラーメン店があったので、三人で入った。カウンターに架川、光輔、直央という並びで腰かけ、それぞれ注文を済ませた。

「事務じゃなく、家具職人だったとは。驚きました」

店員の若い男がカウンター越しに差し出して来たグラスの水と冷えたおしぼりを受け取り、直央は言った。

「まあものが家具だし、堅い仕事ってのも間違っちゃいねえんじゃねえか」

からかうように返し、架川はビニール袋からおしぼりを出して顔を拭《ふ》いた。オヤジ丸出しの言動にうんざりし、直央はため息をついてグラスの水を飲んだ。すかさず架川は「何だよ」と睨《にら》んできたが、その視線を遮るように身を乗り出し、光輔が言った。

「とにかく、高安の外見の変化とバイクを売った理由がわかりましたね。小牧が言ったように、高安は本気で更生して家具職人になるつもりだったんでしょう。ところがその矢先に引ったくりに遭って新生活のための金を奪われ、足のケガには後遺症が残ってしまった。ショックだっただろうな」

「それはそうでしょうし、私もさっきのスツールはおしゃれだなと思いました。でも結局、ヤンキーに戻っちゃった訳でしょう？　ヤケを起こしたのかもしれないけど……そう言えば高安の足の後遺症の件は、捜査資料に載っていませんでしたね。なんでだろう」

「三木が高安の話を適当に聞き流し、供述調書に残さなかったんだろう。私情と思い込みは、真相を見誤らせる。俺が言った通りじゃねえか」

腹立たしげに言い、架川は眼光鋭く空《くう》を睨んだ。その迫力に、カウンターの向かいで作業をしていた店員の若い男が怯《おび》えたように手を止める。そうこうしているうちに直央に冷やし中華、光輔に塩野菜ラーメン、架川にチャーシュー麺《めん》と半チャーハンが運ばれてきて、三人で食べ始めた。

「高安に関する謎は解けて、半グレ集団は今回のヤマとは無関係。となると、捜査は振り出しに戻ったってことですか?」

麺をすすりながら、直央は疑問を呈した。「だな」とチャーハンを頬張りながら架川が答え、光輔は「いや」と首を横に振った。直央と架川が振り向くと、光輔はこう続けた。

「ヤマ自体に変化があったから、振り出しには戻らないよ。変化っていうのは、犯行が止んだこと。パトロールが強化されたせいかもしれないけど、僕は他にも理由がある気がするんだ。で、その理由はやっぱり高安と二件目の事案の間《ま》だと思う。なぜホシは、約一カ月動かなかったのか。あるいは、動きたくても動けない事情が」

そこで言葉を切り、光輔は麺をすすり上げた。が、すぐに動きを止め、麺が口と丼《どんぶり》の間にぶら下がる。前に向けられた光輔の目は輝き、力にも溢《あふ》れているが、焦点が合っていない。

えっ。いつものあれ？　このタイミングで？　うろたえ、直央は食べかけの麺を無理に飲み込もうとして激しくむせた。その間に架川は光輔の名前を呼び、顔を覗《のぞ》き込んだ。何ごとかと、店員と他の客がこちらを見る。

と、くわえた麺をずずっとすすり上げ、光輔が隣を振り向いた。

「架川さん。頼みがあります。今回も――」

「わかったから、取りあえず食え。麺が伸びる」

きっぱりと告げ、架川は前を向いて食事を再開した。一瞬ぽかんとした光輔だったが、黙って塩野菜ラーメンを食べだした。架川に「お前もだ」と促され、直央も慌てて割り箸《ばし》を握り直した。

7

居ても立ってもいられなくなり、直央はドアを開けてセダンを降りた。とたんに強い西日と熱をはらんだ空気を感じたが、構わず通りの先を見た。そこは桜町中央署にほど近い繁華街で、狭い通りには飲食店や麻雀《マージャン》店、マッサージ店などが入ったビルが建ち並んでいる。午後六時近くなり、通りを行き交う人が増えてきた。しかし首を突き出し目をこらしても、目当ての二人の姿はない。

食事を終え、直央たちは座間のラーメン店を出た。すると光輔は「水木さんは車で待ってて」と告げ、架川と駐車場の隅に向かった。納得はいかなかったものの言うとおりにしたところ、光輔たちは間もなくセダンに乗り込んできた。直央が「何か閃《ひらめ》いたんでしょう？　教えて下さい」と乞《こ》うたが光輔は「とにかく都内に戻って」としか答えず、後部座席に座った架川も無言で金、銀、白のスマホを取り出して弄《いじ》りだした。

やむなく、直央はセダンを走らせここまで来た。と、光輔はまたも「車で待ってて」と告げて架川とともに降車した。「何でですか？　私も連れて行って下さい」と訴える直央には架川が、「女はダメだ」とつっけんどんに返し、光輔と繁華街の奥に歩き去った。それから約一時間。光輔たちは戻って来ず、連絡もない。

研修を無難にやり過ごす。警察学校の初任補修科を卒業し、桜町中央署に戻った時に立てた誓いを胸の中で唱え、直央は気持ちを鎮めようとした。が、不満と疎外感、さらに暑さもあって我慢できない。繁華街に向かおうと運転席のトートバッグに手を伸ばした矢先、

「おう。待たせたな」

と声がした。振り向くと、レンズが淡い紫色のサングラスをかけた架川が光輔とこちらに歩いて来る。ほっとするのと同時に腹も立ち、直央はセダンの前に来た二人に口を開きかけた。が、その顔を見たとたん、言葉を失った。

架川も光輔も、顔がつるつるのぴかぴか。よく見ると光輔は頭頂部の髪が少し濡《ぬ》れていて、架川はノーネクタイだ。繁華街を振り返ってから視線を二人に戻し、直央は問う

た。

「お風呂《ふろ》に入りましたね？　『女はダメだ』って、まさか風俗店じゃ」

「違う違う。男性専門のサウナなんだ」

慌てた様子で光輔が首を横に振り、架川は、

「それに、野郎同士の込み入った話もあったしな。だろ？」

と言って後ろを振り向いた。つられて直央も目を向けると、数メートル後方に男が立っている。歳は二十代半ば。中肉中背でライトグレーのTシャツにハーフパンツ、ビーチサンダルという軽装だが目つきは鋭い。

「能見《のうみ》幸星《こうせい》、二十五歳。連続引ったくり事件は自分がやったと、さっき自首して来た」

そう続け、架川は顎《あご》で能見にこちらに来るように促した。能見は従ったが、無言無表情。だが架川たち同様、その顔はつるつるのぴかぴかだ。

「自首って、どこに？　まさか、さっきの」

訳がわからず、直央は問いかけようとした。しかしそれを遮るように光輔は、「じゃあ、行こうか」と能見の背中を押し、セダンの後部座席へと向かわせた。

8

スマホのバイブ音に、直央は振り向いた。隣席の架川越しに、その隣の光輔の机が目

に入った。机上にはスマホが置かれ、画面にライトが点《とも》っている。が、光輔は構わずノートパソコンのキーボードを叩《たた》いている。

「電話ですよ」

直央がかけた声に、光輔は前を向いたまま応《こた》えた。

「うん。いいんだ」

「でも朝から何度もかかって来てますよね。出たくない相手なら、着信拒否にするとか」

「いいんだ」

口調をやや強め、光輔は繰り返した。ひょっとして、女性トラブル？　驚きと好奇心を胸に直央は「はあ」と返し、横目で架川の様子を窺《うかが》った。が、架川は知らん顔で書類にペンを走らせている。間もなくバイブ音は止み、刑事課の部屋のドアが開いた。部屋に入って来たのは、矢上と刑事課係長の鳥越国明警部補だ。素早く振り向いて笑顔をつくり、光輔は通路を近づいて来る二人に会釈した。

「お疲れ様です。能見の聴取はいかがですか？」

「順調だ。架川くんの話通り、能見は鷲見組系の暴力団の準構成員だった。組は去年脱退し鉄工所で働いていたが、半年前に辞めたらしい。失業保険で食いつないでいたが打ち切られ、『金に困ってパクった原付で引ったくりをした』と供述した。犯行の時期や状況も、マルガイの証言とほぼ同じだ」

直央たちの席の後ろで足を止め、鳥越が答えた。歳は四十代後半。中背の小太りで、髪の生え際がM字形に後退している。

「そうですか」

光輔は返し、鳥越と一緒に立ち止まった矢上が言った。

「でも、僕らが聴取しちゃっていいの？　能見は『いずれ捕まると思って、むかし世話になった架川さんに自白した』と言ってたよ」

「いや。俺だと、情けをかけちまいそうなんで」

架川も振り向き、そう答えた。すると矢上は納得した様子で、「じゃあ、今後の取り調べと裏取りはこっちで引き受けるから」と告げ、鳥越とともに通路を進んで行った。その背中に光輔は「よろしくお願いします」と一礼し、架川は書類に向き直る。と、直央の視線に気づいたのか振り返った。

「何だよ」

「『情けをかけちまいそう』ねえ。ちょっと前、私を『デカに私情と思い込みは厳禁だ』って説教しませんでしたっけ？」

冷ややかに問いかけると昨日の繁華街での会話が蘇《よみがえ》り、直央の胸に不審感が湧いた。

「うるせえな。片付けるなら今だぞ」

「うるせえな。余計なこと考えてねえで、仕事しろ。お前も書類が溜《た》まりまくってるんだろ？　片付けるなら今だぞ」

「わかってますけど」

口を尖《とが》らせた直央だったが、言われた通り机上には未処理の書類が積まれている。架川と光輔の机も似たような状態だ。

予想はしていたが、警察官がこなさなくてはならない書類仕事は膨大だ。日々の活動記録表の他に、事件が発生すると被害届と被害者の供述調書。現場の捜査をした後には実況見分調書に捜査報告書等々。そのうえ直央には、研修の報告書も課せられている。

架川と光輔はそれぞれの作業に戻り、直央もノートパソコンに向かった。が、どうにも集中できず、一時間も経たないうちに手を止め、パンツスーツのジャケットのポケットからスマホを出した。時刻は間もなく午後五時だ。

ニュースサイトをチェックすると、連続引ったくり事件の容疑者が自首して来たと報じられていた。記事に目を通した後、そこに付いた閲覧者のコメントに目を通し、「えっ!?」と声を上げてしまう。コメントの一つに貼られたリンク先をタップし、表示された写真を見て隣を振り返った。

「これ、見て下さい」

そう告げて、スマホの画面を架川と光輔に向ける。リンク先はゴシップ系のニュースサイトで、表示された写真には黒く古ぼけたバイクが写っている。

「能見の自宅から押収された、連続引ったくり事件に使われた原付バイクですよね？公表していないはずなのに、なんで？……課長に報告しなきゃ」

スマホを手に席を立とうとした直央を、架川が「やめとけ」と制する。理由を訊《たず》ねようとした矢先、再び刑事課のドアが開いた。

「課長！」

切羽詰まった声とともに部屋に駆け込んで来たのは、刑事課主任の梅林昌治と相棒の刑事だ。二人で通路を矢上の席に向かいつつ、梅林はこう続けた。

「また引ったくり事件です。現場は八手町《やつで》五丁目で、マルガイは男子高校生。しかもホシとバイクの目撃証言が、連続引ったくり事件とそっくりです」

「なに!?　どういうことだ」

驚き、矢上が立ち上がる。そこに梅林と相棒が駆け寄り、部屋にいた他の刑事たちも倣う。と、架川と光輔も席を立ち、直央も続いた。しかし架川たちは通路を矢上の机とは反対方向に歩きだす。

「えっ。ちょっと」

直央が戸惑うと光輔が振り向き、視線で出入口を示した。何が何だかわからないまま、直央は光輔たちの後を追った。

刑事課の部屋を出た架川と光輔は廊下を進み、傍らのドアを開けて中に入った。資料室という名の物置で、壁際には書類棚が置かれ、周りには段ボール箱が積み上げられている。光輔は部屋の明かりを点《つ》け、片手に提げていた紙袋を奥の事務机の上に置いた。直央が入室し、部屋のドアを閉めるのを待って話しだす。

「能見幸星はダミーだ。連続引ったくり事件のホシじゃなく、架川さんの情報提供者《エス》だよ」

「やっぱり！」

思わず声を上げ、直央は事務机を挟んで光輔の隣に立つ架川を見た。

「俺はエスと会うのはサウナと決めてる。お互いに裸だから、短刀《ドス》やら拳銃《チャカ》やら持ち込めねえだろ？　まあ、能見が組を脱退したのは本当だけどな」

顎を上げて自慢げに語る架川にイラッとしながら、直央は訴えた。

「それならそうと教えて下さいよ。でも何で？　能見がダミーなら、ホンボシは他にいるんですよね。誰だかわかってるんですか？」

「うん。それを確認するために能見をダミーに使い、原付バイクの写真もネットに流した」

「はい!?　すみません。話が全く見えないんですけど。説明してもらえますか？」

「ダメだ」

架川が即答する。抗議しようとした直央に、光輔は言った。

「僕と架川さんには作戦があるんだ。水木さんにも手伝って欲しいんだけど、作戦を成功させるためには何も知らない方がいい。とは言っても水木さんは研修中の身だし、無理強いはしないよ。どうする？」

試すように問いかけられ、直央の苛立《いらだ》ちが増す。しかし同時に迷いも覚え、「行き当たりばったりだろうと、目の前のことを乗り切る」という誓いを思い出した。架川にも

じっと見られるのを感じ、気がつくと、

「やります」

と答えていた。「了解」と頷《うなず》き、光輔は事務机の上の手提げ付き紙袋を取って引っくり返した。どさっと紙袋の中身が机上に落ち、それを見た直央は目と口をぽかんと開けた。

9

「あの二人。人をいいように使って」

空《くう》を睨《にら》んで呟《つぶや》き、直央は中身を飲み干したビールのジョッキを突き出した。

「お代わり！」

「はい。四番さん、生中《なまちゅう》お願いします！」

威勢よく応え、カウンターの中の秋場圭市がジョッキを受け取る。店の奥に向から別の店員にジョッキを手渡し、圭市は直央に向き直った。

「その格好。また芝居を始めて役作りしてるのかと思ったんですけど、違うみたいですね」

「その格好」と言う時には直央の服を眺め、笑う。つられて、直央は身につけたゼブラ柄のビスチェに銀ラメのカーディガン、ホワイトデニムのショートパンツを見下ろした。

靴は厚底のコルクサンダルで、隣の椅子に載せたトートバッグには、ライトブラウンの巻き髪のウィッグと、ルイ・ヴィトンのハンドバッグも入っている。すべて今から約五時間前、光輔が引っくり返した紙袋から現れたものだ。

現れたものにぽかんとする直央に光輔は、「水木さんにはこれで変装して、紫蘭《しらん》町の夜道を歩いてもらう。僕と架川さんが見張っているから、連続引ったくり事件のホンボシが現れたら逮捕するんだ」と告げた。直央が「おとりになれってことですか？　なんで紫蘭町？」と問うと光輔は、「引ったくりの被害は管内の西側エリアに集中し、一つの町では一件の事案しか起きていない。ホンボシはエリアを区分けして犯行に及んでいるんだと思う。で、次にホンボシが狙いそうなエリアの町をいくつかピックアップしてみたんだ。その一つが紫蘭町」と淀《よど》みなく答えた。その間に架川はスーツのジャケットのポケットから折りたたんだ紙を出し、事務机に広げた。紙は桜町中央署管内の地図で、光輔の話通り西側エリアが黒いペンで七、八カ所に区分けされ、引ったくり事件が発生した場所には赤いペンで丸印が付けられていた。

地図を見てなるほどと思いつつ、直央は「それなら紫蘭町のパトロールを強化したらどうですか？　おとりなんて効率悪すぎだし、しかもこんな格好で」と訴えたが、架川に「つべこべ言うんじゃねえ。やると言ったらやるんだよ」とすごまれた。やむなく、直央はトイレで今の服装に着替え、光輔たちと署を出た。紫蘭町に向かい、後ろのセダンから光輔たちが見守る中、薄暗く人気《ひとけ》のない道を歩いた。が、ホンボシは現れず、町内の別の場所に移動したが結果は同じだった。

そして午後十時。光輔が「今夜はここまでにしよう」と言い、おとり作戦は終了となった。緊張と慣れない格好でくたくただった直央だが、光輔たちと署に戻る気になれず、「ここで失礼します」と告げてその場を離れた。そして最寄り駅から電車に乗り、新橋のこの居酒屋に来た。

「こんな役作り、あり得ないって……変装通り越して、コスプレじゃない」

後半は独り言になり、直央はまた空を睨んだ。圭市がお代わりの生ビールのジョッキを差し出して来たので受け取り、一口飲んで訊ねた。

「圭市さんは、架川・蓮見コンビと親しいんでしょ？　何なの、あの二人は」

「架川さんは、あのまんまの人ですよ。蓮見さんもそうなんじゃないですか」

「答えになってない。さては圭市さんも、あの二人の仲間？」

ジョッキをカウンターにどん、と置き、直央は食い下がった。しかし圭市に笑って、「なに言ってるんですか。水木さん。今夜もピッチ速すぎなんじゃないんですか」と返され、さらに不満が増す。同時に疎外感も湧き、「何が『何も知らない方がいい』よ」とグチってしまう。その直後、店の引き戸が開く音がして、揃いの黒いTシャツ姿の店員たちが、「いらっしゃい！」と声をかけた。

「どうも。お久しぶりです」

圭市が言い、直央の頭越しに誰かに会釈をした。振り向いた直央の目に、こちらに歩み寄って来る女の姿が映る。歳は二十代半ばだろうか。目鼻立ちのはっきりした美人で、艶《つや》やかな黒く長い髪を仕立てのいいライトグレーのパンツスーツの肩に下ろしている。

「あちらも警察の方ですよ。本庁警務部の若井美波《わかいみなみ》さん」

圭市の言葉に直央が「えっ」と驚いている間に、女はカウンター席の前まで来た。

「若井さん。こちらは水木直央さん。警察学校を出たての新人で、いま桜町中央署の刑事課で研修中だそうです」

圭市が紹介すると、若井は「ああ。例の」と頷いた。同時に無表情のまま、直央の服、顔、また服と視線を動かす。「例の」ってなに？　矢上課長も言ってたわよね。疑問を覚えた直央だが席を立ち、若井に一礼した。

「はじめまして、水木直央です。こんな格好ですみません。事件の捜査中で……あの、警務部所属なんですか？　実は私、警務部志望で」

「あなた。架川・蓮見班にいるんですってね」

直央の言葉を遮るように問いかけ、若井は直央の隣の席に歩み寄った。「えっ!?」とまた驚きながらも直央はトートバッグを抱え上げ、若井は椅子を引いて座った。

「なんでそれを——ていうか若井さん。あの二人をご存じなんですか？」

「生ビールとポテトサラダ。あと、刺身を適当に」

直央の問いには答えず、若井はおしぼりと割り箸《ばし》を持って来た店員の若い男に注文した。若い男は頷いてその場を離れ、圭市が直央に告げた。

「若井さんも去年研修で桜町中央署に行って、架川さんたちと事件を捜査したことがあるんですよ」

「本当に⁉　じゃあ教えて下さい。あの二人、何なんですか？　優秀なのはわかるけど、やること無茶苦茶ですよね？　歳もキャラも正反対なのに妙に親密だし、大事なことは何も教えてくれないクセに、命令と説教ばっかりするし」

酔った勢いで、つい心の内をぶちまけてしまう。若井は無言。整った顔を前に向け、隣に座った直央を見ようともしない。

「水木さん、落ち着いて。今、お冷《ひ》やを出しますから」

圭市に諭《さと》され、直央は他の客たちの視線に気づいた。誰にともなく「すみません」と頭を下げた矢先、若井が振り返った。

「質問の形を取りながら、内容はグチと個人的な誹謗《ひぼう》。返答に値《あたい》しない。そもそも命令と説教を嫌う人間が、よく警察官になれたわね」

表情は動かないままだが、直央に向けた眼差《まなざ》しはひどく冷ややかだ。酔いがいっぺんに醒《さ》め、直央は再び立ち上がって謝罪しようとした。すると、若井はこう続けた。

「でも一方で、あの二人を見る目は確か。水木さん、変わってるわね」

口調をやや緩め、若井は直央をしげしげと眺めた。直央が返事に困ってると、さっきの店員がやって来てカウンターに生ビールのジョッキと突き出しの小鉢を置いて行った。若井が一度外した視線を直央に戻した。

「あの二人の優秀さと親密さには、理由がある。それを知りたいなら、捨て身であの二人に付いていかないと。捨て身というのは、自分の全部をさらけ出すということ。できる？」

きっぱりと告げ、直央の目を覗《のぞ》く。最後の問いかけは、資料室で光輔が言った「どうする？」と口調が似ている気がした。答えようとした直央だったが、頭に祖父・津島信士の顔が浮かんだ。すると迷いと後ろめたいような想いが湧き、言葉が出て来なくなった。

視線を前に戻し、若井は生ビールのジョッキを摑《つか》んで口に運んだ。直央が見守る中、若井はごくごくと喉《のど》を鳴らし、一気に半分ほどビールを飲んだ。

「よっ。相変わらず、男前な飲みっぷりですねえ」

圭市が拍手し、若井はジョッキをどんとカウンターに置いて再び直央を振り返った。

「だけど、本当の意味であの二人の間に割り込もうとしてもムダよ」

「はい？　それはどういう」

意味がわからず、直央は問いかけようとした。が、若井は再びジョッキを持ち上げ、無表情に残り半分のビールを飲み干した。

10

直央の足音に気づき、地図を見ていた光輔と架川が顔を上げた。まず架川がライトグレーのダブルスーツの肩を揺らし、ぶっと噴き出した。

「似合ってるじゃねえか。いつもそういう格好をしてろよ」

「架川さん、セクハラですよ」

すかさず光輔が咎《とが》めたが直央は不満を覚え、駐車場の端に立つ二人に歩み寄った。

「それ以前に、変装として成り立ってなくないですか？」

手のひらで身につけているものを指し、訴える。たっぷりしたつくりの白いレースのブラウスに、黒いスラックスとベージュのウォーキングシューズ。加えて頭には白髪交じりのパーマヘアのウィッグをかぶり、手には派手な花柄のタオル地のバッグを提げている。

「大丈夫。じきに暗くなるし、十分ごまかせるよ」

平然と返し、光輔は体の前に広げていた地図を畳んでジャケットのポケットにしまった。時刻は間もなく午後七時で、桜町中央署の署屋の窓には明かりが点《とも》っているが駐車場に他に人気はない。

「そうかなあ。課長に全部話して、別の部署のこういう格好に無理のない署員に協力してもらった方がいいと思いますよ」

「ボケ。今さら『能見は俺のエスで、自供内容は全部ウソです』なんて言えるか。俺ら三人でホンボシをアゲてチャラにするしかねえ」

真顔に戻り、架川が返す。昨日の引ったくり事件のせいで刑事課は混乱し、捜査も仕切り直しになった。架川と光輔は他の刑事たちに調子を合わせ、夕方になると「能見に共犯者《レツ》がいないか確認する」という口実で直央を連れて署を出た。

不満は収まらず、直央はさらに訊《たず》ねた。

「だとしても、昨夜はギャルで今夜はおばさんって、ベタすぎませんか？　そもそも、なんで変装？　私が一人で夜道を歩けば、十分おとりになるでしょう」

が、架川は今度は何も答えず、顔を背けて両手をスラックスのポケットに入れた。光輔も「僕が運転するよ」と告げてセダンに歩み寄る。

また隠し事？　直央は不満に加え、疎外感も覚えた。と、セダンの中からジジッと音がして、「至急至急」と警察無線のくぐもった男の声が流れた。

「こちら桜町中央３。ただいま磯菊《いそぎく》図書館前で、付近住民の女性より『十分ぐらい前に原付バイクに乗った黒ずくめの男を見た』との証言を得ました。男はつぼみ通りを西方向に走り去ったそうなので、付近のＰＭは急行願います」

管内をパトロール中のパトカーからの応援要請で、ＰＭとは警察官を指す隠語だ。そしてマルヒが走り去った方向には、今夜直央たちがおとり作戦を行う予定の小手毬《こでまり》町がに駆け寄った。

ある。

「行くぞ」

架川がセダンに向かい、光輔は運転席に乗り込んだ。「はい」と応え、直央もセダン

小手毬町に着くと、光輔は物陰に停めてあった自転車を持って来て「これで走って」と告げた。直央は前かごにタオル地のバッグを入れて自転車に乗り、ペダルを漕《こ》ぎ始めた。小手毬町は古い住宅街で、一方通行の狭い通りが縦横に走っている。

耳に挿した無線のイヤフォン経由で下される光輔たちの指示に従い、直央は一つの通りから別の通りへと進んだ。どこも薄暗くて人通りは少なく、防犯カメラも設置されていない。ホンボシが犯行に及ぶにはうってつけで、直央の胸には「今夜こそ」という闘志が湧いた。しかし原付バイクが現れても、通り過ぎて行くだけ。加えて光輔たちからは、「姿勢がよすぎる。もう少し背中を丸めろ」「もっと自然な速度で走って」と度々注意された。

走り始めて四十分後。直央はブレーキを握り、自転車を停めた。サドルに腰かけたまま地面に足を着き、スラックスのポケットからスマホを出した。操作して耳に当てると、短いコール音の後、

「どうかした?」

と光輔が電話に出た。髪を直すふりで振り向き、二十メートルほど後方の通りの端にセダンが停まっているのを確認して、直央は答えた。

「通り過ぎて行ったバイクの中に、ホンボシがいたんじゃないですか？　でも私の変装に気づいて何もしなかったんですよ。その後、さっき目撃された男の情報は？」

「矢上さんたちも加わって捜索してるけど、見つかっていない。それと、通り過ぎて行ったバイクは全部チェックしたけど、明らかにホンボシじゃなかったよ」

冷静かつ丁寧に光輔が返す。光輔はスマホをスピーカーにしているらしく、架川のぶっきら棒な声も聞こえた。

「さっさと走りだせ。こうしてる間にホンボシが現れたらどうするんだ」

「自転車を停めて、電話に夢中なおばさん。ホンボシは『絶好のチャンス』って思うんじゃないですか？」

とぼけたふりで応戦すると、架川は憎々しげに舌打ちした。

「ああ言えばこう言う。俺らの命令に従うのが、お前の仕事だぞ」

「わかってます。でも、矛盾を感じながらでは命令を正しく遂行できません」

疲れや暑さもあって、つい本音をぶつけてしまう。すかさず、光輔が訊《き》いてきた。

「矛盾って？」

「『俺ら三人で』と言ったのに、肝心なことは教えてくれないじゃないですか。昨日蓮見さんに『どうする？』って訊かれて『やります』と答えた時、私なりに覚悟を決めたのに」

　後ろを向けないので前のめりになり、片手も動かして訴える。すると光輔は黙り、架川も何も言わない。一方背中には二人の視線を感じ、直央は苛立《いらだ》ちを覚えた。

「昨夜《ゆうべ》、圭市さんの居酒屋で若井美波巡査部長に会いました。若井さんは、蓮見さんと架川さんの優秀さと親密さには理由があると言っていました。でも私には、『理由』が『秘密』と感じられた。違いますか？」

　蓮見さんたちにどんな秘密があっても構わない。私はただ、この研修を無難にやり過ごしたいだけ。でも蓮見さんたちといくつかの事件に取り組んで学んだことはあるし、三人で共有できた気持ちもあると思う。だから仲間外れはイヤだ。強くそう感じ、直央は口を開こうとした。が、先に光輔に、

「水木さん」

　と呼ばれた。直央が応《こた》えようとした矢先、前方が明るくなり、太く低いエンジン音が聞こえた。はっとして視線を動かすと、原付バイクが一台、一方通行を逆走して近づいて来る。たちまち緊張した直央だったが、原付バイクのヘッドライトが眩《まぶ》しく、顔を背けてしまう。その間に原付バイクは自転車の脇まで来てスピードを緩めた。同時に原付バイクのライダーの手が伸びて来て、自転車の前かごからタオル地のバッグを摑み上げる。

「こら！」

直央は叫んだが、ライダーは片手でバッグを抱え、もう片方の手で原付バイクのスロットルグリップを回した。瞬く間に原付バイクは自転車の脇を抜け、直央はスマホを下ろして振り返った。原付バイクはセダンの脇も抜け、そのエンジン音に架川の「おい！」という声が重なる。

迷わず、直央はスマホを前かごに放り込んでサドルを降り、自転車を方向転換させた。緊張で手脚が強《こわ》ばるのを感じながら再びサドルに跨《また》がり、走りだす。前方のセダンからも光輔と架川が降り、原付バイクを追い始めた。立ち漕ぎで自転車を加速させた直央が二人を追い越すと、架川の「行け！　絶対に逃がすな」という指示が飛んだ。「はい！」と応えはしたが原付バイクはどんどん遠ざかり、直央の胸に焦りが押し寄せる。

と、五十メートルほど先の角からタクシーが一台、通りに入って来た。一方通行を逆走して来る原付バイクに、ドライバーはタクシーを減速させ、クラクションも鳴らした。だが原付バイクはフルスピードで前進を続ける。

激しくクラクションを鳴らし、タクシーは通りの真ん中に停まった。タクシーの車体と左右に建つ家の塀との隙間は狭く、原付バイクは通り抜けられない。直央がそう察した直後、原付バイクは急ブレーキをかけた。黒いフルフェイスのヘルメットをかぶったライダーが、後ろを振り向く。

「警察だ！　バイクを降りろ」

息が上がって裏返り気味の声になりながら、直央は命じた。するとライダーは片足を地面に下ろし、タオル地のバッグを原付バイクのフロアボードに置いた。続けてイグニッションキーを回してエンジンを止め、原付バイクを降りた。自転車のライトで、ライダーは中肉中背で黒いナイロン製のジャージの上下を着た男だとわかる。

緊張を維持して自転車の速度を落とし、直央は原付バイクに向かった。ライダーは両手でハンドルを握り、原付バイクの車体を前に出している。スタンドをかけるのかと思いきや、ライダーはハンドルを右に切りながら車体を手前に傾け、あっという間に原付バイクを方向転換させた。続けてシートに乗り、イグニッションキーを回してエンジンをかける。

「えっ!」

直央が声を上げるのと、原付バイクが走りだすのが同時だった。原付バイクはあっという間に自転車の前まで来て、直央の胸に再び焦りが押し寄せた。と、ライダーは原付バイクのハンドルを左に切った。脇を抜けて逃げる気だ。そう察するのと同時に、直央は猛烈な怒りを感じた。

「逃がすか!」

怒鳴るやいなや、直央は体を右に傾けた。そして原付バイクが自転車の脇に差しかかった瞬間、腕を前に伸ばして両足でペダルを蹴《け》り、ライダーに飛びかかった。

直央が両手でライダーの腕と肩にしがみ付いたのと、原付バイクの車体が大きく横に傾いたのが同時だった。耳元でライダーが小さく叫ぶ声がして、直央の視界はぶれながら半回転した。その直後、がしゃんという金属音がして全身に強い衝撃が走った。とっさに閉じた目の中で、火花のような光が散った。

「おい！」

遠くで声がした。声は「しっかりしろ！」「水木！」と続き、だんだん大きく、はっきりしてくる。「おい！」と再度呼ばれ直央が目を開くと、すぐそこに架川の顔があった。

「俺がわかるか？　返事ができなきゃ、頷《うなず》くか瞬《まばた》きしろ」

「……わかるし、返事もできます」

胸に圧迫感があったが、何とか返せた。同時に自分がうつ伏せでアスファルトに倒れ、その傍らに架川がかがみ込んでいるのだと気づく。と、足音が近づいて来て頭上から、

「ここは僕に任せて、向こうを」

という声がした。架川が立ち上がり、入れ替わりで光輔が直央の脇にかがみ込む。とっさに起き上がろうとして、直央は肩と脚に鈍く重たい痛みを覚えた。

「無理に動かない方がいい。いま、救急車を呼ぶよ」

「いえ、大丈夫です。それよりさっきの男は？」

痛みを堪《こら》えて訊《たず》ね、直央はアスファルトに肘《ひじ》を突いて上半身を起こした。

最初に視界に入ったのは前方に停まったタクシーと、その脇に呆然《ぼうぜん》と立つドライバーらしき年配の男。視線を横に動かすと、数メートル先の路上に自転車と原付バイクが折

り重なって倒れ、傍らに黒いフルフェイスのヘルメットをかぶり、黒いナイロン製ジャージの上下を着た男が仰向《あおむ》けで倒れていた。

架川が男に歩み寄り、かがみ込んで何か言った。すると男は小さく頷き、架川に背中を支えられて上半身を起こした。架川は男の顎《あご》の下に手を伸ばし、留め具を外してヘルメットを脱がせる。現れたのは、丸い顔と金色に染めた三分刈りの髪。

「高安閃人⁉」

つい名前を呼ぶと、高安は恨めしげな目で直央を見た。が、転倒した拍子に痛めたのか、顔をしかめ、片手を腰にやった。

「やっぱりか。連続引ったくり事件は、きみの仕業だね」

体を起こし、光輔は告げた。が、高安は無言。顔を背けて腰をさすっている。二人を交互に見て、直央は訊ねた。

「そうだったんですか？　でも、高安もマルガイの一人ですよね？」

「その通り。そしてそれこそが高安が犯行を始めた動機だよ」

直央に答えた後、光輔は「違う？」と高安に問いかけた。しかし返事はない。

「どういう意味ですか？　説明して下さい」

直央はさらに問い、無理矢理立ち上がった。手を貸してくれながら、光輔は語り始めた。

「今年の春、高安には家具職人という夢ができた。何とか弟子入りさせてくれる家具工房を見つけ、過去を断ち切って新生活を始めようとした。その矢先、引ったくりに遭って金を奪われ、ケガも負って弟子入りの話は流れてしまった。でも警察は引ったくりを半グレ集団と不良少年グループの揉《も》め事と考え、高安の訴えを聞き流した。高安の怒りは治まらず、まともな市民が被害に遭えば警察は再捜査をすると考え、自分を襲った犯人を模倣して犯行に及んだんだ」

「ああ。だから高安が襲われた後、次の事件が起きるまで間が開いたんですね。公園で会った時、高安は『今度こそ、ちゃんと捜査してくれよ』と言っていたし」

合点がいき、直央が告げると光輔は「うん」と頷いて話を続けた。

「そして二日前。犯人が自首し、犯行に使われた原付バイクの写真がネットに流れた。しかしそれを見た高安は、『自首した男は犯人じゃない』と気づいた……違う？」

再び光輔が問いかけると高安は「違わねえよ」とつっけんどんに返し、振り向いた。

「引ったくりを始めた理由も含め、全部あんたの言うとおりだよ。でも、俺は引ったくりの犯人が乗ってたＨａｎｄａのＤｕｏは、現行の二つか三つ前のモデルだと言っただろ？　ネットで見た犯人のバイクもＤｕｏだったけど、現行の一つ前のモデルなんだよ。だから電話したのに、あんたは全部無視しやがった」

「えっ。じゃあ、蓮見さんのスマホに何度も着信があったのは」

記憶が蘇《よみがえ》り直央は言いかけたが、それを遮って架川が口を開いた。

「それで八手町で高校生を襲ったのか。犯行が再開されれば、自首した男は犯人じゃないと俺らが気づくと考えたんだな」

「そうだよ」

ふて腐れたように高安が頷いたとたん、架川はその頭をばしんと叩《たた》いた。

「この大バカ野郎！」

「やめて下さい」

慌てて光輔が架川に歩み寄り、高安は頭を押さえて何か言い返そうとした。が、それより早く、架川はこう続けた。

「甘ったれるな。さんざん警察の手を煩《わずら》わせておいて、自分が困った時だけ頼るのか？その上、何の罪もない人たちを襲いやがって。大ケガをした人もいるんだぞ」

「知ってるよ。菊芋町のおばさんだろ。ニュースで見て焦って、引ったくりを止めたんだ。他の人たちだって、襲いたくて襲ったんじゃない。申し訳ないと思ったし、引ったくったバッグとか巾着《きんちゃく》袋とかも隠してあって、一切手を付けてない。マジだよ！」

ふらつきながらも立ち上がり、高安は架川と光輔、直央へ視線を巡らせて訴えた。すると架川も体を起こし、高安を見据えたまま返した。

「そんなしょうもねえ言い訳をするなら、なぜ引ったくりに遭った時、家具職人としてやり直すつもりだったと警察に話さなかった？　悪人《ワル》から足を洗うはずだったお前が、手を汚してどうするんだ」

するると高安はぐっと言葉に詰まり、視線を落とした。声のトーンも落とし、答える。

「話したら、仲間に知られちまうだろ。家具工房の社長さんには仲間と縁を切るって約束したけど、言い出せずにいたんだ。そうしたら引ったくりに遭って……やり直すとか、無理だったんだよ。俺は生まれた時から終わってる人間なんだ。何をやっても上手《うま》くいかねえし、長続きもしねえ」

「それは違うぞ」

きっぱりと架川が告げ、高安は顔を上げた。その目を見返し、架川は続けた。

「お前は大バカ野郎だが、終わってる人間じゃねえ。小牧さんの工房で、お前が作った椅子を見た。俺は家具に詳しくねえし興味もねえが、あれはいいと思った。終わってる人間に、あんなものは作れねえ」

とたんに、高安の目からぶわっと涙が溢《あふ》れた。俯《うつむ》いて地面にうずくまり、泣き始める。その姿はひどく頼りなく、直央は胸を締め付けられた。何か言ってやりたいと思ったが、上手く言葉にできない。と、光輔が高安に歩み寄り、震える肩を促すように叩いた。

11

「――という訳なので、もうしばらくここでお待ち下さい。すみません」

そう告げて直央が頭を下げると、タクシードライバーの年配の男はため息交じりに、「わかったよ」と答えた。それからドアを開けてタクシーの運転席に乗り込みながら、

「それにしてもあんた、無茶するねえ」

と言って直央を上から下まで見た。おばさんの変装のままだが、ウィッグは外している。「すみません」ともう一度会釈し、直央はその場を離れた。倒れたままの自転車と原付バイクの脇を抜け、通りの先のセダンに歩み寄った。その脇には、光輔と架川が立っている。

「通りの前後を封鎖して、タクシーの運転手に事情を説明しました」

報告し、直央は手にした黄色いテープを持ち上げて見せた。テープには黒い文字で「立入禁止」と書かれている。すると光輔も手にしたスマホを持ち上げ、言った。

「課長に連絡したら、『すぐに行くから、現場《げんじょう》保存を頼む』って。あと、水木さんを心配してた。本当に大丈夫？」

「大丈夫だろ。むしろ、こいつが心配だ。腰を痛めたようだし、医者に診せろよ」

そう答え、顎でセダンを指したのは架川だ。つられて直央が目を向けると、窓ガラス越しに後部座席に俯いて座る高安が見えた。本当は直央も体の節々が痛んでいたが声を張り、「ええ。私は大丈夫ですし、高安は後で病院に連れて行きます」と返した。

高安が落ち着くのを待ち、窃盗と道路交通法違反の現行犯で逮捕して手錠をかけ、セダンに乗せた。その後、諸々《もろもろ》の対応をしているうちに時刻は午後十時を過ぎた。

「しかし、さすがの俺もさっきは驚いた。お前があんな無茶をするとはな」

そう言って笑い、架川は直央を見た。

「架川さんに、『絶対に逃がすな』って言われたからですよ」

「矛盾を感じながらじゃ、命令を遂行できねえんじゃなかったのか？」

からかうように返され、直央はムッとする。すると、光輔が口を開いた。

「さっきの話の続きだけど、水木さんの覚悟や不満はわかってたよ。それでも何も教えなかったのは、水木さんを守りたかったから」

「守る？」

「うん。座間のラーメン店で、僕はホンボシが誰か気づいた。だから架川さんに伝えて能見とバイクの写真を使ってホンボシに犯行を再開させ、水木さんにおとりになってもらって逮捕しようと考えたんだ。でも、問題はホンボシが高安だったってことで」

最後は少し気まずそうな口調と表情になり、光輔は言葉を切った。直央がきょとんとすると、架川が言った。

「公園で張り込んだ時、お前はヤンキー嫌いを主張してただろ。だからおとりの相手が高安だと知れば、必要以上に緊張して身構えたはずだ。俺らはそれを懸念したんだが」

架川も言葉を切り、ぶっと噴き出した。直央が高安に飛びかかった時の様子を思い出したのだろう。肩を揺らして笑う架川を光輔が「ちょっと」と咎《とが》め、直央に向き直った。

「今の話は本当だけど、何より水木さんを巻き込みたくなかったんだ。作戦が失敗すれば、責任を問われるのは必至だからね。水木さんには、事務職員になって後方から平和や命を守るって目標があるんでしょ？」

「はい。でも、蓮見さんたちだって」

「僕らはいいんだ。目的のためにはリスクもいとわないって信念がある。だからコンビを組んだんだ」

直央にそう告げ、光輔は架川を見た。無言で頷《うなず》く架川を見て、直央の胸は大きく揺れた。仲間外れはイヤだという思いに駆られる一方、その目的こそが光輔たちの秘密なのではという疑惑も湧く。

と、サイレンの音が聞こえ、通りの先からルーフにパトランプを載せたセダンとパトカーが四、五台入って来た。セダンとパトカーは規制線のテープの前で停まり、先頭の一台から刑事課長の矢上と係長の鳥越国明が降りた。

「お出ましか。蓮見、相手は任せた。みんなテンパりまくってるだろうから、上手く丸め込めよ」

言うが早いか、架川は傍らのセダンの後部座席に乗り込んだ。「はい」と応《こた》えて光輔は矢上たちの方に駆けだし、うろたえる直央には架川が「お前も乗るんだよ」と開いた窓から命じた。

「しかし、誰がお前のリュックサックを引ったくったんだろうな。心当たりはねえのか？」

直央がセダンの助手席に座ると、架川は隣の高安に問いかけた。直央も後部座席を振り向いたが、高安は俯いたまま首を横に振っている。

「本当か？　引ったくり犯は、お前みてぇな若い男はまず狙わねえんだけどな」

「ホシは初めから高安を狙っていたんじゃないですか？……半グレ集団以外に、誰かとトラブっていなかった？」

後半は高安に問いかけたが、俯いたまま再度首を横に振るだけだ。と、はっとして架川が隣に身を乗り出した。

「お前、さっき縁を切ると仲間に言い出せなかったと話していたが、本当か？　つい口を滑らせたり、何か匂わせたりしたんじゃねえのか？」

「してない。全部秘密にしてた」

鼻声でようやく、高安が口を開いた。

「それでも気づいた人がいたのかも。ずっとそばにいて、高安くんのことを何でも知ってる人はいない？　言葉にしなくても、お互いの気持ちを感じ取れる人」

身を乗り出して問いかけながら、直央の頭には幼なじみの友人と、母・真由の顔が浮かぶ。直央を見返し、高安は首を傾げた。

「そう言われても。言葉にしなくても気持ちを感じ取れるとか――あっ！」

ふいに声を上げ、高安が目を見開いた。

「なに!?」

「何だ!?」

直央と架川も同時に声を上げ、目を見開いた。

12

スピードを落とし、直央は通りの端にセダンを停めた。助手席の光輔は緊張の面持ちでシートベルトを外し、後部座席で架川が訊《たず》ねた。

「本当にいけるのか?」

「ああ」と答えたのは、架川の隣の高安だ。

「昨夜も言っただろ。やつはあのラウンジで住み込みで働いてる。会員制でセキュリティーも厳しいけど、俺が行けば必ず出て来る」

力強く続け、「あの」と言った時にはフロントガラス越しに外を見る。ここは桜町中央署管内の繁華街で、通りの先には十階建てのビルがある。外壁の袖《そで》看板を見るとバーやキャバクラなどが入っているようだが、目当てのラウンジの名前は記されていない。

「わかった」

頷き、架川は黒いダブルスーツのジャケットのポケットを探った。小さなカギを取り出し、高安の手にはめられた手錠を外す。架川が「行くぞ」と告げると高安は無言で頷き、直央と光輔は「はい」と応えてセダンを降りた。

昨夜あの後、高安は桜町中央署に連行された。直央たちは現場に残り、矢上や他の捜査員に高安を逮捕するまでの経緯を説明した。同時に高安を襲ったホシを挙げたいと乞《こ》うと、矢上は緊急配備を敷くことを条件に許可してくれた。セダンの後方や通りの向かいには矢上や他の刑事たちが乗った車が停まり、周囲のビルの陰や屋上にも警察官が配備されてこちらを窺《うかが》っている。

　四人で歩道を進み、雑居ビルに入った。エレベーターに乗り込み、操作盤の前に立った直央が九階のボタンを押す。背後には光輔と架川が、高安を挟んで立っている。高安は黒いジャージから、白いTシャツとジーンズに着替えている。かすかに漂う湿布の匂いは、今朝受診した病院で腰に貼られたものだろう。

　チャイムが鳴り、エレベーターは九階に到着した。開いたドアからまず光輔が降りて周囲を確認し、直央たちも続いた。黒いビニールタイルが張られた廊下の片側に飲食店のガラスや木のドアが並んでいるが人気はなく、しんとしている。

　目指すラウンジは、廊下の端にあった。重たく頑丈そうな白い鉄のドアがあり、「LOUNGE anise　会員制」と書かれたガラスのプレートが取り付けられている。ドアの脇の壁には、モニター付きのインターフォンもあった。

　ドアの手前で立ち止まり、潜めた声で架川は告げた。

「おびき出すだけだ。後は俺たちに任せろ」

「わかってる」

　こちらも小声で返し、高安は歩きだした。同時に直央たちは廊下を隣の店の前まで戻り、壁に身を寄せた。

ラウンジのドアの前まで行き、高安はインターフォンのボタンを押した。が、しばらく待っても誰かが応える気配はない。留守、じゃなきゃこっちの動きがバレた？　直央が不安を覚えた時、インターフォンのスピーカーから「はい」という細くかすれた男の声が流れ、モニターに明かりが点《とも》った。

「あ、寝てた？　悪い」

モニターに向かい、高安が笑いかける。と、相手の男は不機嫌そうに、

「寝てたよ。まだ十時前だぞ。ていうか閔人、どうしたんだよ。全然連絡付かねえじゃん」

と返した。「悪い悪い」と重ねて詫《わ》び、高安は言った。

「いろいろあってさ。話を聞いてもらいたいんだけど、いい？」

「わかった。ちょっと待って」

男は返し、スピーカーのマイクが切れてモニターの明かりも消えた。「よし」と前に立つ架川が呟《つぶや》き、直央も手応えと緊張を覚えた。

電子ロックが解錠される気配があり、すぐにラウンジのドアが開いた。「よう。実はさ」と話しだすふりをしながら、高安は後ろに下がった。つられて、男が店の中から廊下に出て来る。ひどい寝グセだが、そのライトブラウンのツーブロックヘアには見覚えがある。直央たちが公園で高安に話を聞いた時に、声をかけてきた男だ。

「西富和央《にしとみわお》だね？　署まで同行してもらう」

先頭に立つ光輔が警察手帳をかざし、西富の許《もと》に向かう。架川も続き、直央も歩きだしたが肩や脚が痛み、つい顔をしかめてしまう。

「なんだよ、いきなり。閃人。お前、何かやったの？」

自分の前で立ち止まった光輔と架川に戸惑い、西富は訊ねた。返事をしようとした高安を直央が制し、さらに後退させる。西富の幼さの残る顔を見下ろし、架川は言った。

「やったのはお前だろ。七月二十六日の午後四時頃、どこで何をしていた？」

「はあ？　知るかよ」

「じゃあ、教えてやる」

架川は返し、顎《あご》で隣に合図する。それを受け、光輔はスーツのポケットから折りたたんだ紙を二枚出して開いた。

「これはこの繁華街の入口に設置された、防犯カメラの映像。日時は七月二十六日の午後五時前だ。ここに映っているのは、きみだね？　鬼灯町で高安のリュックサックを引ったくり、逃げたんだ」

そう言い渡し、光輔は片手に持った紙を西富の眼前に突き出した。映像には黒い長袖《ながそで》Tシャツとパンツ姿で黒いフルフェイスのヘルメットをかぶり、濃紺のリュックサックを背負った男が映っている。そして、男が乗っている原付バイクはＨａｎｄａＤｕｏの現行から三つ前のモデルだった。映像を一瞥《いちべつ》するなり、西富は答えた。

「違うよ。俺が閃人から引ったくりなんかするはずねえだろ。そもそもこの男、ヘルメットで顔がわからねえし」

「ごもっとも。じゃあ、こっちを見て」

冷静に頷き、光輔はもう片方の手に持った紙を突き出した。とたんに西富は目を見開き、顔を強《こわ》ばらせた。光輔は続ける。

「こっちはこのビルのエレベーター内に設置された防犯カメラの映像で、時刻は午後五時ジャスト。しっかりきみの顔が映ってるね。しかも、服装と抱えているヘルメットとリュックサックはこれと同じだ」

「これ」と言う時には一枚目の紙を持ち上げ、光輔は迫った。繁華街の入口とエレベーターの防犯カメラの映像は、光輔が昨夜のうちに取り寄せたものだ。

ちっ。廊下に舌打ちの音が響いた。見ると、西富が歪《ゆが》めた顔を背けている。

「その態度は、犯行を認めるってこと？」

光輔が問い、西富は返した。

「ああそうだよ。だけど、お前らには何も話さねえ。弁護士を呼べ」

「アホ。海外ドラマの見すぎだ。日本じゃ、被疑者が取り調べに弁護人を立ち会わせる権利は認められてねえんだよ」

呆《あき》れたように架川が告げると、西富は「えっ⁉」と再び目を見開いた。その肩を光輔が「とにかく、署まで来てもらう」と押し、廊下を戻る。架川も歩きだしたその時、

「和央！」

と高安が叫んだ。足を止め、振り返った西富に向かい、高安は言った。

「俺が家具職人になろうとしてたのも、仲間を抜けようとしてたのも、気づいてたんだろ？　だったら言えよ。なんであんなこと」

「ムカついたからだよ」

西富は即答した。驚き、高安が黙ると西富はこう続けた。

「お前、自分が夢を見つけたから俺らを憐《あわ》れんでたんだろ？　だから、仲間を抜けるって言い出せなかったんだ」

「ふざけんな。俺はそんなこと――」

「いいや。自分じゃ気づかなかっただけだ……確かに俺には、夢も目標もねえよ。だけどお前だって何も見つけられなかったら、今の俺と同じになってたかもしれねえんだぞ。お前はたまたま、ちょっと運がよかっただけだ」

尖《とが》った声と眼差《まなざ》しで、西富は捲《まく》し立てた。ふらふらと、高安が西富の方に向かおうとした。腕を摑《つか》みそれを止めた直央の目に、何か言い返そうとして、でも言葉が出て来ない高安の顔が映った。気がつくと振り向き、直央は言っていた。

「じゃあ、あなたは努力したの？」

「はあ？」

眉《まゆ》をひそめて西富が訊《き》き返し、光輔と架川は驚いたように直央を見る。

「何かを見つける努力はしたの？　夢も目標も、運だけじゃ見つからない。自分を変えたいって、本気で願って探さなきゃ。少なくとも、高安くんはその努力をしたわ」

言いながら頭に泣きじゃくる高安の姿と、彼が作った椅子が蘇《よみがえ》った。直央を睨《にら》み付けた西富だが、何も言わない。と、光輔が再びその肩を押し、架川も一緒に歩きだした。

三人は廊下を進み、エレベーターに乗り込んで行った。その場に残された直央は「じゃあ」と告げ、高安の手に手錠をはめようとした。さっき決めた段取りでは、光輔たちが西富を連行し、直央は矢上のセダンで高安を署に連れ帰ることになっている。

「ありがとう」

「えっ？」

思わず手を止め、直央は高安を見た。目が合うと高安は両手を前に突き出したまま気まずそうに顔を背け、こう続けた。

「いや。あんたみたいな刑事もいるんだなと思って」

「そう。でも、私は刑事じゃなく――」

「蓮見さんと架川さんだっけ？　あの二人も同じだよ。おっかねえけど、ちゃんと人の話を聞いてくれる。あんたもそう思うだろ？　昨夜三人で外で話してたの、車の中で聞いてたぜ」

こちらに向き直り、高安は言った。その手に黙って手錠をかけながら、直央は聞かれてまずいことを言わなかったかと思い返す。と、高安はさらに言った。

「よくわかんねえけど、あんたは大事にされてるなと思った。やること無茶苦茶なのにな」

最後は呆れたような口調になり、高安は「ああ。腰が痛《いて》え」と顔をしかめた。「自業自得」と返し、直央は言われたことを頭の中で繰り返しながら、高安の腕を取って廊下を歩きだした。

13

「うーん」

天然パーマの髪を揺らし、梅林昌治は首を傾げた。

「死斑《しはん》はわずかで、死後硬直も上肢《じょうし》のみ。ってことは、死後五時間程度だ」

そう続け、梅林は白手袋をはめた手で前方を指した。こくこくと頷《うなず》き、周りに立った刑事たちも同じ方を見る。直央も倣うと、芝生にうつ伏せで倒れた遺体が目に入った。身元を特定する所持品はなかったが、鑑識係の話では、七十代後半から八十代前半の男らしい。ここは桜町中央署管内の大きな公園で、二時間ほど前の午前十時過ぎに近所の住民から、「グラウンドの裏に男の人が倒れている」と通報があった。

「外傷と出血はないし、遺体《ホトケ》の年齢からしても病死なんじゃないの？　もともと持病があって、早朝に散歩してたら心不全を起こしてバタン。どう？」

問いかけながら、梅林は刑事たちを振り返った。一旦《いったん》端に立つ直央を見た梅林だったがすぐに視線を動かし、隣に立つ光輔に何か言おうとする。

「すみません」

身を乗り出し直央が挙手すると、梅林は怪訝《けげん》そうに視線を戻した。

「さっき気づいたんですけど、ホトケの着衣は新品なのにシワだらけなんですよ。しかも腿《もも》の前とか、ふくらはぎの裏とか、普段はあまりシワの付かない箇所にも付いています」

直央も白手袋をはめた手で遺体の男を指し、説明する。改めてスカイブルーの半袖《はんそで》シャツにベージュのチノパンツ、黒いスニーカーという格好の遺体の男を眺め、梅林は返した。

「確かにそうだけど、それが何？」

「一度死後硬直が発現しても、関節を曲げ伸ばししたり筋肉をマッサージしたりすれば、硬直を緩解《かんかい》できると本で読みました。このホトケも何者かが下半身に同様の処置を施し、死亡推定時刻を操作したとは考えられないでしょうか？」

勢い込んで問いかけたが、梅林は「どうかなあ」と苦笑し、他の刑事たちも顔を見合わせている。と、光輔が「はい」と挙手した。梅林に促され、話しだす。

「水木巡査の推測はあり得ると思います。遺体を動かせば死斑の発現状態も変わりますし、過去に同様の手口が用いられた事件がありました」

「そうなの？　大変だ。課長に報告して、鑑識に確認を……あれ、課長は？」

　梅林は左右を見回し、「向こうです」「呼んで来ます」と他の刑事たちも動きだした。その姿に心の中で「なんで私が言うと『どうかなあ』なのに、蓮見さんだと『大変だ』になるのよ」と鼻白んだ直央だが、手応《てごた》えも覚えた。

　ばたばたと足音がして、公園の出入口の方からスーツ姿の矢上と鳥越が「呼んで来ます」と言った刑事と一緒に駆け寄って来た。矢上はまず部下たちに「お疲れ」と声をかけ、直央と光輔に向き直った。

「死後硬直の件、聞いたよ。確認は必要だが、よくやった」

　光輔ではなく直央をまっすぐに見て、矢上は言った。矢上の「よくやった」を聞くのは二度目だが最初の時よりはるかに嬉《うれ》しく、直央は「ありがとうございます！」と応えて一礼した。すると矢上は、「でさ、困ってるんだけど」と眉根《まゆね》を寄せて光輔を見た。

「第一発見者の女性から話を聞こうとしたら、『通報はしたけど警察は嫌いよ』なんて言って、家に帰っちゃったんだよ」

「わかりました。捜査に協力してもらえるよう、僕が頼んでみます」

　にこやかに光輔が返す。矢上はほっとした様子で「さすがは蓮見くん。よろしくね」と告げて遺体の方に向かった。直央と刑事たちの後ろにいた架川も光輔に促され、公園の出入口に歩きだす。と、矢上が足を止めて振り返った。

「そうそう。架川くん、例の件は高安に伝えてもらえるように手配したから」

「それはどうも」

歩きながら会釈し、架川は返した。その顔を見上げ、直央は問うた。

「例の件って？」

「家具作りは多種多様で、足に後遺症が残っても働ける工房はある、紹介してやるから、罪を償ったら俺のところに来いって伝言だ」

「そうだったんですか。きっと高安の支えになりますよ。架川さん、いいところあるじゃないですか」

感心した直央を「ほっとけ」と横目で睨み、架川はこう続けた。

「家具作りは、受刑者の刑務作業の一つだ。マル暴時代には、出所したら足を洗って家具職人になりてぇってやくざ者の相談に乗った。そのとき知り合った工房の社長に高安の話をしたら、『うちで預かってもいい』と言ってくれたんだ」

「なるほど。それは水木さんの言う通り、高安の支えになりますよ。罪を償った後も不良仲間のところに戻っちゃうんじゃないかと、心配だったんです」

直央とは反対側の架川の隣を歩く光輔も言う。

繁華街のラウンジでの出来事から、約三週間。あのあと高安は光輔たちの取り調べに素直に応じ、彼が引ったくった品も被害者の許《もと》に戻った。初めは悪ぶっていた西富も、じきに「態度が変わったから、すぐに閃人の考えてることはわかった。ずっと一緒だったのに見捨てられるのかとムカついて、引ったくりをしてしまった。でも閃人の足に後遺症が残り、どうしようかと悩んでた」と涙ながらに自供した。その後、西富は不起訴となったが高安は起訴され、身柄は検察庁に送られた。

「ああ」と頷き、架川はライトグレーのダブルスーツの胸ポケットからレンズが薄紫色のサングラスを出してかけた。

「更生しようと誓っても、元の世界に戻っちまうやくざ者や不良少年は多い。周りの目の厳しさもあるが、昔の仲間が誘ってくるからだ。悪さをしてるやつは、心のどこかに後ろめたさを抱えてる。だから立ち直ろうとしてるやつを見ると後ろめたさが増して嫉《しっ》妬《と》も覚え、邪魔したくなるんだ。人間ってのは、周囲に自分を投影するもんだからな」

「確かに」

直央が言い、光輔も頷く。すると架川は話を変えた。

「それはそうと、さっきのホトケの所見。どういう風の吹き回しだ？」

「どうもこうも、勉強したんですよ。いけませんか？」

架川のからかうような口調にムッときて、問い返してしまう。隣で光輔が「いや、全然」と首を横に振った。

「着衣のシワは僕も気づかなかったし、感心したよ。でも水木さんは刑事の仕事には興味がないと思ってたから、意外だった」

そう続けた光輔だったが、直央が何も応えないので怪訝そうに見た。直央たちは野球のグラウンドの脇にある小径《こみち》を歩いている。九月に入り、日射しはまだ強いが湿度は少し下がったようだ。少し考えてから、直央は口を開いた。

「興味ないですよ。でも蓮見さんに、信念のない人間には平和も命も守れないって言われたから。目の前のことを乗り切るっていうのを、取りあえずの信念にしようと決めました」

自分は何も変わってないし、誰にも影響されていない。頭に若井美波や高安閃人の顔が浮かんだが、直央は自分にそう言い聞かせた。

「蓮見さんたちの秘密も気にしません。秘密なら、私もあるし」

そう宣言したとたん、架川が「いけしゃあしゃあと。取りあえずの信念なんざ、信念じゃねえ」と騒ぎだした。それを「まあまあ」となだめ、光輔は「それだけ？」と直央を促した。「いえ」と返し、直央は続けた。

「いつまで続くかはわかりませんが、私はこの研修を全《まっと》うします。なので、今後架川班はコンビではなく、トリオということで。よろしくお願いします」

足を止め、直央は二人に礼をした。頭の上で、何か言いかけた架川を光輔が止めるのがわかった。直央が頭を下げ続けていると、「うん。わかった」と光輔が言った。

「水木さんが決めたなら、それでいいと思う。架川班の一員として、喜んで受け入れるよ。ただし、決断には責任が伴う。責任を果たせないと判断したら、きみを切るからね」

直央が顔を上げると、光輔はいつもの笑みを浮かべていた。が、目は笑っていない。ぶるっと体が震え、直央の背中をこれまでに感じたことのない寒気が走り抜けた。それでも光輔の目を見て、「わかりました」と応えた。

そのまま歩き続けて公園を出ると、間もなく第一発見者の家に着いた。立派な日本家屋だがボロボロで、庭やフェンスと家屋の間にはおびただしい数のゴミ袋と段ボール箱、古新聞、家具や家電などが積み重ねられている。周囲には悪臭が漂ってハエも飛び交い、さらに家の中からは大音量のテレビの音も聞こえた。

「ゴミ屋敷ってやつか。相手は一筋縄じゃいかなそうだな」

家を見上げ、架川はコメントした。「ええ」と頷《うなず》いた直央に、光輔が言った。

「水木さん。行ってみる？」

「はい？」

ぎょっとして振り向いたが、光輔は満面の笑みだ。架川も「そうだ。行け。これも研修の一環だ」と告げる。「いやでも、課長は蓮見さんに」と言いかけた直央だが、光輔の笑顔を見ていたら、むらむらと闘志が湧いてきた。

「わかりました。行きます」

きっぱりと応え、直央は家の門に歩み寄った。悪臭が増すなか確認したが、門柱に取り付けられたチャイムは壊れてボタンの部分がぶら下がっている。

マジ？　怯《ひる》む直央の耳に、「がんばれ」という光輔の声と、架川が面白そうに鼻を鳴らす音が聞こえた。

この二人、最悪。腹は立ったがさらに闘志が湧き、直央は片手で肩にかけたトートバッグの持ち手を摑《つか》み、もう片方の手で門扉のハンドルを握った。そして笑顔をつくり、

「ごめん下さい。桜町中央署の水木と申します」

と声を張り上げ、門扉を開けて家の敷地に進み入った。

14

架川の後に続き、光輔は店に入った。

「いらっしゃい！」

従業員の男たちの声に出迎えられ、二人で店内を進む。「お待ちしてました」と会釈し、秋場圭市がカウンターから出て来た。「おう」と応えながら、架川がカウンターやテーブルの客たちを確認しているのがわかった。

圭市の案内で、架川と光輔は通路を突き当たりまで進んだ。暖簾《のれん》をくぐるとトイレのドアがあり、脇にもう一枚暖簾が垂らされている。圭市はそれをくぐり、店のバックヤードに入った。通路の傍らに厨房《ちゅうぼう》があり、その先にドアが並び、奥には店の裏口も見えた。

圭市はドアの一つを開け、室内に光輔たちを招き入れた。壁際にスチール製のロッカーが並び、中央に雑誌が載ったテーブルと椅子が置かれている。従業員のロッカールーム兼休憩室で、架川と光輔が確保している密談場所の一つだ。

架川はビール、光輔はウーロン茶を注文すると、圭市は部屋を出て行った。椅子を引いて座り、架川は言った。

「水木の件。お前のことだから、考えがあるんだろ。話せ」

「水木は僕らには裏があると気づいています。一方僕らも、彼女には何かあると踏んでる。だったらお互い、目の届く場所にいた方が安全だと判断したんですよ」

「安全か？　適当で自分勝手なように見えて、とんでもねえ行動に出るやつだぞ。高安を逮捕した夜、お前は水木に『巻き込みたくなかった』と言ってたが、巻き込まれるのはこっちかもしれねえ」

「まさか。でも、注意は怠《おこた》りませんよ」

そう返し光輔も椅子に座ると、架川はふんと鼻を鳴らし、スラックスの脚を組んだ。

今日はあの後、直央の呼びかけに応《こた》えて第一発見者の女が家から出て来た。八十過ぎと思《おぼ》しき第一発見者の女は、「庭や家の中のものを棄てろと言うから、警察は嫌い」と主張した。しかし直央が「そんなことは言わないと約束します」と訴え、光輔も「ゴミの処理は警察の管轄ではないので、大丈夫です」と援護すると、遺体発見時の状況について話してくれた。鑑識と検死の結果を待ち、明日《あした》以降事件・事故の両面から捜査が開始される。

こんこんとノックの音がして、ドアが開いた。飲み物のグラスが載ったトレイを抱えた圭市が「お連れ様がおいでです」と告げ、続いて羽村琢己が部屋に入って来た。圭市が羽村の分のウーロン茶も含むグラスをテーブルに置いて出て行くと、羽村は言った。

「呼び出しておいて、遅れてすまん」

テーブルの脇で律儀に会釈した羽村だが、その顔は強《こわ》ばっている。光輔は返した。

「いいけど。どうかした？」

すると羽村は返事の代わりに提げていたバッグを開け、封筒を一封取り出した。続けて封筒の中身を出し、テーブルに並べる。それは隠し撮りされた写真で、被写体はライトグレーのパンツスーツにハイテクスニーカー姿の直央と、茶色のスーツを着た白髪頭の男。

「この男、見覚えがあるな」

十枚ほどある写真を見渡し、架川が言った。写真には直央と白髪頭の男が小さなビルから出て来て、一緒に運転手付きの黒塗りの高級セダンに乗り込む姿が写っていた。レンガ造りの壁にツタが絡まったビルの外観には、見覚えがある。銀座にある高級フレンチレストランだ。表情から、直央と白髪頭の男の親密さが覗《うかが》えた。

「でしょうね」と頷き、羽村はこう続けた。

「津島信士。元警察官僚で、現在は帝都損害保険の副社長。水木直央の祖父でもあります」

「なに!?」

架川が顔を上げ、反対に光輔は写真に見入り、問うた。

「琢己にいちゃん。前に水木の亡くなった父親の母親には、複数の離婚経験があると言っていたね。その離婚相手の一人が津島？」

「ああ。ある筋から情報は得ていたが、裏を取るのに時間がかかった」

「帝都損害保険って、確か奥多摩の土地を巡る計画の参画企業だよね？」

さらに問うと羽村は「そうだ」と答え、言った。

「だが、それだけじゃない。参画企業を束ねているのが帝都損害保険で、その中心人物が津島だ。さらに俺たちが追っている連中を裏で動かしているのも、津島の可能性が高い」

「じゃあ」

言いかけた光輔を遮り、羽村は切羽詰まった口調と表情で告げた。

「水木直央の卒配と特別選抜研修への抜擢《ばってき》、さらには警視庁への採用自体も計画されたものなんだよ。そしてその計画のターゲットは、光輔と架川さんだ」

みぞおちのあたりに強く重たい衝撃を感じ、光輔は言葉を失った。とっさに目が動き、向かいの架川を見る。

「だから、巻き込まれるのはこっちだと言ったんだ」

架川が言った。声はいつも通りだが、眼差《まなざ》しは泳いでいる。

架川と羽村に背を向け、光輔は目を閉じた。薄闇の中、顔を上げて深呼吸をした。

大丈夫。僕たちは負けない。心の中でそう唱え、光輔は頭を巡らせ始めた。

参考文献

『犯罪捜査大百科（復刻版）～創作のための犯罪捜査入門～』
（シナリオ　2013年3月号　別冊）長谷川公之　シナリオ作家協会発行

本書は書き下ろしです。

警視庁《けいしちよう》アウトサイダー

The second act《ザ セカンド アクト》 1

加藤実秋《かとうみあき》

令和4年 11月25日　初版発行
令和4年 12月20日　再版発行

発行者●山下直久

発行●株式会社KADOKAWA
〒102-8177　東京都千代田区富士見2-13-3
電話　0570-002-301（ナビダイヤル）

角川文庫 23418

印刷所●株式会社暁印刷
製本所●本間製本株式会社

表紙画●和田三造

●お問い合わせ
https://www.kadokawa.co.jp/（「お問い合わせ」へお進みください）
※内容によっては、お答えできない場合があります。
※サポートは日本国内のみとさせていただきます。
※Japanese text only

ISBN 978-4-04-113114-5　C0193

角川文庫発刊に際して

角川源義

第二次世界大戦の敗北は、軍事力の敗北であった以上に、私たちの若い文化力の敗退であった。私たちの文化が戦争に対して如何に無力であり、単なるあだ花に過ぎなかったかを、私たちは身を以て体験し痛感した。西洋近代文化の摂取にとって、明治以後八十年の歳月は決して短かすぎたとは言えない。にもかかわらず、近代文化の伝統を確立し、自由な批判と柔軟な良識に富む文化層として自らを形成することに私たちは失敗して来た。そしてこれは、各層への文化の普及滲透を任務とする出版人の責任でもあった。

一九四五年以来、私たちは再び振出しに戻り、第一歩から踏み出すことを余儀なくされた。これは大きな不幸ではあるが、反面、これまでの混沌・未熟・歪曲の中にあった我が国の文化に秩序と確たる基礎を齎らすためには絶好の機会でもある。角川書店は、このような祖国の文化的危機にあたり、微力をも顧みず再建の礎石たるべき抱負と決意とをもって出発したが、ここに創立以来の念願を果すべく角川文庫を発刊する。これまで刊行されたあらゆる全集叢書文庫類の長所と短所とを検討し、古今東西の不朽の典籍を、良心的編集のもとに、廉価に、そして書架にふさわしい美本として、多くのひとびとに提供しようとする。しかし私たちは徒らに百科全書的な知識のジレッタントを作ることを目的とせず、あくまで祖国の文化に秩序と再建への道を示し、この文庫を角川書店の栄ある事業として、今後永久に継続発展せしめ、学芸と教養との殿堂として大成せんことを期したい。多くの読書子の愛情ある忠言と支持とによって、この希望と抱負とを完遂せしめられんことを願う。

一九四九年五月三日

角川文庫ベストセラー

メゾン・ド・ポリス3
退職刑事とテロリスト
加藤実秋

偽爆弾が設置される事件が頻発。単なるいたずらなのか？　新人刑事の牧野ひよりは、退職刑事専用のシェアハウス〈メゾン・ド・ポリス〉に住む、凄腕だけど曲者ぞろいのおじさんたちと捜査に乗り出すが……。

メゾン・ド・ポリス4
殺人容疑の退職刑事
加藤実秋

神社の石段下で遺体が発見された。容疑者として確保されたのはなんと、退職警官専用のシェアハウス「メゾン・ド・ポリス」に住む元刑事!?　新人刑事の牧野ひよりとメゾンの住人は独自に捜査を進めるが……。

メゾン・ド・ポリス5
退職刑事と迷宮入り事件
加藤実秋

12年前に発生した町の人気医師殺害。現役時代の迫田痛恨の事件に新展開が。未解決事件を扱う警視庁特命班の玉置がメゾンを訪れるが、実は玉置とオーナーの伊達には因縁があり、メゾン誕生に深く関わっていた！

メゾン・ド・ポリス6
退職刑事と引退大泥棒
加藤実秋

柳町北署管内で少女の誘拐事件が発生。少女の祖父・然治は、かつて世間を騒がせた窃盗団「忍び団」のリーダーで、誘拐は過去の窃盗と深い関わりがあった。メゾンの面々は、少女を捜す然治に協力するが……。

チャンネルファンタズモ
加藤実秋

元エリート報道マン・百太郎が再就職したのは、心霊専門CS放送局!?　元ヤンキーの構成作家・ミサと天才霊能黒猫・ヤマトと共に、取材先で遭遇したオカルト的事件の謎を追う！

角川文庫ベストセラー

Barホロウの事件帳
ご依頼は真昼のバーへ
加藤実秋

神楽坂の裏通り。朝オープンのおかしなバーへ、幼なじみの楓太に連れられた就職浪人中の隼人は、謎のイケメンバーテン・イズミのせいで素人探偵をするハメに。だがその日常にふと、ある殺人の記憶が蘇る……。

警視庁文書捜査官
麻見和史

警視庁捜査一課文書解読班――文章心理学を学び、文書の内容から筆記者の生まれや性格などを推理する技術が認められて抜擢された鳴海理沙警部補が、右手首が切断された不可解な殺人事件に挑む。

緋色のシグナル
警視庁文書捜査官エピソード・ゼロ
麻見和史

発見された遺体の横には、謎の赤い文字が書かれていた――。「品」「蟲」の文字を解読すべく、所轄の巡査部長・鳴海理沙と捜査一課の国木田が奔走。文書解読班設立前の警視庁を舞台に、理沙の推理が冴える！

永久囚人
警視庁文書捜査官
麻見和史

文字を偏愛する鳴海理沙班長が率いる捜査一課文書解読班。そこへ、ダイイングメッセージの調査依頼が舞い込んできた。ある稀覯本に事件の発端があるとわかり作者を追っていくと、更なる謎が待ち受けていた。

灰の轍
警視庁文書捜査官
麻見和史

遺体の傍に、連続殺人計画のメモが見つかった！　さらに、遺留品の中から、謎の切り貼り文が発見され――。連続殺人を食い止めるため、捜査一課文書解読班を率いる鳴海理沙が、メモと暗号の謎に挑む！

角川文庫ベストセラー

角川文庫ベストセラー

名探偵は反抗期
舞田ひとみの推理ノート
歌野晶午

募金詐欺師の女を追う女子中学生3人組と出会った14歳の舞田ひとみは、成り行きで殺人事件に巻き込まれ……次々起きる難事件。予測不能の真相に驚愕必至の大胆不敵な本格青春ミステリ。

逸脱
捜査一課・澤村慶司
堂場瞬一

10年前の連続殺人事件を模倣した、新たな殺人事件。県警を嘲笑うかのような犯人の予想外の一手。県警捜査一課の澤村は、上司と激しく対立し孤立を深める中、単身犯人像に迫っていくが……。

歪
捜査一課・澤村慶司
堂場瞬一

長浦市で発生した2つの殺人事件。無関係かと思われた事件に意外な接点が見つかる。容疑者の男女は高校の同級生で、事件直後に故郷で密会していたのだ。県警捜査一課の澤村は、雪深き東北へ向かうが……。

執着
捜査一課・澤村慶司
堂場瞬一

県警捜査一課から長浦南署への異動が決まった澤村。その赴任署にストーカー被害を訴えていた竹山理彩が、出身地の新潟で焼死体で発見された。澤村は突き動かされるようにひとり新潟へ向かったが……。

警視庁SM班Ⅰ
シークレット・ミッション
富樫倫太郎

警視庁捜査一課に新設された強行犯特殊捜査班。そこは優秀だが組織に上手く馴染めない事情を持った刑事6人が集められた部署だった。彼らが最初に挑むのは女子大生の身体の一部が見つかった猟奇事件で――!

角川文庫ベストセラー

警視庁SM班Ⅱ
モンスター
富樫倫太郎

若い女性の人体パーツ販売の犯人は逮捕された。だが事件に関係した女性たちが謎の失踪を遂げ、班長の薬寺までもが消えてしまう。まだあの事件は終わっていないというのか？ 個性派チームが再出動する！

切り裂きジャックの告白
刑事犬養隼人
中山七里

臓器をすべてくり抜かれた死体が発見された。やがてテレビ局に犯人から声明文が届く。いったい犯人の狙いは何か。さらに第二の事件が起こり……警視庁捜査一課の犬養が執念の捜査に乗り出す！

七色の毒
刑事犬養隼人
中山七里

次々と襲いかかるどんでん返しの嵐！『切り裂きジャックの告白』の犬養隼人刑事が、〝色〟にまつわる7つの怪事件に挑む。人間の悪意をえぐり出した、傑作ミステリ集！

ハーメルンの誘拐魔
刑事犬養隼人
中山七里

少女を狙った前代未聞の連続誘拐事件。身代金は合計70億円。捜査を進めるうちに、子宮頸がんワクチンにまつわる医療業界の闇が次第に明らかになっていき——。孤高の刑事が完全犯罪に挑む！

ドクター・デスの遺産
刑事犬養隼人
中山七里

死ぬ権利を与えてくれ——。安らかな死をもたらす白衣の訪問者は、聖人か、悪魔か。警視庁VS闇の医師、極限の頭脳戦が幕を開ける。安楽死の闇と向き合った警察医療ミステリ！